Honoré de Balzac

La Recherche de l'absolu

SUIVI DE

La Messe de l'athée

Préface
de Raymond Abellio
Édition établie
et annotée
par S. de Sacy

Gallimard

PRÉFACE

On connaît le mot célèbre de Baudelaire : « J'ai maintes fois été étonné que la grande gloire de Balzac fût de passer pour un observateur; il m'avait toujours semblé que son principal mérite était d'être visionnaire, et visionnaire passionné. » Voici sans nul doute le principal ressort de la lecture de Balzac : l'accumulation des descriptions, des détails précis et bien observés et même quelquefois des parties didactiques deviendrait fastidieuse si elle n'était le plus souvent soutenue et emportée par une transfiguration d'ensemble, une vision proprement mythologique ou « surréelle », qui participent à la fois de la transposition picturale et de la tension prophétique. Nul ne peut se dire balzacien s'il n'entre dans ce jeu et n'accepte la simplicité, l'entraînement, la naïveté, la grandeur de ce prophétisme, la minutie, l'habileté et, s'il y a lieu, la rouerie, l'artificialité de cette transposition. La Recherche de l'absolu est à cet égard le meilleur champ d'expérience qui soit, mais il est vrai que c'est un des romans les plus dépouillés, les mieux composés, les plus équilibrés de Balzac. Un riche

Flamand se prend de passion pour la chimie et l'alchimie et veut découvrir le secret de l'absolu, c'est-à-dire l'unité de la matière. Ce sombre génie ruine sa famille. Sa femme et sa fille lui résistent, moins pour sauver leurs biens qu'un certain amour angélique qu'elles ont pour lui. Aucun détail ne nous est épargné pour la description de cette demeure patricienne de Douai, qui se vide peu à peu de ses meubles, de son argenterie, de ses tableaux, non plus que sur tout le concret prosaïque d'un petit monde provincial et ménager aussi fidèlement enregistré que les actes notariaux qui constatent sa ruine. Rien pourtant qui ne soit à sa place, le moment venu, dans le mouvement tragique qui emporte les trois héros, rien qui finalement ne s'ajuste et ne s'éclaire, puis s'efface et se fonde dans ce chant profond à la gloire de la science et de l'amour, qui sublimise et magnifie les choses éparses, les instants irreliés, tout le fortuit. Et même, la lecture terminée, un curieux retour dialectique se produit : c'est justement l'accumulation des détails concrets, on s'en rend compte alors, qui nous a permis de croire, chemin faisant, à cette histoire incroyable. Tels sont les détours de l'efficacité romanesque, les ruses du génie.

Il n'est pas sans intérêt de noter que Balzac lui-même hésita entre les deux aspects, l'un réaliste, l'autre prophétique, de cette œuvre, puisqu'il la rangea au début, lors de l'édition de 1834, dans les Scènes de la vie privée, *alors qu'il la plaça à partir de 1845 dans la section dite des* Études philosophiques. *A dire vrai, ce classement reste artificiel, l'œuvre juxtaposant plusieurs thèmes, et, sous d'autres aspects qui nous paraissent essentiels, nous pourrions aussi bien y voir aujourd'hui tous les traits d'un* conte de fées *ou d'un ouvrage de* science-fiction, *sans nul esprit péjoratif, au contraire, mais pour montrer mieux encore le genre d'adhésion que requiert aujourd'hui cette lecture et la fraîcheur d'âme qu'il y faut porter. Essayons de préciser ces points.*

Bien entendu, dans notre esprit, le roman de science-fiction n'est que la forme moderne et technicienne du conte de fées, et la distance entre eux est surtout celle de deux langages distincts mais aussi conventionnels l'un que l'autre, articulés en tout cas sur le même univers mythique et surpeuplé. On ne prétend pas renouveler ici la critique balzacienne en soulignant que La Recherche de l'absolu *mélange ces deux genres ou fait la transition entre eux, mais peut-être ne peut-on mieux situer cet ouvrage à sa date (et même l'œuvre entier de Balzac) qu'en y étudiant cette confluence d'un archaïsme et d'un futurisme assez intempérants l'un et l'autre pour être excitants. Conte de fées d'abord par le constant angélisme des sentiments chez la femme et la fille de ce docteur Faust, l'idéalisation des mariages bourgeois qu'on nous y décrit et aussi ce mélange très romantique de laideur physique et de charme moral chez Joséphine, dont le corps est contrefait mais l'âme transparente et le cœur brûlant, et qui réussit à paraître belle. Conte de fées encore par ces réussites miraculeuses qui relancent l'ardeur de*

*l'alchimiste : une expérience stérile sur la cristalli-
sation du carbone est abandonnée à elle-même et
laissée sans surveillance durant des années, et, à
son retour, Balthazar Claës découvre dans sa
coupelle un pur diamant. Conte de fées enfin par ce
rétablissement final et quasi instantané des fortunes, pour reconnaître et récompenser la vertu et
par application des lois du monde féerique qui
veulent que la vertu affronte tous les malheurs, évite
tous les pièges et soit finalement comblée. Mais en
même temps science-fiction, par une plongée dans
les abîmes de la chimie militante, non encore
triomphante il est vrai, mais presque, ivre d'elle-
même, par quoi tout est déjà possible, et où l'on
parle de « décomposer l'azote » et d'en arriver tout
de suite au principe de toute matière, par une
intuition, une illumination certaine qui va découvrir tout le panorama des transmutations.*

    *Il y aurait évidemment beaucoup à dire sur
l'imperturbable esprit de sérieux qui anime Balzac
dans cette entreprise. C'est qu'il nous conte à la fois
une tragédie et une épopée et qu'il y croit : les
vocations diverses de ses héros et leurs pouvoirs sont
poussés jusqu'à un paroxysme qui ne s'accommode
ni du doute ni de l'humour. Certes, en étudiant cette
Recherche de l'absolu, les critiques ont unanimement noté que l'écrivain se gardait de prendre parti
et tenait la balance égale entre les deux camps
opposés de l'amour et de la science. Les deux
femmes défendent l'ordre familial et sentimental,
l'alchimiste le détruit au nom d'un autre ordre, et
ces deux ambitions sont également estimables. Ces*

*mêmes critiques ont également remarqué que, ce
faisant, Balzac était somme toute fidèle à lui-
même : professant en matière de doctrine sociale les
idées les plus conservatrices, les plus respectueuses
de l'ordre établi, il n'en est pas moins fasciné, en
tant que romancier, par les héros les plus aventu-
reux, les plus rebelles, les plus portés au défi. Mais,
ici, c'est trop peu dire. Une autre question se pose.
Cette adhésion que Balzac donne indifféremment
aux sentiments et aux croyances qu'il décrit s'accompagne de leur valorisation intrinsèque, unilaté-
rale. Il en fait des valeurs absolues, incontestables,
ignorant jusqu'à la possibilité de valeurs contraires.
Passe encore pour l'utopie scientifique, car à
l'époque tout s'ouvrait à la science, et l'on pouvait
encore se fier, sans trop de dévergondage intellectuel,
à la vocation ou aux rêveries de tel ou tel amateur
éclairé meublant son grenier d'alambics ou de piles
de Volta. Mais sa projection idéalisée et optimiste
d'un statut conjugal et social que tout, à l'époque,
annonçait déjà comme dépassé, pose d'autres problèmes. La psychologie moderne a reconnu que
l'amour, même seulement conjugal ou filial, recèle
son propre ennemi, voit toujours s'ouvrir en lui
quelque fissure secrète, ne cesse d'explorer et d'in-
tensifier une ambivalence, une ambiguïté fonda-
mentales. Nos deux héroïnes ignorent cela. Leur
amour n'est pas divisé contre lui-même. Outre qu'il
appartient, socialement, à leurs yeux, aux institu-
tions éternelles, il est pour elles global, homogène,
transparent à soi, il ne nourrit en lui-même aucune
contradiction. C'est un absolu sans clivage et sans*

mystère, et, s'il rencontre des ennemis, c'est au-dehors de soi, dans un monde hostile au sentiment. Psychologie conventionnelle? Non, répétons-le, psychologie de conte de fées, obéissant ici encore à la loi du genre, qui ne cesse de faire agir des ressorts extérieurs (d'autres diraient magiques) *en vertu de quoi tout est affaire d'énigme, non de mystère. Cette distinction est fondamentale. L'énigme se dresse devant l'être et hors de lui, le mystère gravite en lui. L'affrontement du mystère a lieu dans l'intimité, l'intériorité de la conscience, il est même le produit de l'ouverture interne de l'être. Dans le cas de l'énigme, c'est au contraire contre le monde qu'on lutte, non contre soi. Contre le monde ou contre les autres considérés comme appartenant au monde, en pleine extériorité. Balthazar Claës, en tant qu'homme de science, est un étranger pour sa femme, une énigme, non un mystère. Il n'est plus l'âme de son âme, ni la chair de sa chair. Elle le voit du dehors, non du dedans. De là que de tels héros balzaciens sont si facilement projetables au cinéma, où tous les ressorts de la psychologie doivent être visibles, à l'inverse d'autres héros plus secrètement déchirés. Pour essayer de reconquérir son mari, Joséphine se met à étudier de gros livres de chimie. J'appelle cela un ressort extérieur. Comment l'amour et la chimie seraient-ils de même niveau, en eux-mêmes et pour l'être? Cet ensemble de constatations pose le problème de ce qu'on appelle l'univers balzacien, mû par des valeurs morales et sociales plus que par des valeurs métaphysiques. Reste cependant l'incroyable intensité de cet uni-*

*vers. Ces ressorts sont extérieurs, mais ils sont
tendus à se rompre. On dirait que Balzac n'a
simplifié sa psychologie que pour en rendre plus
efficaces les manifestations sociales. On pourra
discuter de tel ou tel point, mais la matière
romanesque est ici portée à un tel degré de pureté et
d'intensité que seule compte la féerie de l'ensemble,
cette vision projective, extrémiste et en quelque sorte
idéale qui, dans le monde réel, fait naître un autre
monde. Aussi bien, ne lira-t-on pas* La Recherche
de l'absolu *comme un document d'époque, plus ou
moins descriptif, mais comme une évocation symbolique de certains sommets et de certains abîmes, hors
du temps. Alors jouera la transposition, la transfiguration, c'est-à-dire un décalage, un dépaysement
où les articulations et les lois ne sont plus celles de
la réalité mais de ce qu'il faut bien appeler la
magie. Dans ce climat où tout devient métapho-
rique, donc poétique, peu importent les notations, çà
et là éparses, où les esprits pointilleux voient le
produit d'une science ou d'une doctrine douteuses.
Que Balzac, dans sa surévaluation de la pureté,
place toujours les anges au-dessus des hommes, c'est
assurément d'une théologie simpliste, mais ce début
du* xixe *siècle, c'est bien connu, était assez peu
théologien et n'avait pas encore mesuré la portée de
la parole de l'Apôtre selon laquelle ce sont les
hommes, à la fin, qui jugeront les anges. Quant à
l'utopie scientifique, on se gardera de même d'en
méjuger, même si Balzac paraît moins bien
connaître la chimie que les lois sur les successions et
les biens des mineurs, sur lesquelles ses notaires*

*sont incollables. Sa science est un mélange syncré-
tique de chimie récente selon Lavoisier, d'alchimie
traditionnelle et de spiritualisme martiniste et
swedenborgien. On supporte mal aujourd'hui d'entendre que l'amour ou le sentiment est « de la
matière éthérée qui se dégage » pas plus qu'on ne
croit possible de « décomposer l'azote » à l'aide d'un
fourneau de cuisine. Prenons garde cependant que
telles affirmations sur l'unité de la matière rendent
un son tout à fait moderne, ou encore que les
intuitions de Swedenborg sur la réalité du monde
invisible sont aujourd'hui confirmées par des expériences positives, sans compter qu'il n'est pas
interdit d'attendre une prochaine renaissance de la
médecine spagirique. Repris en langage moderne,
tous ces thèmes du Balzac philosophe sont moins
démodés qu'on ne croit.*

*Voilà donc ce roman où Balzac est tout entier,
aussi bien comme maître des études de mœurs que
comme visionnaire d'une science et d'une humanité
idéales. Tous ses thèmes habituels y sont présents,
tous ses modes de composition aussi. On y verra par
exemple à l'œuvre sa théorie des correspondances,
qui lui permet de cimenter les détails de ses
descriptions. Rien de plus magistral à cet égard que
ces pages somptueuses où il fait l'histoire de la
famille de Balthazar Claës, au début du roman, en
la situant sur son sol et dans ses demeures. Par la
précision et le choix des détails, la franchise des
couleurs, la simplicité raffinée du trait, nous
sommes en plein art flamand, à l'apogée d'une
réussite dont Balthazar Claës est alors le produit le*

*plus épuré. Rien de plus dramatique également que
certaines scènes où son art de précipiter les événements et de condenser soudain le dialogue porte le
génie du romancier au même paroxysme que le
caractère de ses héros ou les situations où ils sont
pris. Il y a là une concordance absolue entre la
puissance de conception de l'écrivain et sa puissance de réalisation ou d'évocation. On souhaite au
lecteur d'aujourd'hui d'oublier les complications et
les fatigues de l'âme moderne et de se laisser au
moins porter, sinon emporter, par cette puissance.*

*

La Messe de l'athée, *qui complète le présent
volume, est une courte nouvelle qui fut rangée un
moment dans les* Études philosophiques *et qui
n'est donc pas déplacée ici, à la suite de* La
Recherche de l'absolu, *d'autant plus que son héros,
un chirurgien célèbre nommé Desplein, s'apparente
par bien des points à Balthazar Claës. Tous deux
font partie de cette famille de génies surhumains, de
grand tempérament et de vaste vision, dans lesquels
Balzac se complaît. Tous deux sont des savants, et
le problème qu'ils posent est le problème ultime de
leur ordre, celui des limites de la science, aux
frontières de la matière et de l'esprit. Mais ce
voisinage fait aussi contrepoint et contraste. Il y a
chez Claës quelque illuminisme, on n'en trouve pas
une trace chez Desplein. Le premier s'ouvre large-
ment aux réalités du monde invisible et confie
volontiers au « pouvoir de Dieu » les opérations de
chimie qu'il ne comprend pas, le second est au*

contraire un athée agressif et militant. Enfin, au fond de lui-même, Claës est bon et sociable, tandis que Desplein méprise les hommes et se veut d'une constante dureté.

L'histoire est simple. Cet athée est surpris en train d'assister à la messe à Saint-Sulpice et on lui en demande la raison. Il s'en explique avec objectivité. Il a fondé une messe, quatre fois par an, pour le repos de l'âme d'un homme du peuple qui, jadis, le tira de la misère. Cet homme était très croyant, d'une foi simple et timide. Desplein n'avait pas d'autre moyen de lui témoigner sa gratitude que de suivre, sans y croire, les voies de cet homme. Sans doute Balzac veut-il montrer ici que le cœur a des raisons que la raison ne connaît pas. Cette vue pascalienne est en tout cas conforme à sa philosophie générale : la générosité des sentiments y est toujours d'un ordre supérieur à la froideur même lumineuse de la raison.

Cependant, la proximité de Balthazar Claës nous invite ici à une autre méditation. Claës est né riche, et même très riche, Desplein est né dans la misère. On n'aurait pas, semble-t-il, à pousser beaucoup Balzac pour lui faire dire que l'athéisme des intellectuels pauvres vient de leur révolte contre cet état où ils sont nés. L'athéisme serait alors la conséquence d'une sorte de traumatisme de l'enfance, et il ne reste qu'un pas à faire pour le traiter d'infantile. Aussi bien Balzac ne croit-il pas à la solidité de cet athéisme, que la vision de la mort fait vaciller. L'humble porteur d'eau qui rendit service à Desplein est mort, et Desplein rend à ce mort un hommage qu'il ne lui eût certes pas rendu de cette façon durant sa vie. Et même, dans les dernières lignes de la nouvelle, Balzac ajoute insidieusement qu'on ne peut pas affirmer aujourd'hui que l'illustre chirurgien soit mort athée. Toujours cette vision de la mort qui vient décaper l'esprit de ses fausses révoltes et le rendre impuissant devant les exigences foncières du cœur.

Cette époque de Balzac était décidément peu métaphysicienne. Balzac ne se demande pas si l'athéisme de Desplein n'est pas un progrès nécessaire par rapport à la foi naïve du porteur d'eau, quitte à appeler une autre foi, une connaissance d'un autre genre, un Dieu débarrassé de tous ces attributs nés de la peur ou de la naïveté des hommes et qui comble à la fois leur raison et leur cœur.

Raymond Abellio.

La Recherche de l'absolu

A Madame Joséphine Delannoy, née Doumerc [1]

Madame, fasse Dieu que cette œuvre ait une vie plus longue que la mienne! La reconnaissance que je vous ai vouée, et qui, je l'espère, égalera votre affection presque maternelle pour moi, subsisterait alors au delà du terme fixé à nos sentiments. Ce sublime privilège d'étendre ainsi par la vie de nos œuvres l'existence du cœur suffirait, s'il y avait jamais une certitude à cet égard, pour consoler de toutes les peines qu'il coûte à ceux dont l'ambition est de le conquérir. Je répéterai donc : Dieu le veuille!

DE BALZAC.

Il existe à Douai [2] dans la rue de Paris une maison dont la physionomie, les dispositions intérieures et les détails ont, plus que ceux d'aucun autre logis, gardé le caractère des vieilles constructions flamandes, si naïvement appropriées aux mœurs patriarcales de leur pays; mais avant de la décrire, peut-être faut-il établir dans l'intérêt des écrivains [3] la nécessité de ces préparations didactiques contre lesquelles protestent certaines personnes ignorantes et voraces qui voudraient des émotions sans en subir les principes générateurs, la fleur sans la graine, l'enfant sans la gestation. L'art serait-il donc tenu d'être plus fort que ne l'est la nature?

Les événements de la vie humaine, soit publique, soit privée, sont si intimement liés à l'architecture, que la plupart des observateurs peuvent reconstruire les nations ou les individus dans toute la vérité de leurs habitudes, d'après les restes de leurs monuments publics ou par l'examen de leurs reliques domestiques. L'archéologie est à la nature sociale ce que l'anatomie comparée est à la nature organisée. Une mosaïque révèle toute une société, comme un squelette d'ichthyosaure sous-entend toute une création[4]. De part et d'autre, tout se déduit, tout s'enchaîne. La cause fait deviner un effet, comme chaque effet permet de remonter à une cause. Le savant ressuscite ainsi jusqu'aux verrues des vieux âges. De là vient sans doute le prodigieux intérêt qu'inspire une description architecturale quand la fantaisie de l'écrivain n'en dénature point les éléments; chacun ne peut-il pas la rattacher au passé par de sévères déductions? et, pour l'homme, le passé ressemble singulièrement à l'avenir : lui raconter ce qui fut, n'est-ce pas presque toujours lui dire ce qui sera? Enfin, il est rare que la peinture des lieux où la vie s'écoule ne rappelle à chacun ou ses vœux trahis ou ses espérances en fleur. La comparaison entre un présent qui trompe les vouloirs secrets et l'avenir qui peut les réaliser, est une source inépuisable de mélancolie ou de satisfactions douces. Aussi, est-il presque impossible de ne pas être pris d'une espèce d'attendrissement à la peinture de la vie flamande, quand les accessoires en sont bien rendus. Pourquoi? Peut-être est-ce, parmi les différentes existences, celle qui finit le mieux les incertitudes de l'homme. Elle ne va pas sans toutes les fêtes, sans tous les liens de la famille, sans une grasse aisance qui atteste la continuité du bien-être, sans un repos qui ressemble à de la béatitude; mais elle exprime surtout le calme et la monotonie d'un bonheur naïvement sensuel où la jouissance étouffe le désir en le prévenant toujours. Quelque prix que l'homme passionné puisse attacher aux tumultes des sentiments, il ne voit jamais sans émotion les images de cette nature sociale où les battements du cœur sont si bien réglés, que les gens superficiels l'accusent de froideur. La foule préfère généralement la force anormale qui déborde à la force égale qui persiste. La foule n'a ni le temps ni la patience de constater l'immense pouvoir caché sous une apparence uniforme. Aussi, pour frapper cette foule emportée par le courant de la vie, la passion de même que le grand artiste n'a-t-elle d'autre ressource que d'aller au delà du but, comme ont fait Michel-Ange, Bianca Capello[5], mademoiselle de La Vallière, Beethoven et Paganini. Les grands calculateurs seuls pensent qu'il ne faut jamais dépasser le but, et n'ont de respect que pour la virtualité empreinte dans un parfait accomplissement qui met en toute œuvre ce calme profond dont le charme saisit les hommes supérieurs. Or, la vie adoptée par ce peuple essentiellement économe remplit bien les conditions de félicité que rêvent les masses pour la vie citoyenne et bourgeoise.

La matérialité la plus exquise[6] est empreinte dans toutes les habitudes flamandes. Le confort anglais offre des teintes sèches, des tons durs; tandis qu'en Flandre le vieil intérieur des ménages réjouit l'œil par des couleurs moelleuses, par une bonhomie vraie; il implique le travail sans fatigue; la pipe y dénote une heureuse application du *farniente* napolitain; puis, il

accuse un sentiment paisible de l'art, sa condition
la plus nécessaire, la patience, et l'élément qui en
rend les créations durables, la conscience. Le
caractère flamand est dans ces deux mots,
patience et conscience, qui semblent exclure les
riches nuances de la poésie et rendre les mœurs
de ce pays aussi plates que le sont ses larges
plaines, aussi froides que l'est son ciel brumeux.
Néanmoins, il n'en est rien. La civilisation a
déployé là son pouvoir en y modifiant tout,
même les effets du climat. Si l'on observe avec
attention les produits des divers pays du globe,
on est tout d'abord surpris de voir les couleurs
grises et fauves spécialement affectées aux productions des zones tempérées, tandis que les
couleurs les plus éclatantes distinguent celles des
pays chauds. Les mœurs doivent nécessairement
se conformer à cette loi de la nature. Les
Flandres, qui jadis étaient essentiellement brunes
et vouées à des teintes unies, ont trouvé les
moyens de jeter de l'éclat dans leur atmosphère
fuligineuse par les vicissitudes politiques qui les
ont successivement soumises aux Bourguignons,
aux Espagnols, aux Français, et qui les ont fait
fraterniser avec les Allemands et les Hollandais.
De l'Espagne, elles ont gardé le luxe des écar-
lates, les satins brillants, les tapisseries à effet
vigoureux, les plumes, les mandolines, et les
formes courtoises. De Venise, elles ont eu, en
échange de leurs toiles et de leurs dentelles, cette
verrerie fantastique où le vin reluit et semble
meilleur. De l'Autriche, elles ont conservé cette

pesante diplomatie qui, suivant un dicton populaire, fait trois pas dans un boisseau. Le commerce avec les Indes y a versé les inventions
grotesques de la Chine, et les merveilles du
Japon. Cependant, malgré leur patience à tout
amasser, à ne rien rendre, à tout supporter, les
Flandres ne pouvaient guère être considérées que
comme le magasin général de l'Europe, jusqu'au
moment où la découverte du tabac souda par la
fumée les traits épars de leur physionomie nationale. Dès lors, en dépit des morcellements de son
territoire, le peuple flamand exista de par la pipe
et la bière.

Après s'être assimilé, par la constante économie de sa conduite, les richesses et les idées de ses
maîtres ou de ses voisins, ce pays, si nativement
terne et dépourvu de poésie, se composa une vie
originale et des mœurs caractéristiques, sans
paraître entaché de servilité. L'art y dépouilla
toute idéalité pour reproduire uniquement la
forme. Aussi ne demandez à cette patrie de la
poésie plastique, ni la verve de la comédie, ni
l'action dramatique, ni les jets hardis de l'épopée
ou de l'ode, ni le génie musical; mais elle est
fertile en découvertes, en discussions doctorales
qui veulent et le temps et la lampe. Tout y est
frappé au coin de la jouissance temporelle.
L'homme y voit exclusivement ce qui est, sa
pensée se courbe si scrupuleusement à servir les
besoins de la vie qu'en aucune œuvre elle ne s'est
élancée au delà du monde réel. La seule idée
d'avenir conçue par ce peuple fut une sorte

d'économie en politique, sa force révolutionnaire vint du désir domestique d'avoir les coudées franches à table et son aise complète sous l'auvent de ses *steedes* [7]. Le sentiment du bien-être et l'esprit d'indépendance qu'inspire la fortune engendrèrent, là plus tôt qu'ailleurs, ce besoin de liberté qui plus tard travailla l'Europe. Aussi la constance de leurs idées et la ténacité que l'éducation donne aux Flamands, en firent-elles autrefois des hommes redoutables dans la défense de leurs droits. Chez ce peuple, rien donc ne se façonne à demi, ni les maisons, ni les meubles, ni la digue, ni la culture, ni la révolte. Aussi garde-t-il le monopole de ce qu'il entreprend. La fabrication de la dentelle, œuvre de patiente agriculture et de plus patiente industrie, celle de sa toile sont héréditaires comme ses fortunes patrimoniales. S'il fallait peindre la constance sous la forme humaine la plus pure, peut-être serait-on dans le vrai, en prenant le portrait d'un bon bourgmestre des Pays-Bas, capable, comme il s'en est tant rencontré, de mourir bourgeoisement et sans éclat pour les intérêts de sa Hanse. Mais les douces poésies de cette vie patriarcale se retrouveront naturellement dans la peinture d'une des dernières maisons qui, au temps où cette histoire commence, en conservaient encore le caractère à Douai.

De toutes les villes du département du Nord, Douai est, hélas! celle qui se modernise le plus, où le sentiment innovateur a fait les plus rapides conquêtes, où l'amour du progrès social est le

plus répandu. Là, les vieilles constructions dispa-
raissent de jour en jour, les antiques mœurs
s'effacent. Le ton, les modes, les façons de Paris y
dominent; et de l'ancienne vie flamande, les
Douaisiens n'auront plus bientôt que la cordialité
des soins hospitaliers, la courtoisie espagnole, la
richesse et la propreté de la Hollande. Les hôtels
en pierre blanche auront remplacé les maisons de
briques. Le cossu des formes bataves aura cédé
devant la changeante élégance des nouveautés
françaises.

La maison où se sont passés les événements de
cette histoire se trouve à peu près au milieu de la
rue de Paris, et porte à Douai, depuis plus de
deux cents ans, le nom de la Maison Claës. Les
Van Claës furent jadis une des plus célèbres
familles d'artisans auxquels les Pays-Bas durent,
dans plusieurs productions, une suprématie com-
merciale qu'ils ont gardée. Pendant longtemps les
Claës furent dans la ville de Gand, de père en fils,
les chefs de la puissante confrérie des Tisserands.
Lors de la révolte de cette grande cité contre
Charles-Quint qui voulait en supprimer les privilèges, le plus riche des Claës fut si fortement
compromis que, prévoyant une catastrophe et
forcé de partager le sort de ses compagnons, il
envoya secrètement, sous la protection de la
France, sa femme, ses enfants et ses richesses,
avant que les troupes de l'empereur n'eussent
investi la ville. Les prévisions du syndic des
Tisserands étaient justes. Il fut, ainsi que plusieurs autres bourgeois, excepté de la capitulation

et pendu comme rebelle, tandis qu'il était en réalité le défenseur de l'indépendance gantoise. La mort de Claës et de ses compagnons porta ses fruits. Plus tard ces supplices inutiles coûtèrent au roi des Espagnes la plus grande partie de ses possessions dans les Pays-Bas. De toutes les semences confiées à la terre, le sang versé par les martyrs est celle qui donne la plus prompte moisson. Quand Philippe II, qui punissait la révolte jusqu'à la seconde génération, étendit sur Douai son sceptre de fer, les Claës conservèrent leurs grands biens, en s'alliant à la très noble famille de Molina, dont la branche aînée, alors pauvre, devint assez riche pour pouvoir racheter le comté de Nourho qu'elle ne possédait que titulairement dans le royaume de Léon.

Au commencement du dix-neuvième siècle, après des vicissitudes dont le tableau n'offrirait rien d'intéressant, la famille Claës était représentée, dans la branche établie à Douai, par la personne de monsieur Balthazar Claës-Molina, comte de Nourho, qui tenait à s'appeler tout uniment Balthazar Claës. De l'immense fortune amassée par ses ancêtres qui faisaient mouvoir un millier de métiers, il restait à Balthazar environ quinze mille livres de rentes en fonds de terre dans l'arrondissement de Douai, et la maison de la rue de Paris dont le mobilier valait d'ailleurs une fortune. Quant aux possessions du royaume de Léon, elles avaient été l'objet d'un procès entre les Molina de Flandre et la branche de cette famille restée en Espagne. Les

Molina de Léon gagnèrent les domaines et prirent
le titre de comtes de Nourho, quoique les Claës
eussent seuls le droit de le porter ; mais la vanité
de la bourgeoisie belge était supérieure à la
morgue castillane. Aussi, quand l'état civil fut
institué, Balthazar Claës laissa-t-il de côté les
haillons de sa noblesse espagnole pour sa grande
illustration gantoise. Le sentiment patriotique
existe si fortement chez les familles exilées, que
jusque dans les derniers jours du dix-huitième
siècle, les Claës étaient demeurés fidèles à leurs
traditions, à leurs mœurs et à leurs usages. Ils ne
s'alliaient qu'aux familles de la plus pure bourgeoisie ; il leur fallait un certain nombre d'échevins ou de bourgmestres[8] du côté de la fiancée,
pour l'admettre dans leur famille. Enfin ils
allaient chercher leurs femmes à Bruges ou à
Gand, à Liège ou en Hollande afin de perpétuer
les coutumes de leur foyer domestique. Vers la fin
du dernier siècle, leur société, de plus en plus
restreinte, se bornait à sept ou huit familles de
noblesse parlementaire dont les mœurs, dont la
toge à grands plis, dont la gravité magistrale mi-
partie d'espagnole, s'harmoniaient[9] à leurs habitudes. Les habitants de la ville portaient une
sorte de respect religieux à cette famille, qui pour
eux était comme un préjugé. La constante
honnêteté, la loyauté sans tache des Claës, leur
invariable décorum faisaient d'eux une superstition aussi invétérée que celle de la fête de
Gayant[10], et bien exprimée par ce nom : la
Maison Claës. L'esprit de la vieille Flandre

respirait tout entier dans cette habitation, qui offrait aux amateurs d'antiquités bourgeoises le type des modestes maisons que se construisit la riche bourgeoisie au Moyen-âge.

Le principal ornement de la façade était une porte à deux ventaux en chêne garnis de clous disposés en quinconce, au centre desquels les Claës avaient fait sculpter par orgueil deux navettes accouplées. La baie de cette porte, édifiée en pierre de grès, se terminait par un cintre pointu qui supportait une petite lanterne surmontée d'une croix, et dans laquelle se voyait une statuette de sainte Geneviève filant sa quenouille. Quoique le temps eût jeté sa teinte sur les travaux délicats de cette porte et de la lanterne, le soin extrême qu'en prenaient les gens du logis permettait aux passants d'en saisir tous les détails. Aussi le chambranle, composé de colonnettes assemblées, conservait-il une couleur gris foncé et brillait-il de manière à faire croire qu'il avait été verni. De chaque côté de la porte, au rez-de-chaussée, se trouvaient deux croisées semblables à toutes celles de la maison. Leur encadrement en pierre blanche finissait sous l'appui par une coquille richement ornée, en haut par deux arcades que séparait le montant de la croix qui divisait le vitrage en quatre parties inégales, car la traverse placée à la hauteur voulue pour figurer une croix, donnait aux deux côtés inférieurs de la croisée une dimension presque double de celle des parties supérieures arrondies par leurs cintres. La double arcade

avait pour enjolivement trois rangées de briques
qui s'avançaient l'une sur l'autre, et dont chaque
brique était alternativement saillante ou retirée
d'un pouce environ, de manière à dessiner une
grecque. Les vitres, petites et en losange, étaient
enchâssées dans des branches en fer extrêmement
minces et peintes en rouge. Les murs, bâtis en
briques rejointoyées avec un mortier blanc,
étaient soutenus de distance en distance et aux
angles par des chaînes en pierre. Le premier étage
était percé de cinq croisées; le second n'en avait
plus que trois, et le grenier tirait son jour d'une
grande ouverture ronde à cinq compartiments,
bordée en grès, et placée au milieu du fronton
triangulaire que décrivait le pignon, comme la
rose dans le portail d'une cathédrale. Au faîte
s'élevait, en guise de girouette, une quenouille
chargée de lin. Les deux côtés du grand triangle
que formait le mur du pignon étaient découpés
carrément par des espèces de marches jusqu'au
couronnement du premier étage, où à droite et à
gauche de la maison, tombaient les eaux plu-
viales rejetées par la gueule d'un animal fantastique. Au bas de la maison, une assise en grès y
simulait une marche. Enfin, dernier vestige des
anciennes coutumes, de chaque côté de la porte,
entre les deux fenêtres, se trouvait dans la rue
une trappe en bois garnie de grandes bandes de
fer, par laquelle on pénétrait dans les caves.
Depuis sa construction, cette façade se nettoyait
soigneusement deux fois par an. Si quelque peu
de mortier manquait dans un joint, le trou se

rebouchait aussitôt. Les croisées, les appuis, les
pierres, tout était épousseté mieux que ne sont
époussetés à Paris les marbres les plus précieux.
Ce devant de maison n'offrait donc aucune trace
de dégradation. Malgré les teintes foncées causées
par la vétusté même de la brique, il était aussi
bien conservé que peuvent l'être un vieux
tableau, un vieux livre chéris par un amateur et
qui seraient toujours neufs, s'ils ne subissaient,
sous la cloche de notre atmosphère, l'influence
des gaz dont la malignité nous menace nous-
mêmes. Le ciel nuageux, la température humide
de la Flandre et les ombres produites par le peu
de largeur de la rue ôtaient fort souvent à cette
construction le lustre qu'elle empruntait à sa
propreté recherchée qui, d'ailleurs, la rendait
froide et triste à l'œil. Un poète aurait aimé
quelques herbes dans les jours de la lanterne [11] ou
des mousses sur les découpures du grès, il aurait
souhaité que ces rangées de briques se fussent
fendillées, que sous les arcades des croisées,
quelque hirondelle eût maçonné son nid dans les
triples cases rouges qui les ornaient. Aussi le fini,
l'air propre de cette façade à demi râpée par le
frottement lui donnaient-ils un aspect sèchement
honnête et décemment estimable, qui, certes,
aurait fait déménager un romantique, s'il eût logé
en face. Quand un visiteur avait tiré le cordon de
la sonnette en fer tressé qui pendait le long du
chambranle de la porte, et que la servante venue
de l'intérieur lui avait ouvert le battant au milieu
duquel était une petite grille, ce battant échap-

pait aussitôt de la main, emporté par son poids, et retombait, en rendant sous les voûtes d'une spacieuse galerie dallée et dans les profondeurs de la maison, un son grave et lourd comme si la porte eût été de bronze. Cette galerie peinte en marbre, toujours fraîche, et semée d'une couche de sable fin, conduisait à une grande cour carrée intérieure, pavée en larges carreaux vernissés et de couleur verdâtre. A gauche se trouvaient la lingerie, les cuisines, la salle des gens ; à droite le bûcher, le magasin au charbon de terre et les communs du logis dont les portes, les croisées, les murs étaient ornés de dessins entretenus dans une exquise propreté. Le jour, tamisé entre quatre murailles rouges rayées de filets blancs, y contractait des reflets et des teintes roses qui prêtaient aux figures et aux moindres détails une grâce mystérieuse et de fantastiques apparences.

Une seconde maison absolument semblable au bâtiment situé sur le devant de la rue, et qui, dans la Flandre, porte le nom de *quartier de derrière*, s'élevait au fond de cette cour et servait uniquement à l'habitation de la famille. Au rez-de-chaussée, la première pièce était un parloir éclairé par deux croisées du côté de la cour, et par deux autres qui donnaient sur un jardin dont la largeur égalait celle de la maison. Deux portes vitrées parallèles conduisaient l'une au jardin, l'autre à la cour, et correspondaient à la porte de la rue, de manière à ce que, dès l'entrée, un étranger pouvait embrasser l'ensemble de cette demeure, et apercevoir jusqu'aux feuillages qui

tapissaient le fond du jardin. Le logis de devant,
destiné aux réceptions, et dont le second étage
contenait les appartements à donner aux étrangers, renfermait certes des objets d'art et de
grandes richesses accumulées; mais rien ne pouvait égaler aux yeux des Claës, ni au jugement
d'un connaisseur, les trésors qui ornaient cette
pièce, où, depuis deux siècles, s'était écoulée la
vie de la famille. Le Claës, mort pour la cause des
libertés gantoises, l'artisan de qui l'on prendrait
une trop mince idée, si l'historien omettait de
dire qu'il possédait près de quarante mille marcs
d'argent, gagnés dans la fabrication des voiles
nécessaires à la toute-puissante marine vénitienne; ce Claës eut pour ami le célèbre sculpteur
en bois Van Huysium de Bruges [12]. Maintes fois,
l'artiste avait puisé dans la bourse de l'artisan.
Quelque temps avant la révolte des Gantois, Van
Huysium, devenu riche, avait secrètement sculpté
pour son ami une boiserie en ébène massif où
étaient représentées les principales scènes de la
vie d'Artewelde, ce brasseur, un moment roi des
Flandres [13]. Ce revêtement composé de soixante
panneaux, contenait environ quatorze cents personnages principaux, et passait pour l'œuvre
capitale de Van Huysium. Le capitaine chargé de
garder les bourgeois que Charles-Quint avait
décidé de faire pendre le jour de son entrée dans
sa ville natale, proposa, dit-on, à Van Claës de le
laisser évader s'il lui donnait l'œuvre de Van
Huysium; mais le tisserand l'avait envoyée en
France. Ce parloir, entièrement boisé avec ces

panneaux que, par respect pour les mânes du martyr, Van Huysium vint lui-même encadrer de bois peint en outremer mélangé de filets d'or, est donc l'œuvre la plus complète de ce maître, dont aujourd'hui les moindres morceaux sont payés presque au poids de l'or. Au-dessus de la cheminée, Van Claës, peint par Titien dans son costume de président du tribunal des Parchons [14], semblait conduire encore cette famille qui vénérait en lui son grand homme. La cheminée, primitivement en pierre, à manteau très élevé, avait été reconstruite en marbre blanc dans le dernier siècle, et supportait un vieux cartel et deux flambeaux à cinq branches contournées, de mauvais goût, mais en argent massif. Les quatre fenêtres étaient décorées de grands rideaux en damas rouge, à fleurs noires, doublés de soie blanche, et le meuble de même étoffe avait été renouvelé sous Louis XIV. Le parquet, évidemment moderne, était composé de grandes plaques de bois blanc encadrées par des bandes de chêne. Le plafond formé de plusieurs cartouches, au fond desquels était un mascaron ciselé par Van Huysium, avait été respecté et conservait les teintes brunes du chêne de Hollande. Aux quatre coins de ce parloir s'élevaient des colonnes tronquées, surmontées par des flambeaux semblables à ceux de la cheminée, une table ronde en occupait le milieu. Le long des murs, étaient symétriquement rangées des tables à jouer. Sur deux consoles dorées, à dessus de marbre blanc, se trouvaient à l'époque où com-

mence cette histoire deux globes de verre pleins
d'eau dans lesquels nageaient sur un lit de sable
et de coquillages des poissons rouges, dorés ou
argentés. Cette pièce était à la fois brillante et
sombre. Le plafond absorbait nécessairement la
clarté, sans en rien refléter. Si du côté du jardin
le jour abondait et venait papilloter dans les
tailles de l'ébène, les croisées de la cour, donnant
peu de lumière, faisaient à peine briller les filets
d'or imprimés sur les parois opposées. Ce parloir
si magnifique par un beau jour était donc, la
plupart du temps, rempli des teintes douces, des
tons roux et mélancoliques que le soleil épanche
sur la cime des forêts en automne. Il est inutile
de continuer la description de la maison Claës
dans les autres parties de laquelle se passeront
nécessairement plusieurs scènes de cette histoire,
il suffit, en ce moment, d'en connaître les
principales dispositions.

En 1812, vers les derniers jours du mois d'août,
un dimanche, après vêpres, une femme était
assise dans sa bergère devant une fenêtre du
jardin. Les rayons du soleil tombaient alors
obliquement sur la maison, la prenaient en
écharpe, traversaient le parloir, expiraient en
reflets bizarres sur les boiseries qui tapissaient les
murs du côté de la cour, et enveloppaient cette
femme dans la zone pourpre projetée par le
rideau de damas drapé le long de la fenêtre. Un
peintre médiocre qui dans ce moment aurait
copié cette femme, eût certes produit une œuvre
saillante avec une tête si pleine de douleur et de

mélancolie. La pose du corps et celle des pieds jetés en avant accusaient l'abattement d'une personne qui perd la conscience de son être physique dans la concentration de ses forces absorbées par une pensée fixe; elle en suivait les rayonnements dans l'avenir, comme souvent, au bord de la mer, on regarde un rayon de soleil qui perce les nuées et trace à l'horizon quelque bande lumineuse. Les mains de cette femme, rejetées par les bras de la bergère, pendaient en dehors, et la tête, comme trop lourde, reposait sur le dossier. Une robe de percale blanche très simple empêchait de bien juger les proportions, et le corsage était dissimulé sous les plis d'une écharpe croisée sur la poitrine et négligemment nouée. Quand même la lumière n'aurait pas mis en relief son visage, qu'elle semblait se complaire à pro-duire préférablement au reste de sa personne, il eût été impossible de ne pas s'en occuper alors exclusivement; son expression, qui eût frappé le plus insouciant des enfants, était une stupéfac-tion persistante et froide, malgré quelques larmes brûlantes. Rien n'est plus terrible à voir que cette douleur extrême dont le débordement n'a lieu qu'à de rares intervalles, mais qui restait sur ce visage comme une lave figée autour du volcan. On eût dit une mère mourante obligée de laisser ses enfants dans un abîme de misères, sans pouvoir leur léguer aucune protection humaine. La physionomie de cette dame, âgée d'environ quarante ans, mais alors beaucoup moins loin de la beauté qu'elle ne l'avait jamais été dans sa

jeunesse, n'offrait aucun des caractères de la
femme flamande. Une épaisse chevelure noire
retombait en boucles sur les épaules et le long des
joues. Son front, très bombé, étroit des tempes,
était jaunâtre, mais sous ce front scintillaient
deux yeux noirs qui jetaient des flammes. Sa
figure, tout espagnole, brune de ton, peu colorée,
ravagée par la petite vérole, arrêtait le regard par
la perfection de sa forme ovale dont les contours
conservaient, malgré l'altération des lignes, un
fini d'une majestueuse élégance et qui reparais-
sait parfois tout entier si quelque effort de l'âme
lui restituait sa primitive pureté. Le trait qui
donnait le plus de distinction à cette figure mâle
était un nez courbé comme le bec d'un aigle, et
qui, trop bombé vers le milieu, semblait intérieurement mal conformé; mais il y résidait une
finesse indescriptible, la cloison des narines en
était si mince que sa transparence permettait à la
lumière de la rougir fortement. Quoique les lèvres
larges et très plissées décelassent la fierté qu'inspire une haute naissance, elles étaient empreintes
d'une bonté naturelle, et respiraient la politesse.
On pouvait contester la beauté de cette figure à
la fois vigoureuse et féminine, mais elle comman-
dait l'attention. Petite, bossue et boiteuse, cette
femme resta d'autant plus longtemps fille qu'on
s'obstinait à lui refuser de l'esprit; néanmoins il
se rencontra quelques hommes fortement émus
par l'ardeur passionnée qu'exprimait sa tête, par
les indices d'une inépuisable tendresse, et qui
demeurèrent sous un charme inconciliable avec

tant de défauts. Elle tenait beaucoup de son aïeul
le duc de Casa-Réal, grand d'Espagne. En cet
instant, le charme qui jadis saisissait si despo-
tiquement les âmes amoureuses de poésie, jail-
lissait de sa tête plus vigoureusement qu'en
aucun moment de sa vie passée, et s'exerçait,
pour ainsi dire, dans le vide, en exprimant une
volonté fascinatrice toute-puissante sur les
hommes, mais sans force sur les destinées. Quand
ses yeux quittaient le bocal où elle regardait les
poissons sans les voir, elle les relevait par un
mouvement désespéré, comme pour invoquer le
ciel. Ses souffrances semblaient être de celles qui
ne peuvent se confier qu'à Dieu. Le silence
n'était troublé que par des grillons, par quelques
cigales [15] qui criaient dans le petit jardin d'où
s'échappait une chaleur de four, et par le sourd
retentissement de l'argenterie, des assiettes et des
chaises que remuait, dans la pièce contiguë au
parloir, un domestique occupé à servir le dîner.
En ce moment, la dame affligée prêta l'oreille et
parut se recueillir, elle prit son mouchoir, essuya
ses larmes, essaya de sourire, et détruisit si bien
l'expression de douleur gravée dans tous ses
traits, qu'on eût pu la croire dans cet état
d'indifférence où nous laisse une vie exempte
d'inquiétudes. Soit que l'habitude de vivre dans
cette maison où la confinaient ses infirmités lui
eût permis d'y reconnaître quelques effets naturels imperceptibles pour d'autres et que les
personnes en proie à des sentiments extrêmes
recherchent vivement, soit que la nature eût

compensé tant de disgrâces physiques en lui
donnant des sensations plus délicates qu'à des
êtres en apparence plus avantageusement organisés, cette femme avait entendu le pas d'un
homme dans une galerie bâtie au-dessus des
cuisines et des salles destinées au service de la
maison, et par laquelle le quartier de devant
communiquait avec le quartier de derrière. Le
bruit des pas devint de plus en plus distinct.
Bientôt, sans avoir la puissance avec laquelle une
créature passionnée comme l'était cette femme
sait souvent abolir l'espace pour s'unir à son
autre moi [16], un étranger aurait facilement
entendu le pas de cet homme dans l'escalier par
lequel on descendait de la galerie au parloir. Au
retentissement de ce pas, l'être le plus inattentif
eût été assailli de pensées, car il était impossible
de l'écouter froidement. Une démarche précipitée
ou saccadée effraie. Quand un homme se lève et
crie au feu, ses pieds parlent aussi haut que sa
voix. S'il en est ainsi, une démarche contraire ne
doit pas causer de moins puissantes émotions. La
lenteur grave, le pas traînant de cet homme
eussent sans doute impatienté des gens irréflé-
chis; mais un observateur ou des personnes
nerveuses auraient éprouvé un sentiment voisin
de la terreur au bruit mesuré de ces pieds d'où la
vie semblait absente, et qui faisaient craquer les
planchers comme si deux poids en fer les eussent
frappés alternativement. Vous eussiez reconnu le
pas indécis et lourd d'un vieillard ou la majestueuse démarche d'un penseur qui entraîne des

mondes avec lui. Quand cet homme eut descendu
la dernière marche, en appuyant ses pieds sur les
dalles par un mouvement plein d'hésitation, il
resta pendant un moment dans le grand palier où
aboutissait le couloir qui menait à la salle des
gens, et d'où l'on entrait également au parloir par
une porte cachée dans la boiserie, comme l'était
parallèlement celle qui donnait dans la salle à
manger. En ce moment, un léger frissonnement,
comparable à la sensation que cause une étincelle
électrique, agita la femme assise dans la bergère;
mais aussi le plus doux sourire anima ses lèvres,
et son visage ému par l'attente d'un plaisir
resplendit comme celui d'une belle madone ita-
lienne; elle trouva soudain la force de refouler ses
terreurs au fond de son âme; puis, elle tourna la
tête vers les panneaux de la porte qui allait
s'ouvrir à l'angle du parloir, et qui fut en effet
poussée avec une telle brusquerie que la pauvre
créature parut en avoir reçu la commotion.

Balthazar Claës se montra tout à coup, fit
quelques pas, ne regarda pas cette femme, ou s'il
la regarda, ne la vit pas, et resta tout droit au
milieu du parloir en appuyant sur sa main droite
sa tête légèrement inclinée. Une horrible souffrance à laquelle cette femme ne pouvait s'habituer, quoiqu'elle revînt fréquemment chaque
jour, lui étreignit le cœur, dissipa son sourire,
plissa son front brun entre les sourcils vers cette
ligne que creuse la fréquente expression des
sentiments extrêmes; ses yeux se remplirent de
larmes, mais elle les essuya soudain en regardant

Balthazar. Il était impossible de ne pas être profondément impressionné par ce chef de la famille Claës. Jeune, il avait dû ressembler au sublime martyr qui menaça Charles-Quint de recommencer Artewelde; mais en ce moment, il paraissait âgé de plus de soixante ans, quoiqu'il en eût environ cinquante, et sa vieillesse préma- turée avait détruit cette noble ressemblance. Sa haute taille se voûtait légèrement, soit que ses travaux l'obligeassent à se courber, soit que l'épine dorsale se fût bombée sous le poids de sa tête. Il avait une large poitrine, un buste carré; mais les parties inférieures de son corps étaient grêles, quoique nerveuses; et ce désaccord dans une organisation évidemment parfaite autrefois, intriguait l'esprit qui cherchait à expliquer par quelque singularité d'existence les raisons de cette forme fantastique. Son abondante chevelure blonde, peu soignée, retombait sur ses épaules à la manière allemande, mais dans un désordre qui s'harmoniait à la bizarrerie générale de sa personne. Son large front offrait d'ailleurs les protubérances dans lesquelles Gall [17] a placé les mondes poétiques. Ses yeux d'un bleu clair et riche avaient la vivacité brusque que l'on a remarquée chez les grands chercheurs de causes occultes. Son nez, sans doute parfait autrefois, s'était allongé, et les narines semblaient s'ouvrir graduellement de plus en plus, par une involon- taire tension des muscles olfactifs. Ses pommettes velues saillaient beaucoup, ses joues déjà flétries en paraissaient d'autant plus creuses; sa bouche

pleine de grâce était resserrée entre le nez et un
menton court, brusquement relevé. La forme de
sa figure était cependant plus longue qu'ovale;
aussi le système scientifique qui attribue à
chaque visage humain une ressemblance avec la
face d'un animal [18] eût-il trouvé une preuve de
plus dans celui de Balthazar Claës, que l'on
aurait pu comparer à une tête de cheval. Sa
peau se collait sur ses os, comme si quelque feu
secret l'eût incessamment desséchée; puis, par
moments, quand il regardait dans l'espace
comme pour y trouver la réalisation de ses
espérances, on eût dit qu'il jetait par ses narines
la flamme qui dévorait son âme. Les sentiments
profonds qui animent les grands hommes respiraient dans ce pâle visage fortement sillonné de
rides, sur ce front plissé comme celui d'un vieux
roi plein de soucis, mais surtout dans ces yeux
étincelants dont le feu semblait également accru
par la chasteté que donne la tyrannie des idées,
et par le foyer intérieur d'une vaste intelligence.
Les yeux profondément enfoncés dans leurs
orbites paraissaient avoir été cernés uniquement
par les veilles et par les terribles réactions d'un
espoir toujours déçu, toujours renaissant. Le
jaloux fanatisme qu'inspirent l'art ou la science
se trahissait encore chez cet homme par une
singulière et constante distraction dont témoignaient sa mise et son maintien, en accord avec
la magnifique monstruosité de sa physionomie.
Ses larges mains poilues étaient sales, ses longs
ongles avaient à leurs extrémités des lignes noires

très foncées. Ses souliers ou n'étaient pas net-
toyés ou manquaient de cordons. De toute sa
maison, le maître seul pouvait se donner l'étrange
licence d'être si malpropre. Son pantalon de drap
noir plein de taches, son gilet déboutonné, sa
cravate mise de travers, et son habit verdâtre
toujours décousu complétaient un fantasque
ensemble de petites et de grandes choses qui,
chez tout autre, eût décelé la misère qu'engendrent les vices; mais qui, chez Balthazar Claës,
était le négligé du génie. Trop souvent le vice et
le génie produisent des effets semblables, auxquels se trompe le vulgaire. Le génie n'est-il pas
un constant excès qui dévore le temps, l'argent,
le corps, et qui mène à l'hôpital plus rapidement
encore que les passions mauvaises? Les hommes
paraissent même avoir plus de respect pour les
vices que pour le génie, car ils refusent de lui
faire crédit. Il semble que les bénéfices des
travaux secrets du savant soient tellement éloi-
gnés que l'État social craigne de compter avec lui
de son vivant, il préfère s'acquitter en ne lui
pardonnant pas sa misère ou ses malheurs.
Malgré son continuel oubli du présent, si Balthazar Claës quittait ses mystérieuses contempla-
tions, si quelque intention douce et sociable
ranimait ce visage penseur, si ses yeux fixes
perdaient leur éclat rigide pour peindre un
sentiment, s'il regardait autour de lui en revenant à la vie réelle et vulgaire, il était difficile de
ne pas rendre involontairement hommage à la
beauté séduisante de ce visage, à l'esprit gracieux

qui s'y peignait. Aussi, chacun, en le voyant alors, regrettait-il que cet homme n'appartînt plus au monde, en disant : « Il a dû être bien beau dans sa jeunesse! » Erreur vulgaire! Jamais Balthazar Claës n'avait été plus poétique qu'il ne l'était en ce moment. Lavater [19] aurait voulu certainement étudier cette tête pleine de patience, de loyauté flamande, de moralité candide, où tout était large et grand, où la passion semblait calme parce qu'elle était forte. Les mœurs de cet homme devaient être pures, sa parole était sacrée, son amitié semblait constante, son dévouement eût été complet; mais le vouloir qui emploie ces qualités au profit de la patrie, du monde ou de la famille, s'était porté fatalement ailleurs. Ce citoyen, tenu de veiller au bonheur d'un ménage, de gérer une fortune, de diriger ses enfants vers un bel avenir, vivait en dehors de ses devoirs et de ses affections dans le commerce de quelque génie familier. A un prêtre, il eût paru plein de la parole de Dieu, un artiste l'eût salué comme un grand maître, un enthousiaste l'eût pris pour un voyant de l'Église swedenborgienne [20]. En ce moment le costume détruit, sauvage, ruiné que portait cet homme contrastait singulièrement avec les recherches gracieuses de la femme qui l'admirait si douloureusement. Les personnes contrefaites qui ont de l'esprit ou une belle âme apportent à leur toilette un goût exquis. Ou elles se mettent simplement en comprenant que leur charme est tout moral, ou elles savent faire oublier la disgrâce de leurs

proportions par une sorte d'élégance dans les
détails qui divertit le regard et occupe l'esprit.
Non seulement cette femme avait une àme
généreuse, mais encore elle àimait Balthazar
Claës avec cet instinct de la femme qui donne un
avant-goût de l'intelligence des anges. Élevée au
milieu d'une des plus illustres familles de la
Belgique, elle y aurait pris du goùt si elle n'en
avait pas eu déjà; mais éclairée par le désir de
plaire constamment à l'homme qu'elle aimait,
elle savait se vêtir admirablement sans que son
élégance fùt disparate avec ses deux vices de
conformation. Son corsage ne péchait d'ailleurs
que par les épaules, l'une étant sensiblement plus
grosse que l'autre. Elle regarda par les croisées,
dans la cour intérieure, puis dans le jardin,
comme pour voir si elle était seule avec Balthazar, et lui dit d'une voix douce, en lui jetant un
regard plein de cette soumission qui distingue les
Flamandes, car depuis longtemps l'amour avait
entre eux chassé la fierté de la grandesse espagnole : — Balthazar, tu es donc bien occupé?...
voici le trente-troisième dimanche que tu n'es
venu ni à la messe ni à vêpres.

Claës ne répondit pas; sa femme baissa la tête,
joignit les mains et attendit, elle savait que ce
silence n'accusait ni mépris ni dédain, mais de
tyranniques préoccupations. Balthazar était un
de ces êtres qui conservent longtemps au fond du
cœur leur délicatesse juvénile, il se serait trouvé
criminel d'exprimer la moindre pensée blessante
à une femme accablée par le sentiment de sa

disgrâce physique. Lui seul peut-être, parmi les hommes, savait qu'un mot, un regard peuvent effacer des années de bonheur, et sont d'autant plus cruels qu'ils contrastent plus fortement avec une douceur constante; car notre nature nous porte à ressentir plus de douleur d'une dissonance dans la félicité, que nous n'éprouvons de plaisir à rencontrer une jouissance dans le malheur. Quelques instants après, Balthazar parut se réveiller, regarda vivement autour de lui, et dit : — Vêpres? Ha! les enfants sont à vêpres. Il fit quelques pas pour jeter les yeux sur le jardin où s'élevaient de toutes parts de magnifiques tulipes; mais il s'arrêta tout à coup comme s'il se fût heurté contre un mur, et s'écria : — Pourquoi ne se combineraient-ils pas dans un temps donné?

— Deviendrait-il donc fou? se dit la femme avec une profonde terreur.

Pour donner plus d'intérêt à la scène que provoqua cette situation, il est indispensable de jeter un coup d'œil sur la vie antérieure de Balthazar Claës et de la petite-fille du duc de Casa-Réal.

Vers l'an 1783, monsieur Balthazar Claës-Molina de Nourho, alors âgé de vingt-deux ans, pouvait passer pour ce que nous appelons en France un bel homme. Il vint achever son éducation à Paris où il prit d'excellentes manières dans la société de madame d'Egmont [21], du comte de Horn, du prince d'Aremberg, de l'ambassadeur d'Espagne, d'Helvétius [22], des Français originaires de Belgique, ou des personnes

venues de ce pays, et que leur naissance ou leur
fortune faisaient compter parmi les grands sei-
gneurs qui, dans ce temps, donnaient le ton. Le
jeune Claës y trouva quelques parents et des amis
qui le lancèrent dans le grand monde au moment
où ce grand monde allait tomber; mais comme la
plupart des jeunes gens, il fut plus séduit d'abord
par la gloire et la science que par la vanité. Il
fréquenta donc beaucoup les savants et particulièrement Lavoisier, qui se recommandait alors
plus à l'attention publique par l'immense fortune
d'un fermier général que par ses découvertes en
chimie; tandis que plus tard, le grand chimiste
devait faire oublier le petit fermier général.
Balthazar se passionna pour la science que
cultivait Lavoisier et devint son plus ardent
disciple; mais il était jeune, beau comme le fut
Helvétius, et les femmes de Paris lui apprirent
bientôt à distiller exclusivement l'esprit et
l'amour. Quoiqu'il eût embrassé l'étude avec
ardeur, que Lavoisier lui eût accordé quelques
éloges, il abandonna son maître pour écouter les
maîtresses du goût auprès desquelles les jeunes
gens prenaient leurs dernières leçons de savoir-
vivre et se façonnaient aux usages de la haute
société qui, dans l'Europe, forme une même
famille. Le songe enivrant du succès dura peu;
après avoir respiré l'air de Paris, Balthazar partit
fatigué d'une vie creuse qui ne convenait ni à son
âme ardente ni à son cœur aimant. La vie
domestique, si douce, si calme, et dont il se
souvenait au seul nom de la Flandre, lui parut

mieux convenir à son caractère et aux ambitions de son cœur. Les dorures d'aucun salon parisien n'avaient effacé les mélodies du parloir brun et du petit jardin où son enfance s'était écoulée si heureuse. Il faut n'avoir ni foyer ni patrie pour rester à Paris. Paris est la ville du cosmopolite ou des hommes qui ont épousé le monde et qui l'étreignent incessamment avec le bras de la science, de l'art ou du pouvoir. L'enfant de la Flandre revint à Douai comme le pigeon de La Fontaine à son nid [23], il pleura de joie en y rentrant le jour où se promenait Gayant. Gayant, ce superstitieux bonheur de toute la ville, ce triomphe des souvenirs flamands, s'était introduit lors de l'émigration de sa famille à Douai. La mort de son père et celle de sa mère laissèrent la maison Claës déserte, et l'y occupèrent pendant quelque temps. Sa première douleur passée, il sentit le besoin de se marier pour compléter l'existence heureuse dont toutes les religions l'avaient ressaisi; il voulut suivre les errements du foyer domestique en allant, comme ses ancêtres, chercher une femme soit à Gand, soit à Bruges, soit à Anvers; mais aucune des personnes qu'il y rencontra ne lui convint. Il avait sans doute, sur le mariage, quelques idées particulières, car il fut dès sa jeunesse accusé de ne pas marcher dans la voie commune. Un jour, il entendit parler, chez l'un de ses parents, à Gand, d'une demoiselle de Bruxelles qui devint l'objet de discussions assez vives. Les uns trouvaient que la beauté de mademoiselle de Temninck s'effaçait

par ses imperfections; les autres la voyaient
parfaite malgré ses défauts. Le vieux cousin de
Balthazar Claës dit à ses convives que, belle ou
non, elle avait une âme qui la ferait épouser, s'il
était à marier; et il raconta comment elle venait
de renoncer à la succession de son père et de sa
mère afin de procurer à son jeune frère un
mariage digne de son nom, en préférant ainsi le
bonheur de ce frère au sien propre et lui
sacrifiant toute sa vie. Il n'était pas à croire que
mademoiselle de Temninck se mariât vieille et
sans fortune, quand, jeune héritière, il ne se
présentait aucun parti pour elle. Quelques jours
après, Balthazar Claës recherchait mademoiselle de Temninck, alors âgée de vingt-cinq ans,
et de laquelle il s'était vivement épris. Joséphine
de Temninck se crut l'objet d'un caprice, et
refusa d'écouter monsieur Claës; mais la passion
est si communicative, et pour une pauvre fille
contrefaite et boiteuse, un amour inspiré à un
homme jeune et bien fait, comporte de si grandes
séductions, qu'elle consentit à se laisser courtiser.
   Ne faudrait-il pas un livre entier pour bien
peindre l'amour d'une jeune fille humblement
soumise à l'opinion qui la proclame laide, tandis
qu'elle sent en elle le charme irrésistible que
produisent les sentiments vrais? C'est de féroces
jalousies à l'aspect du bonheur, de cruelles
velléités de vengeance contre la rivale qui vole un
regard, enfin des émotions, des terreurs inconnues à la plupart des femmes, et qui alors
perdraient à n'être qu'indiquées. Le doute, si

dramatique en amour, serait le secret de cette
analyse, essentiellement minutieuse, où certaines
âmes retrouveraient la poésie perdue, mais non
pas oubliée de leurs premiers troubles : ces
exaltations sublimes au fond du cœur et que le
visage ne trahit jamais; cette crainte de n'être
pas compris, et ces joies illimitées de l'avoir été;
ces hésitations de l'âme qui se replie sur elle-
même et ces projections magnétiques [24] qui
donnent aux yeux des nuances infinies; ces
projets de suicide causés par un mot et dissipés
par une intonation de voix aussi étendue que le
sentiment dont elle révèle la persistance mécon-
nue; ces regards tremblants qui voilent de
terribles hardiesses; ces envies soudaines de
parler et d'agir, réprimées par leur violence
même; cette éloquence intime qui se produit par
des phrases sans esprit, mais prononcées d'une
voix agitée; les mystérieux effets de cette primitive pudeur de l'âme et de cette divine discrétion
qui rend généreux dans l'ombre, et fait trouver
un goût exquis aux dévouements ignorés; enfin,
toutes les beautés de l'amour jeune et les
faiblesses de sa puissance.

Mademoiselle Joséphine de Temninck fut
coquette par grandeur d'âme. Le sentiment de
ses apparentes imperfections la rendit aussi difficile que l'eût été la plus belle personne. La
crainte de déplaire un jour éveillait sa fierté,
détruisait sa confiance et lui donnait le courage
de garder au fond de son cœur ces premières
félicités que les autres femmes aiment à publier

par leurs manières, et dont elles se font une
orgueilleuse parure. Plus l'amour la poussait
vivement vers Balthazar, moins elle osait lui
exprimer ses sentiments. Le geste, le regard, la
réponse ou la demande qui, chez une jolie femme,
sont des flatteries pour un homme, ne deve-
naient-elles pas en elle d'humiliantes spécula-
tions? Une femme belle peut à son aise être elle-
même, le monde lui fait toujours crédit d'une
sottise ou d'une gaucherie; tandis qu'un seul
regard arrête l'expression la plus magnifique sur
les lèvres d'une femme laide, intimide ses yeux,
augmente la mauvaise grâce de ses gestes, embar-
rasse son maintien. Ne sait-elle pas qu'à elle seule
il est défendu de commettre des fautes, chacun
lui refuse le don de les réparer, et d'ailleurs
personne ne lui en fournit l'occasion. La nécessité
d'être à chaque instant parfaite ne doit-elle pas
éteindre les facultés, glacer leur exercice? Cette
femme ne peut vivre que dans une atmosphère
d'angélique indulgence. Où sont les cœurs d'où
l'indulgence s'épanche sans se teindre d'une
amère et blessante pitié? Ces pensées auxquelles
l'avait accoutumée l'horrible politesse du monde,
et ces égards qui, plus cruels que des injures,
aggravent les malheurs en les constatant, oppres-
saient mademoiselle de Temninck, lui causaient
une gêne constante qui refoulait au fond de son
âme les impressions les plus délicieuses, et frap-
pait de froideur son attitude, sa parole, son
regard. Elle était amoureuse à la dérobée, n'osait
avoir de l'éloquence ou de la beauté que dans la

solitude. Malheureuse au grand jour, elle aurait
été ravissante s'il lui avait été permis de ne vivre
qu'à la nuit. Souvent, pour éprouver cet amour
et au risque de le perdre, elle dédaignait la parure
qui pouvait sauver en partie ses défauts. Ses
yeux d'Espagnole fascinaient quand elle s'apercevait que Balthazar la trouvait belle en négligé.
Néanmoins, la défiance lui gâtait les rares instants pendant lesquels elle se hasardait à se livrer
au bonheur. Elle se demandait bientôt si Claës ne
cherchait pas à l'épouser pour avoir au logis une
esclave, s'il n'avait pas quelques imperfections
secrètes qui l'obligeaient à se contenter d'une
pauvre fille disgraciée. Ces anxiétés perpétuelles
donnaient parfois un prix inouï aux heures où elle
croyait à la durée, à la sincérité d'un amour qui
devait la venger du monde. Elle provoquait de
délicates discussions en exagérant sa laideur, afin
de pénétrer jusqu'au fond de la conscience de son
amant, elle arrachait alors à Balthazar des
vérités peu flatteuses; mais elle aimait l'embarras
où il se trouvait, quand elle l'avait amené à dire
que ce qu'on aimait dans une femme était avant
tout une belle âme, et ce dévouement qui rend les
jours de la vie si constamment heureux; qu'après
quelques années de mariage, la plus délicieuse
femme de la terre est pour un mari l'équivalent
de la plus laide. Après avoir entassé ce qu'il y
avait de vrai dans les paradoxes qui tendent à
diminuer le prix de la beauté, soudain Balthazar
s'apercevait de la désobligeance de ces proposi-
tions, et découvrait toute la bonté de son cœur

dans la délicatesse des transitions par lesquelles il savait prouver à mademoiselle de Temninck qu'elle était parfaite pour lui. Le dévouement, qui peut-être est chez la femme le comble de l'amour, ne manqua pas à cette fille, car elle désespéra d'être toujours aimée; mais la perspective d'une lutte dans laquelle le sentiment devait l'emporter sur la beauté la tenta; puis elle trouva de la grandeur à se donner sans croire à l'amour; enfin le bonheur, de quelque courte durée qu'il pùt être, devait lui coùter trop cher pour qu'elle se refusàt à le goùter. Ces incertitudes, ces combats, en communiquant le charme et l'imprévu de la passion à cette créature supérieure, inspiraient à Balthazar un amour presque chevaleresque.

Le mariage eut lieu au commencement de l'année 1795. Les deux époux revinrent à Douai passer les premiers jours de leur union dans la maison patriarcale des Claës, dont les trésors furent grossis par mademoiselle de Temninck qui apporta quelques beaux tableaux de Murillo et de Vélasquez, les diamants de sa mère et les magnifiques présents que lui adressa son frère, devenu duc de Casa-Réal. Peu de femmes furent plus heureuses que madame Claës. Son bonheur dura quinze années, sans le plus léger nuage; et comme une vive lumière, il s'infusa jusque dans les menus détails de l'existence. La plupart des hommes ont des inégalités de caractère qui produisent de continuelles dissonances; ils privent ainsi leur intérieur de cette harmonie, le

beau idéal [25] du ménage; car la plupart des
hommes sont entachés de petitesses, et les petitesses engendrent les tracasseries. L'un sera
probe, et actif, mais dur et rêche; l'autre sera
bon, mais entêté; celui-ci aimera sa femme, mais
aura de l'incertitude dans ses volontés; celui-là,
préoccupé par l'ambition, s'acquittera de ses
sentiments comme d'une dette, s'il donne les
vanités de la fortune, il emporte la joie de tous
les jours; enfin, les hommes du milieu social [26]
sont essentiellement incomplets, sans être
notablement reprochables. Les gens d'esprit sont
variables autant que des baromètres, le génie seul
est essentiellement bon. Aussi le bonheur pur se
trouve-t-il aux deux extrémités de l'échelle
morale. La bonne bête ou l'homme de génie sont
seuls capables, l'un par faiblesse, l'autre par
force, de cette égalité d'humeur, de cette douceur
constante dans laquelle se fondent les aspérités
de la vie. Chez l'un, c'est indifférence et passi-
vité; chez l'autre, c'est indulgence et continuité
de la pensée sublime dont il est l'interprète [27] et
qui doit se ressembler dans le principe comme
dans l'application. L'un et l'autre sont également
simples et naïfs; seulement, chez celui-là c'est le
vide; chez celui-ci c'est la profondeur. Aussi les
femmes adroites sont-elles assez disposées à
prendre une bête comme le meilleur pis-aller d'un
grand homme. Balthazar porta donc d'abord sa
supériorité dans les plus petites choses de la vie.
Il se plut à voir dans l'amour conjugal une œuvre
magnifique, et comme les hommes de haute

portée qui ne souffrent rien d'imparfait, il voulut
en déployer toutes les beautés. Son esprit modi-
fiait incessamment le calme du bonheur, son
noble caractère marquait ses attentions au coin
de la grâce. Ainsi, quoiqu'il partageât les principes philosophiques du dix-huitième siècle, il
installa chez lui jusqu'en 1801, malgré les dangers
que les lois révolutionnaires lui faisaient courir,
un prêtre catholique, afin de ne pas contrarier le
fanatisme espagnol que sa femme avait sucé dans
le lait maternel pour le catholicisme romain;
puis, quand le culte fut rétabli en France, il
accompagna sa femme à la messe, tous les
dimanches. Jamais son attachement ne quitta les
formes de la passion. Jamais il ne fit sentir dans
son intérieur cette force protectrice que les
femmes aiment tant, parce que pour la sienne elle
aurait ressemblé à de la pitié. Enfin, par la plus
ingénieuse adulation, il la traitait comme son
égale et laissait échapper de ces aimables boude-
ries qu'un homme se permet envers une belle
femme comme pour en braver la supériorité. Ses
lèvres furent toujours embellies par le sourire du
bonheur, et sa parole fut toujours pleine de
douceur. Il aima sa Joséphine pour elle et pour
lui, avec cette ardeur qui comporte un éloge
continuel des qualités et des beautés d'une
femme. La fidélité, souvent l'effet d'un principe
social, d'une religion ou d'un calcul chez les
maris, en lui semblait involontaire, et n'allait
point sans les douces flatteries du printemps de
l'amour. Le devoir était du mariage la seule

obligation qui fût inconnue à ces deux êtres
également aimants, car Balthazar Claës trouva
dans mademoiselle de Temninck une constante et
complète réalisation de ses espérances. En lui, le
cœur fut toujours assouvi sans fatigue, et
l'homme toujours heureux. Non seulement, le
sang espagnol ne mentait pas chez la petite-fille
des Casa-Réal, et lui faisait un instinct de cette
science qui sait varier le plaisir à l'infini; mais
elle eut aussi ce dévouement sans bornes qui est
le génie de son sexe, comme la grâce en est toute
la beauté. Son amour était un fanatisme aveugle
qui sur un seul signe de tête l'eût fait aller
joyeusement à la mort. La délicatesse de Balthazar avait exalté chez elle les sentiments les plus
généreux de la femme, et lui inspirait un impé-
rieux besoin de donner plus qu'elle ne recevait.
Ce mutuel échange d'un bonheur alternativement
prodigué mettait visiblement le principe de sa vie
en dehors d'elle, et répandait un croissant amour
dans ses paroles, dans ses regards, dans ses
actions. De part et d'autre, la reconnaissance
fécondait et variait la vie du cœur; de même que
la certitude d'être tout l'un pour l'autre excluait
les petitesses en agrandissant les moindres accessoires de l'existence. Mais aussi, la femme contrefaite que son mari trouve droite, la femme
boiteuse qu'un homme ne veut pas autrement, ou
la femme âgée qui paraît jeune, ne sont-elles pas
les plus heureuses créatures du monde féminin?...
La passion humaine ne saurait aller au delà. La
gloire de la femme n'est-elle pas de faire adorer ce

qui paraît un défaut en elle? Oublier qu'une
boiteuse ne marche pas droit est la fascination
d'un moment; mais l'aimer parce qu'elle boite est
la déification de son vice. Peut-être faudrait-il
graver dans l'Évangile des femmes cette sentence :
*Bienheureuses les imparfaites, à elles appartient
le royaume de l'amour.* Certes, la beauté doit être
un malheur pour une femme, car cette fleur
passagère entre pour trop dans le sentiment
qu'elle inspire; ne l'aime-t-on pas comme on
épouse une riche héritière? Mais l'amour que fait
éprouver ou que témoigne une femme déshéritée
des fragiles avantages après lesquels courent les
enfants d'Adam, est l'amour vrai, la passion
vraiment mystérieuse, une ardente étreinte des
âmes, un sentiment pour lequel le jour du
désenchantement n'arrive jamais. Cette femme a
des grâces ignorées du monde au contrôle duquel
elle se soustrait, elle est belle à propos, et
recueille trop de gloire à faire oublier ses imperfections pour n'y pas constamment réussir. Aussi,
les attachements les plus célèbres dans l'histoire
furent-ils presque tous inspirés par des femmes à
qui le vulgaire aurait trouvé des défauts. Cléo-
pâtre, Jeanne de Naples, Diane de Poitiers,
mademoiselle de La Vallière, madame de Pompa-
dour, enfin la plupart des femmes que l'amour a
rendues célèbres ne manquent ni d'imperfections,
ni d'infirmités; tandis que la plupart des femmes
dont la beauté nous est citée comme parfaite, ont
vu finir malheureusement leurs amours. Cette
apparente bizarrerie doit avoir sa cause. Peut-

être l'homme vit-il plus par le sentiment que par
le plaisir? peut-être le charme tout physique
d'une belle femme a-t-il des bornes, tandis que le
charme essentiellement moral d'une femme de
beauté médiocre est infini? N'est-ce pas la moralité de la fabulation sur laquelle reposent les
Mille et Une Nuits? Femme d'Henri VIII, une
laide aurait défié la hache et soumis l'inconstance
du maître. Par une bizarrerie assez explicable
chez une fille d'origine espagnole, madame Claës
était ignorante. Elle savait lire et écrire; mais
jusqu'à l'âge de vingt ans, époque à laquelle ses
parents la tirèrent du couvent, elle n'avait lu que
des ouvrages ascétiques. En entrant dans le
monde, elle eut d'abord soif des plaisirs du
monde et n'apprit que les sciences futiles de la
toilette; mais elle fut si profondément humiliée
de son ignorance qu'elle n'osait se mêler à aucune
conversation; aussi passa-t-elle pour avoir peu
d'esprit. Cependant, cette éducation mystique
avait eu pour résultat de laisser en elle les
sentiments dans toute leur force, et de ne point
gâter son esprit naturel. Sotte et laide comme
une héritière aux yeux du monde, elle devint
spirituelle et belle pour son mari. Balthazar
essaya bien pendant les premières années de son
mariage de donner à sa femme les connaissances
dont elle avait besoin pour être bien dans le
monde; mais il était sans doute trop tard, elle
n'avait que la mémoire du cœur. Joséphine
n'oubliait rien de ce que lui disait Claës, relativement à eux-mêmes; elle se souvenait des plus

petites circonstances de sa vie heureuse, et ne se
rappelait pas le lendemain sa leçon de la veille.
Cette ignorance eût causé de grands discords entre
d'autres époux; mais madame Claës avait une si
naïve entente de la passion, elle aimait si
pieusement, si saintement son mari, et le désir de
conserver son bonheur la rendait si adroite
qu'elle s'arrangeait toujours pour paraître le
comprendre, et laissait rarement arriver les
moments où son ignorance eût été par trop
évidente. D'ailleurs quand deux personnes s'aiment assez pour que chaque jour soit pour eux le
premier de leur passion, il existe dans ce fécond
bonheur des phénomènes qui changent toutes les
conditions de la vie. N'est-ce pas alors comme
une enfance insouciante de tout ce qui n'est pas
rire, joie, plaisir? Puis, quand la vie est bien
active, quand les foyers en sont bien ardents,
l'homme laisse aller la combustion sans y penser
ou la discuter, sans mesurer les moyens ni la fin.
Jamais d'ailleurs aucune fille d'Ève n'entendit
mieux que madame Claës son métier de femme.
Elle eut cette soumission de la Flamande, qui
rend le foyer domestique si attrayant, et à
laquelle sa fierté d'Espagnole donnait une plus
haute saveur. Elle était imposante, savait commander le respect par un regard où éclatait le
sentiment de sa valeur et de sa noblesse; mais
devant Claës elle tremblait; et, à la longue, elle
avait fini par le mettre si haut et si près de Dieu,
en lui rapportant tous les actes de sa vie et ses
moindres pensées, que son amour n'allait plus

sans une teinte de crainte respectueuse qui l'aiguisait encore. Elle prit avec orgueil toutes les habitudes de la bourgeoisie flamande et plaça son amour-propre à rendre la vie domestique grassement heureuse, à entretenir les plus petits détails de la maison dans leur propreté classique, à ne posséder que des choses d'une bonté absolue, à maintenir sur sa table les mets les plus délicats et à mettre tout chez elle en harmonie avec la vie du cœur. Ils eurent deux garçons et deux filles. L'aînée, nommée Marguerite, était née en 1796. Le dernier enfant était un garçon, âgé de trois ans et nommé Jean-Balthazar. Le sentiment maternel fut chez madame Claës presque égal à son amour pour son époux. Aussi se passa-t-il en son âme, et surtout pendant les derniers jours de sa vie, un combat horrible entre ces deux sentiments également puissants, et dont l'un était en quelque sorte devenu l'ennemi de l'autre. Les larmes et la terreur empreintes sur sa figure au moment où commence le récit du drame domestique qui couvait dans cette paisible maison, étaient causées par la crainte d'avoir sacrifié ses enfants à son mari.

En 1805, le frère de madame Claës mourut sans laisser d'enfants. La loi espagnole s'opposait à ce que la sœur succédât aux possessions territoriales qui apanageaient les titres de la maison; mais par ses dispositions testamentaires, le duc lui légua soixante mille ducats [28] environ, que les héritiers de la branche collatérale ne lui disputèrent pas. Quoique le sentiment qui l'unissait à Balthazar

Claës fùt tel que jamais aucune idée d'intérêt
l'eùt entaché, Joséphine éprouva une sorte de
contentement à posséder une fortune égale à celle
de son mari, et fut heureuse de pouvoir à son
tour lui offrir quelque chose après avoir si
noblement tout reçu de lui. Le hasard fit donc
que ce mariage, dans lequel les calculateurs
voyaient une folie, fùt, sous le rapport de
l'intérêt, un excellent mariage. L'emploi de cette
somme fut assez difficile à déterminer. La maison
Claës était si richement fournie en meubles, en
tableaux, en objets d'art et de prix, qu'il semblait difficile d'y ajouter des choses dignes de
celles qui s'y trouvaient déjà. Le goût de cette
famille y avait accumulé des trésors. Une génération s'était mise à la piste de beaux tableaux;
puis la nécessité de compléter la collection
commencée avait rendu le goût de la peinture
héréditaire. Les cent tableaux qui ornaient la
galerie par laquelle on communiquait du quartier
de derrière aux appartements de réception situés
au premier étage de la maison de devant, ainsi
qu'une cinquantaine d'autres placés dans les
salons d'apparat, avaient exigé trois siècles de
patientes recherches. C'était de célèbres morceaux de Rubens, de Ruysdaël, de Van Dyck, de
Terburg, de Gérard Dow, de Teniers, de Miéris,
de Paul Potter, de Wouwermans, de Rembrandt,
d'Hobbéma, de Cranach et d'Holbein. Les
tableaux italiens et français étaient en minorité,
mais tous authentiques et capitaux. Une autre
génération avait eu la fantaisie des services de

porcelaine japonaise ou chinoise. Tel Claës s'était
passionné pour les meubles, tel autre pour l'argenterie, enfin chacun d'eux avait eu sa manie, sa
passion, l'un des traits les plus saillants du
caractère flamand. Le père de Balthazar, le
dernier débris de la fameuse société hollandaise,
avait laissé l'une des plus riches collections de
tulipes connues. Outre ces richesses héréditaires
qui représentaient un capital énorme, et meublaient magnifiquement cette vieille maison,
simple au dehors comme une coquille, mais
comme une coquille intérieurement nacrée et
parée des plus riches couleurs, Balthazar Claës
possédait encore une maison de campagne dans la
plaine d'Orchies. Loin de baser, comme les
Français, sa dépense sur ses revenus, il avait
suivi la vieille coutume hollandaise de n'en
consommer que le quart; et douze cents ducats
par an mettaient sa dépense au niveau de celle
que faisaient les plus riches personnes de la ville.
La publication du Code Civil donna raison à cette
sagesse. En ordonnant le partage égal des biens,
le Titre des Successions devait laisser chaque
enfant presque pauvre et disperser un jour les
richesses du vieux musée Claës. Balthazar, d'accord avec madame Claës, plaça la fortune de sa
femme de manière à donner à chacun de leurs
enfants une position semblable à celle du père. La
maison Claës persista donc dans la modestie de
son train et acheta des bois, un peu maltraités
par les guerres qui avaient eu lieu; mais qui bien
conservés devaient prendre à dix ans de là une

valeur énorme. La haute société de Douai, que fréquentait monsieur Claës, avait su si bien apprécier le beau caractère et les qualités de sa femme, que, par une espèce de convention tacite, elle était exemptée des devoirs auxquels les gens de province tiennent tant. Pendant la saison d'hiver qu'elle passait à la ville, elle allait rarement dans le monde, et le monde venait chez elle. Elle recevait tous les mercredis, et donnait trois grands dîners par mois. Chacun avait senti qu'elle était plus à l'aise dans sa maison, où la retenaient d'ailleurs sa passion pour son mari et les soins que réclamait l'éducation de ses enfants. Telle fut, jusqu'en 1809, la conduite de ce ménage qui n'eut rien de conforme aux idées reçues. La vie de ces deux êtres, secrètement pleine d'amour et de joie, était extérieurement semblable à toute autre. La passion de Balthazar Claës pour sa femme, et que sa femme savait perpétuer, semblait, comme il le faisait observer lui-même, employer sa constance innée dans la culture du bonheur qui valait bien celle des tulipes vers laquelle il penchait dès son enfance, et le dispensait d'avoir sa manie comme chacun de ses ancêtres avait eu la sienne.

A la fin de cette année, l'esprit et les manières de Balthazar subirent des altérations funestes, qui commencèrent si naturellement que d'abord madame Claës ne trouva pas nécessaire de lui en demander la cause. Un soir, son mari se coucha dans un état de préoccupation qu'elle se fit un devoir de respecter. Sa délicatesse de femme et

ses habitudes de soumission lui avaient toujours
laissé attendre les confidences de Balthazar dont
la confiance lui était garantie par une affection si
vraie qu'elle ne donnait aucune prise à sa
jalousie. Quoique certaine d'obtenir une réponse
quand elle se permettrait une demande curieuse,
elle avait toujours conservé de ses premières
impressions dans la vie la crainte d'un refus.
D'ailleurs, la maladie morale de son mari eut des
phases, et n'arriva que par des teintes progres-
sivement plus fortes à cette violence intolérable
qui détruisit le bonheur de son ménage. Quelque
occupé que fût Balthazar, il resta néanmoins,
pendant plusieurs mois, causeur, affectueux, et le
changement de son caractère ne se manifestait
alors que par de fréquentes distractions. Madame
Claës espéra longtemps savoir par son mari le
secret de ses travaux; peut-être ne voulait-il
l'avouer qu'au moment où ils aboutiraient à des
résultats utiles, car beaucoup d'hommes ont un
orgueil qui les pousse à cacher leurs combats et à
ne se montrer que victorieux. Au jour du
triomphe, le bonheur domestique devait donc
reparaître d'autant plus éclatant que Balthazar
s'apercevait de cette lacune dans sa vie amoureuse que son cœur désavouerait sans doute.
Joséphine connaissait assez son mari pour savoir
qu'il ne se pardonnerait pas d'avoir rendu sa
Pépita moins heureuse pendant plusieurs mois.
Elle gardait donc le silence en éprouvant une
espèce de joie à souffrir par lui, pour lui; car sa
passion avait une teinte de cette piété espagnole

qui ne sépare jamais la foi de l'amour, et ne
comprend point le sentiment sans souffrances.
Elle attendait donc un retour d'affection en se
disant chaque soir : — Ce sera demain! et en
traitant son bonheur comme un absent. Elle
conçut son dernier enfant au milieu de ces
troubles secrets. Horrible révélation d'un avenir
de douleur! En cette circonstance, l'amour fut,
parmi les distractions de son mari, comme une
distraction plus forte que les autres. Son orgueil
de femme, blessé pour la première fois, lui fit
sonder la profondeur de l'abîme inconnu qui la
séparait à jamais du Claës des premiers jours.
Dès ce moment, l'état de Balthazar empira. Cet
homme, naguère incessamment plongé dans les
joies·domestiques, qui jouait pendant des heures
entières avec ses enfants, se roulait avec eux sur
le tapis du parloir ou dans les allées du jardin,
qui semblait ne pouvoir vivre que sous les yeux
noirs de sa Pépita, ne s'aperçut point de la
grossesse de sa femme, oublia de vivre en famille
et s'oublia lui-même. Plus madame Claës avait
tardé à lui demander le sujet de ses occupations,
moins elle l'osa. A cette idée, son sang bouillonnait et la voix lui manquait. Enfin elle crut avoir
cessé de plaire à son mari et fut alors sérieusement alarmée. Cette crainte l'occupa, la désespéra, l'exalta, devint le principe de bien des
heures mélancoliques, et de tristes rêveries. Elle
justifia Balthazar à ses dépens en se trouvant
laide et vieille; puis elle entrevit une pensée
généreuse, mais humiliante pour elle, dans le

travail par lequel il se faisait une fidélité négative, et voulut lui rendre son indépendance en
laissant s'établir un de ces secrets divorces, le
mot du bonheur dont paraissent jouir plusieurs
ménages. Néanmoins, avant de dire adieu à la vie
conjugale, elle tàcha de lire au fond de ce cœur,
mais elle le trouva fermé. Insensiblement, elle vit
Balthazar devenir indifférent à tout ce qu'il avait
aimé, négliger ses tulipes en fleurs, et ne plus
songer à ses enfants. Sans doute il se livrait à
quelque passion en dehors des affections du cœur,
mais qui, selon les femmes, n'en dessèche pas
moins le cœur. L'amour était endormi et non pas
enfui. Si ce fut une consolation, le malheur n'en
resta pas moins le même. La continuité de cette
crise s'explique par un seul mot, l'espérance,
secret de toutes ces situations conjugales. Au
moment où la pauvre femme arrivait à un degré
de désespoir qui lui prêtait le courage d'interroger son mari, précisément, alors elle retrouvait de
doux moments, pendant lesquels Balthazar lui
prouvait que s'il appartenait à quelques pensées
diaboliques, elles lui permettaient de redevenir
parfois lui-même. Durant ces instants, où son ciel
s'éclaircissait, elle s'empressait trop à jouir de son
bonheur pour le troubler par des importunités;
puis, quand elle s'était enhardie à questionner
Balthazar, au moment même où elle allait parler,
il lui échappait aussitôt, il la quittait brusquement, ou tombait dans le gouffre de ses méditations d'où rien ne le pouvait tirer. Bientôt la
réaction du moral sur le physique commença ses

ravages, d'abord imperceptibles, mais néanmoins
saisissables à l'œil d'une femme aimante qui
suivait la secrète pensée de son mari dans ses
moindres manifestations. Souvent, elle avait
peine à retenir ses larmes en le voyant, après le
dîner, plongé dans une bergère au coin du feu,
morne et pensif, l'œil arrêté sur un panneau noir
sans s'apercevoir du silence qui régnait autour de
lui. Elle observait avec terreur les changements
insensibles qui dégradaient cette figure que
l'amour avait faite sublime pour elle; chaque
jour, la vie de l'âme s'en retirait davantage, et la
charpente restait sans aucune expression. Parfois
les yeux prenaient une couleur vitreuse, il semblait que la vue se retournât et s'exerçât à
l'intérieur. Quand les enfants étaient couchés,
après quelques heures de silence et de solitude,
pleines de pensées affreuses, si la pauvre Pépita
se hasardait à demander : — « Mon ami, souffres-
tu? », quelquefois Balthazar ne répondait pas; ou
s'il répondait, il revenait à lui par un tressaillement comme un homme arraché en sursaut à son
sommeil, et disait un *non* sec et caverneux qui
tombait pesamment sur le cœur de sa femme
palpitante. Quoiqu'elle eût voulu cacher à ses
amis la bizarre situation où elle se trouvait, elle
fut cependant obligée d'en parler. Selon l'usage
des petites villes, la plupart des salons avaient
fait du dérangement de Balthazar le sujet de
leurs conversations, et déjà dans certaines sociétés l'on savait plusieurs détails ignorés de
madame Claës. Aussi, malgré le mutisme com-

mandé par la politesse, quelques amis témoi-
gnèrent-ils de si vives inquiétudes, qu'elle s'empressa de justifier les singularités de son mari :
— Monsieur Balthazar avait, disait-elle, entrepris
un grand travail qui l'absorbait, mais dont la
réussite devait être un sujet de gloire pour sa
famille et pour sa patrie. Cette explication
mystérieuse caressait trop l'ambition d'une ville
où, plus qu'en aucune autre, règne l'amour du
pays et le désir de son illustration, pour qu'elle ne
produisît pas dans les esprits une réaction favorable à monsieur Claës. Les suppositions de sa
femme étaient, jusqu'à un certain point, assez
fondées. Plusieurs ouvriers de diverses profes-
sions avaient longtemps travaillé dans le grenier
de la maison de devant, où Balthazar se rendait
dès le matin. Après y avoir fait des retraites de
plus en plus longues, auxquelles s'étaient insensiblement accoutumés sa femme et ses gens,
Balthazar en était arrivé à y demeurer des
journées entières. Mais, douleur inouïe! madame
Claës apprit par les humiliantes confidences de
ses bonnes amies étonnées de son ignorance, que
son mari ne cessait d'acheter à Paris des instruments de physique, des matières précieuses, des
livres, des machines, et se ruinait, disait-on, à
chercher la pierre philosophale. Elle devait songer à ses enfants, ajoutaient les amies, à son
propre avenir, et serait criminelle de ne pas
employer son influence pour détourner son mari
de la fausse voie où il s'était engagé. Si madame
Claës retrouva son impertinence de grande

dame pour imposer silence à ces discours
absurdes, elle fut prise de terreur malgré son
apparente assurance, et résolut de quitter son
rôle d'abnégation. Elle fit naître une de ces
situations pendant lesquelles une femme est avec
son mari sur un pied d'égalité ; moins tremblante
ainsi, elle osa demander à Balthazar la raison de
son changement et le motif de sa constante
retraite. Le Flamand fronça les sourcils, et lui
répondit alors : — Ma chère, tu n'y comprendrais
rien.

Un jour, Joséphine insista pour connaître ce
secret en se plaignant avec douceur de ne pas
partager toute la pensée de celui de qui elle
partageait la vie. — Puisque cela t'intéresse tant,
répondit Balthazar en gardant sa femme sur ses
genoux et lui caressant ses cheveux noirs, je te
dirai que je me suis remis à la chimie, et je suis
l'homme le plus heureux du monde.

Deux ans après l'hiver où monsieur Claës était
devenu chimiste, sa maison avait changé d'aspect. Soit que la société se choquât de la
distraction perpétuelle du savant, ou crût le
gêner ; soit que ses anxiétés secrètes eussent
rendu madame Claës moins agréable, elle ne
voyait plus que ses amis intimes. Balthazar
n'allait nulle part, s'enfermait dans son laboratoire pendant toute la journée, y restait parfois la
nuit, et n'apparaissait au sein de sa famille qu'à
l'heure du dîner. Dès la deuxième année, il cessa
de passer la belle saison à sa campagne que sa
femme ne voulut plus habiter seule. Quelquefois

Balthazar sortait de chez lui, se promenait et ne rentrait que le lendemain, en laissant madame Claës pendant toute une nuit livrée à de mortelles inquiétudes; après l'avoir fait infructueusement chercher dans une ville dont les portes étaient fermées le soir, suivant l'usage des places fortes, elle ne pouvait envoyer à sa poursuite dans la campagne. La malheureuse femme n'avait même plus alors l'espoir mêlé d'angoisses que donne l'attente, et souffrait jusqu'au lendemain. Balthazar, qui avait oublié l'heure de la fermeture des portes, arrivait le lendemain tout tranquillement sans soupçonner les tortures que sa distraction devait imposer à sa famille; et le bonheur de le revoir était pour sa femme une crise aussi dangereuse que pouvaient l'être ses appréhensions, elle se taisait, n'osait le questionner; car, à la première demande qu'elle fit, il avait répondu d'un air surpris : — « Eh! bien, quoi, l'on ne peut pas se promener! » Les passions ne savent pas tromper. Les inquiétudes de madame Claës justifièrent donc les bruits qu'elle s'était plu à démentir. Sa jeunesse l'avait habituée à connaître la pitié polie du monde; pour ne pas la subir une seconde fois, elle se renferma plus étroitement dans l'enceinte de sa maison que tout le monde déserta, même ses derniers amis. Le désordre dans les vêtements, toujours si dégradant pour un homme de la haute classe, devint tel chez Balthazar, qu'entre tant de causes de chagrins, ce ne fut pas l'une des moins sensibles dont s'affecta cette femme habituée à l'exquise

propreté des Flamandes. De concert avec Lemulquinier, valet de chambre de son mari, Joséphine
remédia pendant quelque temps à la dévastation
journalière des habits, mais il fallut y renoncer.
Le jour même où, à l'insu de Balthazar, des effets
neufs avaient été substitués à ceux qui étaient
tachés, déchirés ou troués, il en faisait des
haillons. Cette femme heureuse pendant quinze
ans, et dont la jalousie ne s'était jamais éveillée,
se trouva tout à coup n'être plus rien en
apparence dans le cœur où elle régnait naguère.
Espagnole d'origine, le sentiment de la femme
espagnole gronda chez elle, quand elle se décou-
vrit une rivale dans la science qui lui enlevait son
mari; les tourments de la jalousie lui dévorèrent
le cœur, et rénovèrent son amour. Mais que faire
contre la science? Comment en combattre le
pouvoir incessant, tyrannique et croissant? Comment tuer une rivale invisible? Comment une
femme, dont le pouvoir est limité par la nature,
peut-elle lutter avec une idée dont les jouissances
sont infinies et les attraits toujours nouveaux?
Que tenter contre la coquetterie des idées qui se
rafraîchissent, renaissent plus belles dans les
difficultés, et entraînent un homme si loin du
monde qu'il oublie jusqu'à ses plus chères affections? Enfin un jour, malgré les ordres sévères
que Balthazar avait donnés, sa femme voulut au
moins ne pas le quitter, s'enfermer avec lui dans
ce grenier où il se retirait, combattre corps à
corps avec sa rivale en assistant son mari durant
les longues heures qu'il prodiguait à cette terrible

maîtresse. Elle voulut se glisser secrètement dans ce mystérieux atelier de séduction, et acquérir le droit d'y rester toujours. Elle essaya donc de partager avec Lemulquinier le droit d'entrer dans le laboratoire; mais, pour ne pas le rendre témoin d'une querelle qu'elle redoutait, elle attendit un jour où son mari se passerait du valet de chambre. Depuis quelque temps, elle étudiait les allées et venues de ce domestique avec une impatience haineuse; ne savait-il pas tout ce qu'elle désirait apprendre, ce que son mari lui cachait et ce qu'elle n'osait lui demander; elle trouvait Lemulquinier plus favorisé qu'elle, elle, l'épouse!

Elle vint donc tremblante et presque heureuse; mais, pour la première fois de sa vie, elle connut la colère de Balthazar; à peine avait-elle entr'ouvert la porte, qu'il fondit sur elle, la prit, la jeta rudement sur l'escalier, où elle faillit rouler du haut en bas. — Dieu soit loué, tu existes! cria Balthazar en la relevant. Un masque de verre s'était brisé en éclats sur madame Claës qui vit son mari pâle, blême, effrayé. — Ma chère, je t'avais défendu de venir ici, dit-il en s'asseyant sur une marche de l'escalier comme un homme abattu. Les saints t'ont préservée de la mort. Par quel hasard mes yeux étaient-ils fixés sur la porte? Nous avons failli périr. — J'aurais été bien heureuse alors, dit-elle. — Mon expérience est manquée, reprit Balthazar. Je ne puis pardonner qu'à toi la douleur que me cause ce cruel mécompte. J'allais peut-être décomposer l'azote.

Va, retourne à tes affaires. Balthazar rentra dans
son laboratoire.

— *J'allais peut-être décomposer l'azote!* se dit la
pauvre femme en revenant dans sa chambre où
elle fondit en larmes.

Cette phrase était inintelligible pour elle. Les
hommes, habitués par leur éducation à tout
concevoir, ne savent pas ce qu'il y a d'horrible
pour une femme à ne pouvoir comprendre la
pensée de celui qu'elle aime. Plus indulgentes que
nous ne le sommes, ces divines créatures ne nous
disent pas quand ·le langage de leurs âmes reste
incompris; elles craignent de nous faire sentir la
supériorité de leurs sentiments, et cachent alors
leurs douleurs avec autant de joie qu'elles taisent
leurs plaisirs méconnus; mais plus ambitieuses en
amour que nous ne le sommes, elles veulent
épouser mieux que le cœur de l'homme, elles en
veulent aussi toute la pensée. Pour madame
Claës, ne rien savoir de la science dont s'occupait
son mari, engendrait dans son âme un dépit plus
violent que celui causé par la beauté d'une rivale.
Une lutte de femme à femme laisse à celle qui
aime le plus l'avantage d'aimer mieux; mais ce
dépit accusait une impuissance et humiliait tous
les sentiments qui nous aident à vivre. Joséphine
ne savait pas! Il se trouvait, pour elle, une
situation où son ignorance la séparait de son
mari. Enfin, dernière torture, et la plus vive, il
était souvent entre la vie et la mort, il courait des
dangers, loin d'elle et près d'elle, sans qu'elle les
partageât, sans qu'elle les connût. C'était, comme

l'enfer, une prison morale sans issue, sans espérance. Madame Claës voulut au moins connaître
les attraits de cette science, et se mit à étudier en
secret la chimie dans les livres. Cette famille fut
alors comme cloîtrée.

Telles furent les transitions successives par
lesquelles le malheur fit passer la maison Claës,
avant de l'amener à l'espèce de mort civile dont
elle est frappée au moment où cette histoire
commence.

Cette situation violente se compliqua. Comme
toutes les femmes passionnées, madame Claës
était d'un désintéressement inouï. Ceux qui
aiment véritablement savent combien l'argent est
peu de chose auprès des sentiments, et avec
quelle difficulté il s'y agrège. Néanmoins Joséphine n'apprit pas sans une cruelle émotion que
son mari devait trois cent mille francs [29] hypothéqués sur ses propriétés. L'authenticité des
contrats sanctionnait les inquiétudes, les bruits,
les conjectures de la ville. Madame Claës, justement alarmée, fut forcée, elle si fière, de questionner le notaire de son mari, de le mettre dans le
secret de ses douleurs ou de les lui laisser deviner,
et d'entendre enfin cette humiliante question : —
« Comment monsieur Claës ne vous a-t-il encore
rien dit? » Heureusement le notaire de Balthazar
lui était presque parent, et voici comment. Le
grand-père de monsieur Claës avait épousé une
Pierquin d'Anvers, de la même famille que les
Pierquin de Douai. Depuis ce mariage, ceux-ci,
quoique étrangers aux Claës, les traitaient de

cousins. Monsieur Pierquin, jeune homme de vingt-six ans qui venait de succéder à la charge de son père, était la seule personne qui eût accès dans la maison Claës. Madame Balthazar avait depuis plusieurs mois vécu dans une si complète solitude que le notaire fut obligé de lui confirmer la nouvelle des désastres déjà connus dans toute la ville. Il lui dit que, vraisemblablement, son mari devait des sommes considérables à la maison qui lui fournissait des produits chimiques. Après s'être enquis de la fortune et de la considération dont jouissait monsieur Claës, cette maison accueillait toutes ses demandes et faisait les envois sans inquiétude, malgré l'étendue des crédits. Madame Claës chargea Pierquin de demander le mémoire des fournitures faites à son mari. Deux mois après, messieurs Protez et Chiffreville, fabricants de produits chimiques, adressèrent un arrêté de compte, qui montait à cent mille francs. Madame Claës et Pierquin étudièrent cette facture avec une surprise croissante. Si beaucoup d'articles, exprimés scientifiquement ou commercialement, étaient pour eux inintelligibles, ils furent effrayés de voir portés en compte des parties de métaux, des diamants de toutes les espèces, mais en petites quantités. Le total de la dette s'expliquait facilement par la multiplicité des articles, par les précautions que nécessitait le transport de certaines substances ou l'envoi de quelques machines précieuses, par le prix exorbitant de plusieurs produits qui ne s'obtenaient que difficilement, ou que leur rareté rendait chers, enfin par la valeur des instruments de physique ou de chimie confectionnés d'après les instructions de monsieur Claës. Le notaire, dans l'intérêt de son cousin, avait pris des renseignements sur les Protez et Chiffreville, et la probité de ces négociants devait rassurer sur la moralité de leurs opérations avec monsieur Claës à qui, d'ailleurs, ils faisaient souvent part des résultats obtenus par les chimistes de Paris, afin de lui éviter des dépenses. Madame Claës pria le notaire de cacher à la société de Douai la nature de ces acquisitions qui eussent été taxées de folies; mais Pierquin lui répondit que déjà, pour ne point affaiblir la considération dont jouissait Claës, il avait retardé jusqu'au dernier moment les obligations notariées que l'importance des sommes prêtées de confiance par ses clients avait enfin nécessitées. Il dévoila l'étendue de la plaie, en disant à sa cousine que, si elle ne trouvait pas le moyen d'empêcher son mari de dépenser sa fortune si follement, dans six mois les biens patrimoniaux seraient grevés d'hypo- thèques qui en dépasseraient la valeur. Quant à lui, ajouta-t-il, les observations qu'il avait faites à son cousin, avec les ménagements dus à un homme si justement considéré, n'avaient pas eu la moindre influence. Une fois pour toutes, Balthazar lui avait répondu qu'il travaillait à la gloire et à la fortune de sa famille. Ainsi, à toutes les tortures de cœur que madame Claës avait supportées depuis deux ans, dont chacune s'ajou- tait à l'autre et accroissait la douleur du moment

de toutes les douleurs passées, se joignit une
crainte affreuse, incessante qui lui rendait l'avenir épouvantable. Les femmes ont des pressenti-
ments dont la justesse tient du prodige. Pourquoi
en général tremblent-elles plus qu'elles n'espèrent
quand il s'agit des intérêts de la vie? Pourquoi
n'ont-elles de foi que pour les grandes idées de
l'avenir religieux? Pourquoi devinent-elles si
habilement les catastrophes de fortune ou les
crises de nos destinées? Peut-être le sentiment
qui les unit à l'homme qu'elles aiment, leur en
fait-il admirablement peser les forces, estimer les
facultés, connaître les goûts, les passions, les
vices, les vertus; la perpétuelle étude de ces
causes en présence desquelles elles se trouvent
sans cesse, leur donne sans doute la fatale
puissance d'en prévoir les effets dans toutes les
situations possibles. Ce qu'elles voient du présent
leur fait juger l'avenir avec une habileté naturellement expliquée par la perfection de leur système
nerveux, qui leur permet de saisir les diagnostics
les plus légers de la pensée et des sentiments.
Tout en elles vibre à l'unisson des grandes
commotions morales. Ou elles sentent, ou elles
voient. Or, quoique séparée de son mari depuis
deux ans, madame Claës pressentait la perte de
sa fortune. Elle avait apprécié la fougue réfléchie,
l'inaltérable constance de Balthazar; s'il était
vrai qu'il cherchât à faire de l'or, il devait jeter
avec une parfaite insensibilité son dernier morceau de pain dans son creuset; mais que cher-
chait-il? Jusque-là, le sentiment maternel et

l'amour conjugal s'étaient si bien confondus dans
le cœur de cette femme, que jamais ses enfants,
également aimés d'elle et de son mari, ne
s'étaient interposés entre eux. Mais tout à coup
elle fut parfois plus mère qu'elle n'était épouse,
quoiqu'elle fût plus souvent épouse que mère. Et
néanmoins, quelque disposée qu'elle pût être à
sacrifier sa fortune et même ses enfants au
bonheur de celui qui l'avait choisie, aimée,
adorée, et pour qui elle était encore la seule
femme qu'il y eût au monde, les remords que lui
causait la faiblesse de son amour maternel la
jetaient en d'horribles alternatives. Ainsi, comme
femme, elle souffrait dans son cœur; comme
mère, elle souffrait dans ses enfants; et comme
chrétienne, elle souffrait pour tous. Elle se taisait
et contenait ces cruels orages dans son âme. Son
mari, seul arbitre du sort de sa famille, était le
maître d'en régler à son gré la destinée, il n'en
devait compte qu'à Dieu. D'ailleurs, pouvait-elle
lui reprocher l'emploi de sa fortune, après le
désintéressement dont il avait fait preuve pendant dix années de mariage? Était-elle juge de
ses desseins? Mais sa conscience, d'accord avec le
sentiment et les lois, lui disait que les parents
étaient les dépositaires de la fortune, et n'avaient
pas le droit d'aliéner le bonheur matériel de leurs
enfants. Pour ne point résoudre ces hautes
questions, elle aimait mieux fermer les yeux,
suivant l'habitude des gens qui refusent de voir
l'abîme au fond duquel ils savent devoir rouler.
Depuis six mois, son mari ne lui avait plus remis

d'argent pour la dépense de sa maison. Elle fit vendre secrètement à Paris les riches parures de diamants que son frère lui avait données au jour de son mariage, et introduisit la plus stricte économie dans sa maison. Elle renvoya la gouvernante de ses enfants, et même la nourrice de Jean. Jadis le luxe des voitures était ignoré de la bourgeoisie à la fois si humble dans ses mœurs, si fière dans ses sentiments; rien n'avait donc été prévu dans la maison Claës pour cette invention moderne, Balthazar était obligé d'avoir son écurie et sa remise dans une maison en face de la sienne; ses occupations ne lui permettaient plus de surveiller cette partie du ménage qui regarde essentiellement les hommes; madame Claës supprima la dépense onéreuse des équipages et des gens que son isolement rendait inutiles, et malgré la bonté de ces raisons, elle n'essaya point de colorer ses réformes par des prétextes. Jusqu'à présent les faits avaient démenti ses paroles, et le silence était désormais ce qui convenait le mieux. Le changement du train des Claës n'était pas justifiable dans un pays où, comme en Hollande, quiconque dépense tout son revenu passe pour un fou. Seulement, comme sa fille aînée, Marguerite, allait avoir seize ans, Joséphine parut vouloir lui faire faire une belle alliance, et la placer dans le monde, comme il convenait à une fille alliée aux Molina, aux Van-Ostrom-Temninck, et aux Casa-Réal. Quelques jours avant celui pendant lequel commence cette histoire, l'argent des diamants était épuisé. Ce même jour, à trois heures, en conduisant ses enfants à vêpres, madame Claës avait rencontré Pierquin qui venait la voir, et qui l'accompagna jusqu'à Saint-Pierre, en causant à voix basse sur sa situation.

— Ma cousine, dit-il, je ne saurais, sans manquer à l'amitié qui m'attache à votre famille, vous cacher le péril où vous êtes, et ne pas vous prier d'en conférer avec votre mari. Qui peut, si ce n'est vous, l'arrêter sur le bord de l'abîme où vous marchez? Les revenus des biens hypothéqués ne suffisent point à payer les intérêts des sommes empruntées; ainsi vous êtes aujourd'hui sans aucun revenu. Si vous coupiez les bois que vous possédez, ce serait vous enlever la seule chance de salut qui vous restera dans l'avenir. Mon cousin Balthazar est en ce moment débiteur d'une somme de trente mille francs à la maison Protez et Chiffreville de Paris, avec quoi les payerez-vous, avec quoi vivrez-vous? et que deviendrez-vous si Claës continue à demander des réactifs, des verreries, des piles de Volta et autres brimborions? Toute votre fortune, moins la maison et le mobilier, s'est dissipée en gaz et en charbon. Quand il a été question, avant-hier, d'hypothéquer sa maison, savez-vous quelle a été la réponse de Claës : — « Diable! » Voilà depuis trois ans la première trace de raison qu'il ait donnée.

Madame Claës pressa douloureusement le bras de Pierquin, leva les yeux au ciel, et dit : — Gardez-nous le secret.

Malgré sa piété, la pauvre femme, anéantie par

ces paroles d'une clarté foudroyante, ne put
prier, elle resta sur sa chaise entre ses enfants,
ouvrit son paroissien et n'en tourna pas un
feuillet; elle était tombée dans une contemplation
aussi absorbante que l'étaient les méditations de
son mari. L'honneur espagnol, la probité flamande résonnaient dans son âme d'une voix aussi
puissante que celle de l'orgue. La ruine de ses
enfants était consommée! Entre eux et l'honneur
de leur père, il ne fallait plus hésiter. La nécessité
d'une lutte prochaine entre elle et son mari
l'épouvantait; il était à ses yeux, si grand, si
imposant, que la seule perspective de sa colère
l'agitait autant que l'idée de la majesté divine.
Elle allait donc sortir de cette constante soumission dans laquelle elle était saintement demeurée
comme épouse. L'intérêt de ses enfants l'oblige-
rait à contrarier dans ses goûts un homme qu'elle
idolâtrait. Ne faudrait-il pas souvent le ramener
à des questions positives, quand il planerait dans
les hautes régions de la science, le tirer violemment d'un riant avenir pour le plonger dans ce
que la matérialité présente de plus hideux, aux
artistes et aux grands hommes. Pour elle, Balthazar Claës était un géant de science, un homme
gros de gloire; il ne pouvait l'avoir oubliée que
pour les plus riches espérances; puis, il était si
profondément sensé, elle l'avait entendu parler
avec tant de talent sur les questions de tout
genre, qu'il devait être sincère en disant qu'il
travaillait pour la gloire et la fortune de sa
famille. L'amour de cet homme pour sa femme et

ses enfants n'était pas seulement immense, il
était infini. Ces sentiments n'avaient pu s'abolir,
ils s'étaient sans doute agrandis en se reprodui-
sant sous une autre forme. Elle si noble, si
généreuse et si craintive, allait faire retentir
incessamment aux oreilles de ce grand homme le
mot argent et le son de l'argent; lui montrer les
plaies de la misère, lui faire entendre les cris de la
détresse, quand il entendrait les voix mélodieuses
de la renommée. Peut-être l'affection que Balthazar avait pour elle s'en diminuerait-elle? Si elle
n'avait pas eu d'enfants, elle aurait embrassé
courageusement et avec plaisir la destinée nouvelle que lui faisait son mari. Les femmes élevées
dans l'opulence sentent promptement le vide que
couvrent les jouissances matérielles; et quand
leur cœur, plus fatigué que flétri, leur a fait
trouver le bonheur que donne un constant
échange de sentiments vrais, elles ne reculent
point devant une existence médiocre, si elle
convient à l'être par lequel elles se savent aimées.
Leurs idées, leurs plaisirs sont soumis aux
caprices de cette vie en dehors de la leur; pour
elles, le seul avenir redoutable est de la perdre.
En ce moment donc, ses enfants séparaient
Pépita de sa vraie vie, autant que Balthazar
Claës s'était séparé d'elle par la science; aussi,
quand elle fut revenue de vêpres et qu'elle se fut
jetée dans sa bergère, renvoya-t-elle ses enfants
en réclamant d'eux le plus profond silence; puis
elle fit demander à son mari de venir la voir;
mais quoique Lemulquinier, le vieux valet de

chambre, eût insisté pour l'arracher à son laboratoire, Balthazar y était resté. Madame Claës
avait donc eu le temps de réfléchir. Et elle aussi
demeura songeuse, sans faire attention à l'heure
ni au temps, ni au jour. La pensée de devoir
trente mille francs et de ne pouvoir les payer
réveilla les douleurs passées, les joignit à celles du
présent et de l'avenir. Cette masse d'intérêts,
d'idées, de sensations la trouva trop faible, elle
pleura. Quand elle vit entrer Balthazar dont alors
la physionomie lui parut plus terrible, plus
absorbée, plus égarée qu'elle ne l'avait jamais
été; quand il ne lui répondit pas, elle resta
d'abord fascinée par l'immobilité de ce regard
blanc et vide, par toutes les idées dévorantes que
distillait ce front chauve. Sous le coup de cette
impression elle désira mourir. Quand elle eut
entendu cette voix insouciante exprimant un
désir scientifique au moment où elle avait le cœur
écrasé, son courage revint; elle résolut de lutter
contre cette épouvantable puissance qui lui avait
ravi un amant, qui avait enlevé à ses enfants un
père, à la maison une fortune, à tous le bonheur.
Néanmoins, elle ne put réprimer la constante
trépidation qui l'agita, car, dans toute sa vie, il
ne s'était pas rencontré de scène si solennelle. Ce
moment terrible ne contenait-il pas virtuellement
son avenir, et le passé ne s'y résumait-il pas tout
entier?

Maintenant, les gens faibles, les personnes
timides, ou celles à qui la vivacité de leurs
sensations agrandit les moindres difficultés de la

vie, les hommes que saisit un tremblement
involontaire devant les arbitres de leur destinée
peuvent tous concevoir les milliers de pensées qui
tournoyèrent dans la tête de cette femme, et les
sentiments sous le poids desquels son cœur fut
comprimé, quand son mari se dirigea lentement
vers la porte du jardin. La plupart des femmes
connaissent les angoisses de l'intime délibération
contre laquelle se débattit madame Claës. Ainsi
celles même dont le cœur n'a encore été violemment ému que pour déclarer à leur mari quelque
excédent de dépense ou des dettes faites chez la
marchande de modes, comprendront combien les
battements du cœur s'élargissent alors qu'il s'en
va de toute la vie. Une belle femme a de la grâce
à se jeter aux pieds de son mari, elle trouve des
ressources dans les poses de la douleur; tandis
que le sentiment de ses défauts physiques augmentait encore les craintes de madame Claës.
Aussi, quand elle vit Balthazar près de sortir, son
premier mouvement fut-il bien de s'élancer vers
lui; mais une cruelle pensée réprima son élan, elle
allait se mettre debout devant lui! Ne devait-elle
pas paraître ridicule à un homme qui, n'étant
plus soumis aux fascinations de l'amour, pourrait
voir juste? Joséphine eût volontiers tout perdu,
fortune et enfants, plutôt que d'amoindrir sa
puissance de femme. Elle voulut écarter toute
chance mauvaise dans une heure si solennelle, et
appela fortement : — Balthazar! Il se retourna
machinalement et toussa; mais sans faire attention à sa femme, il vint cracher dans une de ces

petites boîtes carrées placées de distance en
distance le long des boiseries, comme dans tous
les appartements de la Hollande et de la Belgique. Cet homme, qui ne pensait à personne,
n'oubliait jamais les crachoirs, tant cette habitude était invétérée. Pour la pauvre Joséphine,
incapable de se rendre compte de cette bizarrerie,
le soin constant que son mari prenait du mobilier
'ui causait toujours une angoisse inouïe; mais,
dans ce moment, elle fut si violente qu'elle la jeta
hors des bornes, et lui fit crier d'un ton plein
d'impatience où s'exprimèrent tous ses sentiments blessés : — Mais, monsieur, je vous parle!

— Qu'est-ce que cela signifie, répondit Balthazar en se retournant vivement et lançant à sa
femme un regard où la vie revenait et qui fut
pour elle comme un coup de foudre.

— Pardon, mon ami, dit-elle en pâlissant. Elle
voulut se lever et lui tendre la main, mais elle
retomba sans force. — Je me meurs! dit-elle
d'une voix entrecoupée par des sanglots.

A cet aspect, Balthazar eut, comme tous les
gens distraits, une vive réaction et devina pour
ainsi dire le secret de cette crise, il prit aussitôt
madame Claës dans ses bras, ouvrit la porte qui
donnait sur la petite antichambre, et franchit si
rapidement le vieil escalier de bois que, la robe de
sa femme ayant accroché une gueule des taras-
ques[30] qui formaient les balustres, il en resta un
lez[31] entier arraché à grand bruit. Il donna, pour
l'ouvrir, un coup de pied à la porte du vestibule

commun à leurs appartements; mais il trouva la chambre de sa femme fermée.

Il posa doucement Joséphine sur un fauteuil en se disant : — Mon Dieu, où est la clef?

— Merci, mon ami, répondit madame Claës en ouvrant les yeux, voici la première fois depuis bien longtemps que je me suis sentie si près de ton cœur.

— Bon Dieu! cria Claës, la clef, voici nos gens.

Joséphine lui fit signe de prendre la clef qui était attachée à un ruban le long de sa poche. Après avoir ouvert la porte, Balthazar jeta sa femme sur un canapé, sortit pour empêcher ses gens effrayés de monter en leur donnant l'ordre de promptement servir le dîner, et vint avec empressement retrouver sa femme.

— Qu'as-tu, ma chère vie? dit-il en s'asseyant près d'elle et lui prenant la main qu'il baisa.

— Mais je n'ai plus rien, répondit-elle, je ne souffre plus! Seulement, je voudrais avoir la puissance de Dieu pour mettre à tes pieds tout l'or de la terre.

— Pourquoi de l'or? demanda-t-il. Et il attira sa femme sur lui, la pressa et la baisa de nouveau sur le front. — Ne me donnes-tu pas de plus grandes richesses en m'aimant comme tu m'aimes, chère et précieuse créature, reprit-il.

— Oh! mon Balthazar, pourquoi ne dissiperais-tu pas les angoisses de notre vie à tous, comme tu chasses par ta voix le chagrin de mon cœur? Enfin, je le vois, tu es toujours le même.

— De quelles angoisses parles-tu, ma chère?

— Mais nous sommes ruinés, mon ami !

— Ruinés, répéta-t-il. Il se mit à sourire, caressa la main de sa femme en la tenant dans les siennes, et dit d'une voix douce qui depuis longtemps ne s'était pas fait entendre : — Mais demain, mon ange, notre fortune sera peut-être sans bornes. Hier en cherchant des secrets bien plus importants, je crois avoir trouvé le moyen de cristalliser le carbone, la substance du diamant. O ma chère femme !... dans quelques jours tu me pardonneras mes distractions. Il paraît que je suis distrait quelquefois. Ne t'ai-je pas brusquée tout à l'heure ? Sois indulgente pour un homme qui n'a jamais cessé de penser à toi, dont les travaux sont tout pleins de toi, de nous.

— Assez, assez, dit-elle, nous causerons de tout cela ce soir, mon ami. Je souffrais par trop de douleur, maintenant je souffre par trop de plaisir.

Elle ne s'attendait pas à revoir cette figure animée par un sentiment aussi tendre pour elle qu'il l'était jadis, à entendre cette voix toujours aussi douce qu'autrefois, et à retrouver tout ce qu'elle croyait avoir perdu.

— Ce soir, reprit-il, je veux bien, nous causerons. Si je m'absorbais dans quelque méditation, rappelle-moi cette promesse. Ce soir, je veux quitter mes calculs, mes travaux, et me plonger dans toutes les joies de la famille, dans les voluptés du cœur; car, Pépita, j'en ai besoin, j'en ai soif !

— Tu me diras ce que tu cherches, Balthazar ?

— Mais, pauvre enfant, tu n'y comprendrais rien.

— Tu crois?... Hé! mon ami, voici près de quatre mois que j'étudie la chimie pour pouvoir en causer avec toi. J'ai lu Fourcroy, Lavoisier, Chaptal, Nollet, Rouelle, Berthollet, Gay-Lussac, Spallanzani, Leuwenhoëk, Galvani, Volta, enfin tous les livres relatifs à la science que tu adores. Va, tu peux me dire tes secrets.

— Oh! tu es un ange, s'écria Balthazar en tombant aux genoux de sa femme et versant des pleurs d'attendrissement qui la firent tressaillir, nous nous comprendrons en tout!

— Ah! dit-elle, je me jetterais dans le feu de l'enfer qui attise tes fourneaux pour entendre ce mot de ta bouche et pour te voir ainsi. En entendant le pas de sa fille dans l'antichambre, elle s'y élança vivement. — Que voulez-vous, Marguerite? dit-elle à sa fille aînée.

— Ma chère mère, monsieur Pierquin vient d'arriver. S'il reste à dîner, il faudrait du linge, et vous avez oublié d'en donner ce matin.

Madame Claës tira de sa poche un trousseau de petites clefs et les remit à sa fille, en lui désignant les armoires en bois des îles qui tapissaient cette antichambre, et lui dit : — Ma fille, prenez à droite dans les services Graindorge.

— Puisque mon cher Balthazar me revient aujourd'hui, rends-le-moi tout entier? dit-elle en rentrant et donnant à sa physionomie une expression de douce malice. Mon ami, va chez toi, fais-moi la grâce de t'habiller, nous avons Pierquin à dîner. Voyons, quitte ces habits déchirés. Tiens, vois ces taches? N'est-ce pas de l'acide muriatique ou sulfurique qui a bordé de jaune tous ces trous? Allons, rajeunis-toi, je vais t'envoyer Mulquinier quand j'aurai changé de robe.

Balthazar voulut passer dans sa chambre par la porte de communication, mais il avait oublié qu'elle était fermée de son côté. Il sortit par l'antichambre.

— Marguerite, mets le linge sur un fauteuil, et viens m'habiller, je ne veux pas de Martha, dit madame Claës en appelant sa fille.

Balthazar avait pris Marguerite, l'avait tournée vers lui par un mouvement joyeux en lui disant : — Bonjour, mon enfant, tu es bien jolie aujourd'hui dans cette robe de mousseline, et avec cette ceinture rose. Puis il la baisa au front et lui serra la main.

— Maman, papa vient de m'embrasser, dit Marguerite en entrant chez sa mère; il paraît bien joyeux, bien heureux!

— Mon enfant, votre père est un bien grand homme, voici bientôt trois ans qu'il travaille pour la gloire et la fortune de sa famille, et il croit avoir atteint le but de ses recherches. Ce jour doit être pour nous tous une belle fête...

— Ma chère maman, répondit Marguerite, nos gens étaient si tristes de le voir refrogné [32], que nous ne serons pas seules dans la joie. Oh! mettez donc une autre ceinture, celle-ci est trop fanée.

— Soit, mais dépêchons-nous, je veux aller parler à Pierquin : où est-il?

— Dans le parloir, il s'amuse avec Jean.

— Où sont Gabriel et Félicie?

— Je les entends dans le jardin.

— Hé! bien, descendez vite; veillez à ce qu'ils n'y cueillent pas de tulipes! Votre père ne les a pas encore vues de cette année, et il pourrait aujourd'hui vouloir les regarder en sortant de table. Dites à Mulquinier de monter à votre père tout ce dont il a besoin pour sa toilette.

Quand Marguerite fut sortie, madame Claës jeta un coup d'œil à ses enfants par les fenêtres de sa chambre qui donnaient sur le jardin, et les vit occupés à regarder un de ces insectes à ailes vertes, luisantes et tachetées d'or, vulgairement appelés des couturières [33].

— Soyez sages, mes bien-aimés, dit-elle en faisant remonter une partie du vitrage qui était à coulisse et qu'elle arrêta pour aérer sa chambre. Puis elle frappa doucement à la porte de communication pour s'assurer que son mari n'était pas retombé dans quelque distraction. Il ouvrit, et elle lui dit d'un accent joyeux en le voyant déshabillé : — Tu ne me laisseras pas longtemps seule avec Pierquin, n'est-ce pas? Tu me rejoindras promptement.

Elle se trouva si leste pour descendre qu'en l'entendant un étranger n'aurait pas reconnu le pas d'une boiteuse.

— Monsieur, en emportant madame, lui dit le valet de chambre qu'elle rencontra dans l'esca-

lier, a déchiré la robe, ce n'est qu'un méchant
bout d'étoffe; mais il a brisé la mâchoire de cette
figure et je ne sais pas qui pourra la remettre.
Voilà notre escalier déshonoré, cette rampe était
si belle!

— Bah! mon pauvre Mulquinier, ne la fais pas
raccommoder, ce n'est pas un malheur.

— Qu'arrive-t-il donc, se dit Mulquinier, pour
que ce ne soit pas un désastre? mon maître
aurait-il trouvé l'*absolu?*

— Bonjour, monsieur Pierquin, dit madame
Claës en ouvrant la porte du parloir.

Le notaire accourut pour donner le bras à sa
cousine, mais elle ne prenait jamais que celui de
son mari; elle remercia donc son cousin par un
sourire et lui dit : — Vous venez peut-être pour
les trente mille francs?

— Oui, madame, en rentrant chez moi, j'ai
reçu une lettre d'avis de la maison Protez et
Chiffreville qui a tiré, sur monsieur Claës, six
lettres de change de chacune cinq mille francs.

— Hé! bien, n'en parlez pas à Balthazar
aujourd'hui, dit-elle. Dînez avec nous. Si par
hasard il vous demandait pourquoi vous êtes
venu, trouvez quelque prétexte plausible, je vous
en prie. Donnez-moi la lettre, je lui parlerai moi-
même de cette affaire. Tout va bien, reprit-elle en
voyant l'étonnement du notaire. Dans quelques
mois, mon mari remboursera probablement les
sommes qu'il a empruntées.

En entendant cette phrase dite à voix basse, le
notaire regarda mademoiselle Claës qui revenait

du jardin, suivie de Gabriel et de Félicie, et dit :
— Je n'ai jamais vu mademoiselle Marguerite
aussi jolie qu'elle l'est en ce moment.

Madame Claës, qui s'était assise dans sa bergère
et avait pris sur ses genoux le petit Jean, leva la
tête, regarda sa fille et le notaire en affectant un
air indifférent.

Pierquin était de taille moyenne, ni gras, ni
maigre, d'une figure vulgairement belle et qui
exprimait une tristesse plus chagrine que mélancolique, une rêverie plus indéterminée que pensive; il passait pour misanthrope, mais il était
trop intéressé, trop grand mangeur pour que son
divorce avec le monde fût réel. Son regard
habituellement perdu dans le vide, son attitude
indifférente, son silence affecté semblaient accu-
ser de la profondeur, et couvraient en réalité le
vide et la nullité d'un notaire exclusivement
occupé d'intérêts humains, mais qui se trouvait
encore assez jeune pour être envieux. S'allier à la
maison Claës aurait été pour lui la cause d'un
dévouement sans bornes, s'il n'avait pas eu
quelque sentiment d'avarice sous-jacent. Il faisait le généreux, mais il savait compter. Aussi,
sans se rendre raison à lui-même de ses changements de manières, ses attentions étaient-elles
tranchantes, dures et bourrues comme le sont en
général celles des gens d'affaires, quand Claës lui
semblait ruiné; puis elles devenaient affec-
tueuses, coulantes et presque serviles, quand il
soupçonnait quelque heureuse issue aux travaux
de son cousin. Tantôt il voyait en Marguerite

Claës une infante de laquelle il était impossible à
un simple notaire de province d'approcher;
tantôt il la considérait comme une pauvre fille
trop heureuse s'il daignait en faire sa femme. Il
était homme de province, et Flamand, sans
malice; il ne manquait même ni de dévouement
ni de bonté; mais il avait un naïf égoïsme qui
rendait ses qualités incomplètes, et des ridicules
qui gâtaient sa personne. En ce moment,
madame Claës se souvint du ton bref avec lequel
le notaire lui avait parlé sous le porche de l'église
Saint-Pierre, et remarqua la révolution que sa
réponse avait faite dans ses manières; elle devina
le fond de ses pensées, et d'un regard perspicace
elle essaya de lire dans l'âme de sa fille pour
savoir si elle pensait à son cousin; mais elle ne vit
en elle que la plus parfaite indifférence. Après
quelques instants, pendant lesquels la conversation roula sur les bruits de la ville, le maître du
logis descendit de sa chambre où, depuis un
instant, sa femme entendait avec un inexpri-
mable plaisir des bottes criant sur le parquet. Sa
démarche, semblable à celle d'un homme jeune et
léger, annonçait une complète métamorphose, et
l'attente que son apparition causait à madame
Claës fut si vive qu'elle eut peine à contenir un
tressaillement quand il descendit l'escalier. Balthazar se montra bientôt dans le costume alors à
la mode. Il portait des bottes à revers bien cirées
qui laissaient voir le haut d'un bas de soie blanc,
une culotte de casimir bleu à boutons d'or, un
gilet blanc à fleurs, et un frac bleu. Il avait fait

sa barbe, peigné ses cheveux, parfumé sa tête, coupé ses ongles et lavé ses mains avec tant de soin qu'il semblait méconnaissable à ceux qui l'avaient vu naguère. Au lieu d'un vieillard presque en démence, ses enfants, sa femme et le notaire voyaient un homme de quarante ans dont la figure affable et polie était pleine de séductions. La fatigue et les souffrances que trahissaient la maigreur des contours et l'adhérence de la peau sur les os avaient même une sorte de grâce.

— Bonjour, Pierquin, dit Balthazar Claës.

Redevenu père et mari, le chimiste prit son dernier enfant sur les genoux de sa femme, et l'éleva en l'air en le faisant rapidement descendre et le relevant alternativement.

— Voyez ce petit? dit-il au notaire. Une si jolie créature ne vous donne-t-elle pas l'envie de vous marier? Croyez-moi, mon cher, les plaisirs de famille consolent de tout. — Brr! dit-il en enlevant Jean. Pound! s'écriait-il en le mettant à terre. Brr! Pound!

L'enfant riait aux éclats de se voir alternativement en haut du plafond et sur le parquet. La mère détourna les yeux pour ne pas trahir l'émotion que lui causait un jeu si simple en apparence et qui, pour elle, était toute une révolution domestique.

— Voyons comment tu vas, dit Balthazar en posant son fils sur le parquet et s'allant jeter dans une bergère. L'enfant courut à son père, attiré par l'éclat des boutons d'or qui attachaient

la culotte au-dessus de l'oreille des bottes. — Tu
es un mignon! dit le père en l'embrassant, tu es
un Claës, tu marches droit. — Hé bien! Gabriel,
comment se porte le père Morillon? dit-il à son
fils aîné en lui prenant l'oreille et la lui tortillant,
te défends-tu vaillamment contre les thèmes, les
versions? mords-tu ferme aux mathématiques?

Puis Balthazar se leva, vint à Pierquin, et lui
dit avec cette affectueuse courtoisie qui le carac-
térisait : — Mon cher, vous avez peut-être
quelque chose à me demander? Il lui donna le
bras et l'entraîna dans le jardin, en ajoutant : —
Venez voir mes tulipes?...

Madame Claës regarda son mari pendant qu'il
sortait, et ne sut pas contenir sa joie en le
revoyant si jeune, si affable, si bien lui-même;
elle se leva, prit sa fille par la taille, et l'embrassa
en disant : — Ma chère Marguerite, mon enfant
chérie, je t'aime encore mieux aujourd'hui que de
coutume.

— Il y avait bien longtemps que je n'avais vu
mon père si aimable, répondit-elle.

Lemulquinier vint annoncer que le dîner était
servi. Pour éviter que Pierquin lui offrît le bras,
madame Claës prit celui de Balthazar, et toute la
famille passa dans la salle à manger.

Cette pièce dont le plafond se composait de
poutres apparentes, mais enjolivées par des peintures, lavées et rafraîchies tous les ans, était
garnie de hauts dressoirs en chêne sur les
tablettes desquels se voyaient les plus curieuses
pièces de la vaisselle patrimoniale. Les parois

étaient tapissées de cuir violet sur lequel avaient
été imprimés, en traits d'or, des sujets de chasse.
Au-dessus des dressoirs, çà et là, brillaient
soigneusement disposés des plumes d'oiseaux
curieux et des coquillages rares. Les chaises
n'avaient pas été changées depuis le commencement du seizième siècle et offraient cette forme
carrée, ces colonnes torses, et ce petit dossier
garni d'une étoffe à franges dont la mode fut si
répandue que Raphaël l'a illustrée dans son
tableau appelé la *Vierge à la chaise.* Le bois en
était devenu noir, mais les clous dorés reluisaient
comme s'ils eussent été neufs, et les étoffes
soigneusement renouvelées étaient d'une couleur
rouge admirable. La Flandre revivait là tout
entière avec ses innovations espagnoles. Sur la
table, les carafes, les flacons avaient cet air
respectable que leur donnent les ventres arrondis
du galbe antique. Les verres étaient bien ces
vieux verres hauts sur patte qui se voient dans
tous les tableaux de l'école hollandaise ou flamande [34]. La vaisselle en grès et ornée de figures
coloriées à la manière de Bernard de Palissy,
sortait de la fabrique anglaise de Weegvood [35].
L'argenterie était massive, à pans carrés, à bosses
pleines, véritable argenterie de famille dont les
pièces, toutes différentes de ciselure, de mode, de
forme, attestaient les commencements du bien-
être et les progrès de la fortune des Claës. Les
serviettes avaient des franges, mode tout espagnole. Quant au linge, chacun doit penser que
chez les Claës le point d'honneur consistait à en

posséder de magnifique. Ce service, cette argenterie étaient destinés à l'usage journalier de la
famille. La maison de devant, où se donnaient les
fêtes, avait son luxe particulier, dont les merveilles, réservées pour les jours de gala, leur
imprimaient cette solennité qui n'existe plus
quand les choses sont déconsidérées pour ainsi
dire par un usage habituel. Dans le quartier de
derrière, tout était marqué au coin d'une naïveté
patriarcale. Enfin, détail délicieux, une vigne
courait en dehors le long des fenêtres que les
pampres bornaient de toutes parts.

— Vous restez fidèle aux traditions, madame,
dit Pierquin en recevant une assiettée de cette
soupe au thym dans laquelle les cuisinières
flamandes ou hollandaises mettent de petites
boules de viande roulées et mêlées à des tranches
de pain grillé, voici le potage du dimanche en
usage chez nos pères! Votre maison et celle de
mon oncle Des Raquets sont les seules où l'on
retrouve cette soupe historique dans les Pays-
Bas. Ah! pardon, le vieux monsieur Savaron de
Savarus la fait encore orgueilleusement servir à
Tournai chez lui, mais partout ailleurs la vieille
Flandre s'en va. Maintenant les meubles se
fabriquent à la grecque, on n'aperçoit partout
que casques, boucliers, lances et faisceaux [36].
Chacun rebâtit sa maison, vend ses vieux
meubles, refond son argenterie, ou la troque
contre la porcelaine de Sèvres qui ne vaut ni le
vieux Saxe ni les chinoiseries. Oh! moi je suis
Flamand dans l'âme. Aussi mon cœur saigne-t-il

en voyant les chaudronniers acheter pour le prix
du bois ou du métal nos beaux meubles incrustés
de cuivre ou d'étain. Mais l'État social veut
changer de peau, je crois. Il n'y a pas jusqu'aux
procédés de l'art qui ne se perdent! Quand il faut
que tout aille vite, rien ne peut être conscien-
cieusement fait. Pendant mon dernier voyage à
Paris, l'on m'a mené voir les peintures exposées
au Louvre. Ma parole d'honneur, c'est des écrans
que ces toiles sans air, sans profondeur où les
peintres craignent de mettre de la couleur [37]. Et
ils veulent, dit-on, renverser notre vieille école
Ah! ouin?...

— Nos anciens peintres, répondit Balthazar,
étudiaient les diverses combinaisons et la résistance des couleurs, en les soumettant à l'action
du soleil et de la pluie. Mais vous avez raison :
aujourd'hui les ressources matérielles de l'art
sont moins cultivées que jamais.

Madame Claës n'écoutait pas la conversation.
En entendant dire au notaire que les services de
porcelaine étaient à la mode, elle avait aussitôt
conçu la lumineuse idée de vendre la pesante
argenterie provenue de la succession de son frère,
espérant ainsi pouvoir acquitter les trente mille
francs dus par son mari.

— Ah! ah! disait Balthazar au notaire quand
madame Claës se remit à la conversation, l'on
s'occupe de mes travaux à Douai?

— Oui, répondit Pierquin, chacun se demande
à quoi vous dépensez tant d'argent. Hier, j'entendais monsieur le premier président déplorer qu'un

homme de votre sorte cherchât la pierre philosophale. Je me suis alors permis de répondre que
vous étiez trop instruit pour ne pas savoir que
c'était se mesurer avec l'impossible, trop chrétien
pour croire l'emporter sur Dieu, et, comme tous
les Claës, trop bon calculateur pour changer votre
argent contre de la poudre à Perlimpinpin.
Néanmoins je vous avouerai que j'ai partagé les
regrets que cause votre retraite à toute la société.
Vous n'êtes vraiment plus de la ville. En vérité,
madame, vous eussiez été ravie si vous aviez pu
entendre les éloges que chacun s'est plu à faire de
vous et de monsieur Claës.

— Vous avez agi comme un bon parent en
repoussant des imputations dont le moindre mal
serait de me rendre ridicule, répondit Balthazar.
Ah! les Douaisiens me croient ruiné! Eh! bien,
mon cher Pierquin, dans deux mois je donnerai,
pour célébrer l'anniversaire de mon mariage, une
fête dont la magnificence me rendra l'estime que
nos chers compatriotes accordent aux écus.

Madame Claës rougit fortement. Depuis deux
ans cet anniversaire avait été oublié. Semblable à
ces fous qui ont des moments pendant lesquels
leurs facultés brillent d'un éclat inusité, jamais
Balthazar n'avait été si spirituel dans sa tendresse. Il se montra plein d'attentions pour ses
enfants, et sa conversation fut séduisante de
grâce, d'esprit, d'à-propos. Ce retour de la paternité, absente depuis si longtemps, était certes la
plus belle fête qu'il pût donner à sa femme pour
qui sa parole et son regard avaient repris cette

constante sympathie d'expression qui se sent de
cœur à cœur et qui prouve une délicieuse identité
de sentiment.

Le vieux Lemulquinier paraissait se rajeunir, il
allait et venait avec une allégresse insolite causée
par l'accomplissement de ses secrètes espérances.
Le changement si soudainement opéré dans les
manières de son maître était encore plus signifi-
catif pour lui que pour madame Claës. Là où la
famille voyait le bonheur, le valet de chambre
voyait une fortune. En aidant Balthazar dans ses
manipulations, il en avait épousé la folie. Soit
qu'il eût saisi la portée de ses recherches dans les
explications qui échappaient au chimiste quand
le but se reculait sous ses mains, soit que le
penchant inné chez l'homme pour l'imitation lui
eût fait adopter les idées de celui dans l'atmosphère duquel il vivait, Lemulquinier avait conçu
pour son maître un sentiment superstitieux mêlé
de terreur, d'admiration et d'égoïsme. Le laboratoire était pour lui, ce qu'est pour le peuple un
bureau de loterie, l'espoir organisé. Chaque soir il
se couchait en se disant : Demain peut-être
nagerons-nous dans l'or! Et le lendemain il se
réveillait avec une foi toujours aussi vive que la
veille. Son nom indiquait une origine toute
flamande. Jadis les gens du peuple n'étaient
connus que par un sobriquet tiré de leur profession, de leur pays, de leur conformation physique
ou de leurs qualités morales. Ce sobriquet devenait le nom de la famille bourgeoise qu'ils
fondaient lors de leur affranchissement. En

Flandre, les marchands de fil de lin se nommaient des mulquiniers, et telle était sans doute la profession de l'homme qui, parmi les ancêtres du vieux valet, passa de l'état de serf à celui de bourgeois jusqu'à ce que des malheurs inconnus rendissent le petit-fils du mulquinier à son primitif état de serf, plus la solde. L'histoire de la Flandre, de son fil et de son commerce se résumait donc en ce vieux domestique, souvent appelé par euphonie Mulquinier. Son caractère et sa physionomie ne manquaient pas d'originalité. Sa figure de forme triangulaire était large, haute et couturée par une petite vérole qui lui avait donné de fantastiques apparences, en y laissant une multitude de linéaments blancs et brillants. Maigre et d'une taille élevée, il avait une démarche grave, mystérieuse. Ses petits yeux, orangés comme la perruque jaune et lisse qu'il avait sur la tête, ne jetaient que des regards obliques. Son extérieur était donc en harmonie avec le sentiment de curiosité qu'il excitait. Sa qualité de préparateur initié aux secrets de son maître sur les travaux duquel il gardait le silence, l'investissait d'un charme. Les habitants de la rue de Paris le regardaient passer avec un intérêt mêlé de crainte, car il avait des réponses sibylliques et toujours grosses de trésors. Fier d'être nécessaire à son maître, il exerçait sur ses camarades une sorte d'autorité tracassière, dont il profitait pour lui-même en obtenant de ces concessions qui le rendaient à moitié maître au logis. Au rebours des domestiques flamands, qui sont extrêmement attachés à la maison, il n'avait d'affection que pour Balthazar. Si quelque chagrin affligeait madame Claës, ou si quelque événement favorable arrivait dans la famille, il mangeait son pain beurré, buvait sa bière avec son flegme habituel.

Le dîner fini, madame Claës proposa de prendre le café dans le jardin, devant le buisson de tulipes qui en ornait le milieu. Les pots de terre dans lesquels étaient les tulipes dont les noms se lisaient sur des ardoises gravées, avaient été enterrés et disposés de manière à former une pyramide au sommet de laquelle s'élevait une tulipe Gueule-de-dragon que Balthazar possédait seul. Cette fleur, nommée *tulipa Claësiana*, réunissait les sept couleurs, et ses longues échancrures semblaient dorées sur les bords. Le père de Balthazar, qui en avait plusieurs fois refusé dix mille florins, prenait de si grandes précautions pour qu'on ne pût en voler une seule graine, qu'il la gardait dans le parloir et passait souvent des journées entières à la contempler. La tige était énorme, bien droite, ferme, d'un admirable vert; les proportions de la plante se trouvaient en harmonie avec le calice dont les couleurs se distinguaient par cette brillante netteté qui donnait jadis tant de prix à ces fleurs fastueuses.

— Voilà pour trente ou quarante mille francs de tulipes, dit le notaire en regardant alternativement sa cousine et le buisson aux mille couleurs.

Madame Claës était trop enthousiasmée par l'aspect de ces fleurs que les rayons du soleil couchant faisaient ressembler à des pierreries, pour bien saisir le sens de l'observation notariale.

— A quoi cela sert-il, reprit le notaire en s'adressant à Balthazar, vous devriez les vendre.

— Bah! ai-je donc besoin d'argent! répondit Claës en faisant le geste d'un homme à qui quarante mille francs semblaient être peu de chose.

Il y eut un moment de silence pendant lequel les enfants firent plusieurs exclamations.

— Vois donc, maman, celle-là.

— Oh! qu'en voilà une belle!

— Comment celle-ci se nomme-t-elle?

— Quel abîme pour la raison humaine! s'écria Balthazar en levant les mains et les joignant par un geste désespéré. Une combinaison d'hydrogène et d'oxygène fait surgir par ses dosages différents, dans un même milieu et d'un même principe, ces couleurs qui constituent chacune un résultat différent.

Sa femme entendait bien les termes de cette proposition qui fut trop rapidement énoncée pour qu'elle la conçût entièrement; Balthazar songea qu'elle avait étudié sa science favorite, et lui dit, en lui faisant un signe mystérieux : — Tu comprendrais, tu ne saurais pas encore ce que je veux dire! Et il parut retomber dans une de ces méditations qui lui étaient habituelles.

— Je le crois, dit Pierquin en prenant une tasse de café des mains de Marguerite. Chassez le naturel, il revient au galop [38], ajouta-t-il tout bas en s'adressant à madame Claës. Vous aurez la bonté de lui parler vous-même, le diable ne le tirerait pas de sa contemplation. En voilà pour jusqu'à demain.

Il dit adieu à Claës qui feignit de ne pas l'entendre, embrassa le petit Jean que la mère tenait dans ses bras, et, après avoir fait une profonde salutation, il se retira. Lorsque la porte d'entrée retentit en se fermant, Balthazar saisit sa femme par la taille, et dissipa l'inquiétude que pouvait lui donner sa feinte rêverie en lui disant à l'oreille : — Je savais bien comment faire pour le renvoyer.

Madame Claës tourna la tête vers son mari sans avoir honte de lui montrer les larmes qui lui vinrent aux yeux, elles étaient si douces! Puis elle appuya son front sur l'épaule de Balthazar et laissa glisser Jean à terre.

— Rentrons au parloir, dit-elle après une pause.

Pendant toute la soirée, Balthazar fut d'une gaieté presque folle; il inventa mille jeux pour ses enfants, et joua si bien pour son propre compte, qu'il ne s'aperçut pas de deux ou trois absences que fit sa femme. Vers neuf heures et demie, lorsque Jean fut couché, quand Marguerite revint au parloir après avoir aidé sa sœur Félicie à se déshabiller, elle trouva sa mère assise dans la grande bergère et son père qui causait avec elle en lui tenant la main. Elle craignit de troubler ses parents et paraissait vouloir se retirer sans leur parler; madame Claës s'en aperçut et lui dit : — Venez, Marguerite, venez, ma chère enfant. Puis, elle l'attira vers elle et la baisa pieusement au front en ajoutant : — Emportez votre livre dans votre chambre, et couchez-vous de bonne heure.

— Bonsoir, ma fille chérie, dit Balthazar.

Marguerite embrassa son père et s'en alla. Claës et sa femme restèrent pendant quelques moments seuls, occupés à regarder les dernières teintes du crépuscule, qui mouraient dans les feuillages du jardin déjà devenus noirs, et dont les découpures se voyaient à peine dans la lueur. Quand il fit presque nuit, Balthazar dit à sa femme d'une voix émue : — Montons.

Longtemps avant que les mœurs anglaises n'eussent consacré la chambre d'une femme comme un lieu sacré, celle d'une Flamande était impénétrable. Les bonnes ménagères de ce pays n'en faisaient pas un apparat de vertu, mais une habitude contractée dès l'enfance, une superstition domestique qui rendait une chambre à coucher un délicieux sanctuaire où l'on respirait les sentiments tendres, où le simple s'unissait à tout ce que la vie sociale a de plus doux et de plus sacré. Dans la position particulière où se trouvait madame Claës, toute femme aurait voulu rassembler autour d'elle les choses les plus élégantes; mais elle l'avait fait avec un goût exquis, sachant quelle influence l'aspect de ce qui nous entoure exerce sur les sentiments. Chez une jolie créature c'eût été du luxe, chez elle c'était une nécessité. Elle avait compris la portée de ces mots : « On se fait jolie femme! » maxime qui dirigeait toutes les actions de la première femme de Napoléon et la rendait souvent fausse, tandis que madame Claës était toujours naturelle et vraie. Quoique Balthazar connût bien la chambre de sa femme, son oubli des choses matérielles de la vie avait été si complet qu'en y entrant il éprouva de doux frémissements comme s'il l'apercevait pour la première fois. La fastueuse gaieté d'une femme triomphante éclatait dans les splendides couleurs des tulipes qui s'élevaient du long cou de gros vases en porcelaine chinoise, habilement disposés, et dans la profusion des lumières dont les effets ne pouvaient se comparer qu'à ceux des plus joyeuses fanfares. La lueur des bougies donnait un éclat harmonieux aux étoffes de soie gris de lin dont la monotonie était nuancée par les reflets de l'or sobrement distribué sur quelques objets, et par les tons variés des fleurs qui ressemblaient à des gerbes de pierreries. Le secret de ces apprêts, c'était lui, toujours lui!... Joséphine ne pouvait pas dire plus éloquemment à Balthazar qu'il était toujours le principe de ses joies et de ses douleurs. L'aspect de cette chambre mettait l'âme dans un délicieux état, et chassait toute idée triste pour n'y laisser que le sentiment d'un bonheur égal et pur. L'étoffe de la tenture achetée en Chine jetait cette odeur suave qui pénètre le corps sans le fatiguer. Enfin, les rideaux soigneusement tirés trahissaient un désir de solitude, une intention jalouse de garder les moindres sons de la parole, et d'enfermer là les regards de l'époux reconquis. Parée de sa belle chevelure noire parfaitement lisse et qui retombait de chaque côté de son front comme deux ailes de corbeau, madame Claës enveloppée d'un peignoir qui lui montait jusqu'au cou et que garnissait une longue pèlerine où bouillonnait la dentelle alla tirer la portière en tapisserie qui ne laissait parvenir aucun bruit du dehors. De là, Joséphine jeta sur son mari qui s'était assis près de la cheminée un de ces gais sourires par lesquels une femme spirituelle et dont l'âme vient parfois embellir la figure sait exprimer d'irrésistibles espérances. Le charme le plus grand d'une femme consiste dans un appel constant à la générosité de l'homme, dans une gracieuse déclaration de faiblesse par laquelle elle l'enorgueillit, et réveille en lui les plus magnifiques sentiments. L'aveu de la faiblesse ne comporte-t-il pas de magiques séductions? Lorsque les anneaux de la portière eurent glissé sourdement sur leur tringle de bois, elle se retourna vers son mari, parut vouloir dissimuler en ce moment ses défauts corporels en appuyant la main sur une chaise, pour se traîner avec grâce. C'était appeler à son secours. Balthazar, un moment abîmé dans la contemplation de cette tête olivâtre qui se détachait sur ce fond gris en attirant et satisfaisant le regard, se leva pour prendre sa femme et la porta sur le canapé. C'était bien ce qu'elle voulait.

— Tu m'as promis, dit-elle en lui prenant la main qu'elle garda entre ses mains électrisantes, de m'initier au secret de tes recherches. Conviens, mon ami, que je suis digne de le savoir, puisque

j'ai eu le courage d'étudier une science condamnée par l'Église, pour être en état de te comprendre; mais je suis curieuse, ne me cache rien.
Ainsi, raconte-moi par quel hasard, un matin tu
t'es levé soucieux, quand la veille je t'avais laissé
si heureux?

— Et c'est pour entendre parler chimie que tu
t'es mise avec tant de coquetterie?

— Mon ami, recevoir une confidence qui me
fait entrer plus avant dans ton cœur, n'est-ce pas
pour moi le plus grand des plaisirs, n'est-ce pas
une entente d'âme qui comprend et engendre
toutes les félicités de la vie? Ton amour me
revient pur et entier, je veux savoir quelle idée a
été assez puissante pour m'en priver si longtemps. Oui, je suis plus jalouse d'une pensée que
de toutes les femmes ensemble. L'amour est
immense, mais il n'est pas infini; tandis que la
science a des profondeurs sans limites où je ne
saurais te voir aller seul. Je déteste tout ce qui
peut se mettre entre nous. Si tu obtenais la gloire
après laquelle tu cours, j'en serais malheureuse;
ne te donnerait-elle pas de vives jouissances? Moi
seule, monsieur, dois être la source de vos
plaisirs.

— Non, ce n'est pas une idée, mon ange, qui
m'a jeté dans cette belle voie, mais un homme.

— Un homme! s'écria-t-elle avec terreur.

— Te souviens-tu, Pépita, de l'officier polonais
que nous avons logé, chez nous, en 1809?

— Si je m'en souviens! dit-elle. Je me suis
souvent impatientée de ce que ma mémoire me

fît si souvent revoir ses deux yeux semblables à
des langues de feu, les salières au-dessus de ses
sourcils où se voyaient des charbons de l'enfer,
son large crâne sans cheveux, ses moustaches
relevées, sa figure anguleuse, dévastée!... Enfin
quel calme effrayant dans sa démarche!... S'il y
avait eu de la place dans les auberges, il n'aurait
certes pas couché ici.

— Ce gentilhomme polonais se nommait monsieur Adam de Wierzchownia [39], reprit Balthazar. Quand le soir tu nous eus laissés seuls dans le
parloir, nous nous sommes mis par hasard à
causer chimie. Arraché par la misère à l'étude de
cette science, il s'était fait soldat. Je crois que ce
fut à l'occasion d'un verre d'eau sucrée que nous
nous reconnûmes pour adeptes. Lorsque j'eus dit
à Mulquinier d'apporter du sucre en morceaux, le
capitaine fit un geste de surprise. — Vous avez
étudié la chimie? me demanda-t-il. — Avec
Lavoisier, lui répondis-je. — Vous êtes bien
heureux d'être libre et riche! s'écria-t-il. Et il
sortit de sa poitrine un de ces soupirs d'homme
qui révèlent un enfer de douleur caché sous un
crâne ou enfermé dans un cœur, enfin ce fut
quelque chose d'ardent, de concentré que la
parole n'exprime pas. Il acheva sa pensée par un
regard qui me glaça. Après une pause, il me dit
que la Pologne quasi morte [40], il s'était réfugié en
Suède. Il avait cherché là des consolations dans
l'étude de la chimie pour laquelle il s'était
toujours senti une irrésistible vocation. — Eh!
bien, ajouta-t-il, je le vois, vous avez reconnu

comme moi, que la gomme arabique, le sucre et l'amidon mis en poudre, donnent une substance absolument semblable, et à l'analyse un même résultat *qualitatif.* Il fit encore une pause, et après m'avoir examiné d'un œil scrutateur, il me dit confidentiellement et à voix basse de solennelles paroles dont, aujourd'hui, le sens général est seul resté dans ma mémoire; mais il les accompagna d'une puissance de son, de chaudes inflexions et d'une force dans le geste qui me remuèrent les entrailles et frappèrent mon entendement comme un marteau bat le fer sur une enclume. Voici donc en abrégé ces raisonnements qui furent pour moi le charbon que Dieu mit sur la langue d'Isaïe, car mes études chez Lavoisier me permettaient d'en sentir toute la portée [41].
« Monsieur, me dit-il, la parité de ces trois substances, en apparence si distinctes, m'a conduit à penser que toutes les productions de la nature devaient avoir un même principe. Les travaux de la chimie moderne ont prouvé la vérité de cette loi, pour la partie la plus considérable des effets naturels. La chimie divise la création en deux portions distinctes : la nature organique, la nature inorganique. En comprenant toutes les créations végétales ou animales dans lesquelles se montre une organisation plus ou moins perfectionnée, ou, pour être plus exact, une plus ou moins grande motilité qui y détermine plus ou moins de sentiment, la nature organique est, certes, la partie la plus importante de notre monde. Or, l'analyse a réduit tous les

produits de cette nature à quatre corps simples
qui sont trois gaz : l'azote, l'hydrogène, l'oxygène; et un autre corps simple non métallique et
solide, le carbone. Au contraire, la nature inorganique, si peu variée, dénuée de mouvement, de
sentiment, et à laquelle on peut refuser le don de
croissance que lui a légèrement accordé Linné,
compte cinquante-trois corps simples dont les
différentes combinaisons forment tous ses produits. Est-il probable que les moyens soient plus
nombreux là où il existe moins de résultats?...
Aussi, l'opinion de mon ancien maître est-elle que
ces cinquante-trois corps ont un principe commun, modifié jadis par l'action d'une puissance
éteinte aujourd'hui, mais que le génie humain
doit faire revivre. Eh! bien, supposez un moment
que l'activité de cette puissance soit réveillée,
nous aurions une chimie unitaire. Les natures
organique et inorganique reposeraient vraisemblablement sur quatre principes, et si nous
parvenions à décomposer l'azote, que nous
devons considérer comme une négation, nous
n'en aurions plus que trois. Nous voici déjà près
du grand Ternaire des anciens et des alchimistes
du Moyen-âge dont nous nous moquons à tort.
La chimie moderne n'est encore que cela. C'est
beaucoup et c'est peu. C'est beaucoup, car la
chimie s'est habituée à ne reculer devant aucune
difficulté. C'est peu, en comparaison de ce qui
reste à faire. Le hasard l'a bien servie, cette belle
science! Ainsi, cette larme de carbone pur cristallisé, le diamant, ne paraissait-il pas la dernière

substance qu'il fût possible de créer. Les anciens alchimistes qui croyaient l'or décomposable, conséquemment faisable, reculaient à l'idée de produire le diamant, nous avons cependant découvert la nature et la loi de sa composition. Moi, dit-il, je suis allé plus loin! Une expérience m'a démontré que le mystérieux ternaire dont on s'occupe depuis un temps immémorial, ne se trouvera point dans les analyses actuelles qui manquent de direction vers un point fixe. Voici d'abord l'expérience. Semez des graines de cresson (pour prendre une substance entre toutes celles de la nature organique) dans de la fleur de soufre (pour prendre également un corps simple). Arrosez les graines avec de l'eau distillée pour ne laisser pénétrer dans les produits de la germination aucun principe qui ne soit certain. Les graines germent, poussent dans un milieu connu en ne se nourrissant que de principes connus par l'analyse. Coupez à plusieurs reprises la tige des plantes, afin de vous en procurer une assez grande quantité pour obtenir quelques gros [42] de cendres en les faisant brûler et pouvoir ainsi opérer sur une certaine masse; eh bien! en analysant ces cendres, vous trouverez de l'acide silicique, de l'alumine, du phosphate et du carbonate caïcique, du carbonate magnésique, du sulfate, du carbonate potassique et de l'oxyde ferrique, comme si le cresson était venu en terre, au bord des eaux. Or, ces substances n'existaient ni dans le soufre, corps simple, qui servait de sol à la plante, ni dans l'eau employée à l'arroser et

dont la composition est connue; mais comme
elles ne sont pas non plus dans la graine, nous ne
pouvons expliquer leur présence dans la plante
qu'en supposant un élément commun aux corps
contenus dans le cresson, et à ceux qui lui ont
servi de milieu. Ainsi l'air, l'eau distillée, la fleur
de soufre, et les substances que donne l'analyse
du cresson, c'est-à-dire la potasse, la chaux, la
magnésie, l'alumine, etc., auraient un principe
commun errant dans l'atmosphère telle que la
fait le soleil. De cette irrécusable expérience,
s'écria-t-il, j'ai déduit l'existence de *l'Absolu!*
Une substance commune à toutes les créations,
modifiée par une force unique, telle est la
position nette et claire du problème offert par
l'absolu et qui m'a semblé *cherchable.* Là vous
rencontrerez le mystérieux ternaire, devant
lequel s'est, de tout temps, agenouillée l'humanité : la matière première, le moyen, le résultat.
Vous trouverez ce terrible nombre trois en toute
chose humaine, il domine les religions, les
sciences et les lois. Ici, me dit-il, la guerre et la
misère ont arrêté mes travaux. Vous êtes un
élève de Lavoisier, vous êtes riche et maître de
votre temps, je puis donc vous faire part de mes
conjectures. Voici le but que mes expériences
personnelles m'ont fait entrevoir. La matière
une doit être un principe commun aux trois gaz
et au carbone. Le moyen doit être le principe
commun à l'électricité négative et à l'électricité
positive. Marchez à la découverte des preuves qui
établiront ces deux vérités, vous aurez la raison

suprême de tous les effets de la nature. Oh
monsieur! quand on porte là, dit-il en se frappant
le front, le dernier mot de la création, en
pressentant l'absolu, est-ce vivre que d'être
entraîné dans le mouvement de ce ramas
d'hommes qui se ruent à heure fixe les uns sur les
autres sans savoir ce qu'ils font! Ma vie actuelle
est exactement l'inverse d'un songe. Mon corps
va, vient, agit, se trouve au milieu du feu des
canons, des hommes, traverse l'Europe au gré
d'une puissance à laquelle j'obéis en la méprisant.
Mon âme n'a nulle conscience de ces actes, elle
reste fixe, plongée dans une idée, engourdie par
cette idée, la recherche de l'absolu, de ce principe
par lequel des graines, absolument semblables,
mises dans un même milieu, donnent, l'une des
calices blancs, l'autre des calices jaunes! Phénomène applicable aux vers à soie qui, nourris des
mêmes feuilles et constitués sans différences
apparentes, font les uns de la soie jaune, et les
autres de la soie blanche; enfin applicable à
l'homme lui-même qui souvent a légitimement
des enfants entièrement dissemblables avec la
mère et lui. La déduction logique de ce fait
n'implique-t-elle pas d'ailleurs la raison de tous
les effets de la nature? Hé! quoi de plus conforme
à nos idées sur Dieu que de croire qu'il a tout fait
par le moyen le plus simple? L'adoration pytha-
goricienne pour le UN d'où sortent tous les
nombres et qui représente la matière une; celle
pour le nombre DEUX, la première agrégation et
le type de toutes les autres; celle pour le nombre

TROIS, qui, de tout temps, a configuré Dieu,
c'est-à-dire la Matière, la Force et le Produit,
ne résumaient-elles pas traditionnellement la
connaissance confuse de l'absolu? Stahl, Becher,
Paracelse, Agrippa [43], tous les grands chercheurs
de causes occultes avaient pour mot d'ordre le
trismégiste, qui veut dire le grand ternaire. Les
ignorants, habitués à condamner l'alchimie, cette
chimie transcendante, ne savent sans doute pas
que nous nous occupons à justifier les recherches
passionnées de ces grands hommes! L'absolu
trouvé, je me serais alors colleté avec le mouvement. Ah! tandis que je me nourris de poudre, et
commande à des hommes de mourir assez inutile-
ment, mon ancien maître entasse découvertes sur
découvertes, il vole vers l'absolu! Et moi! je
mourrai comme un chien, au coin d'une batte-
rie. » Quand ce pauvre grand homme eut repris
un peu de calme, il me dit avec une sorte de
fraternité touchante : « Si je trouvais une expérience à faire, je vous la léguerais avant de
mourir. » Ma Pépita, dit Balthazar en serrant la
main de sa femme, des larmes de rage ont coulé
sur les joues creuses de cet homme pendant qu'il
jetait dans mon âme le feu de ce raisonnement
que déjà Lavoisier s'était timidement fait, sans
oser s'y abandonner.

— Comment! s'écria madame Claës, qui ne
put s'empêcher d'interrompre son mari, cet
homme, en passant une nuit sous notre toit, nous
a enlevé tes affections, a détruit, par une seule
phrase et par un seul mot, le bonheur d'une

famille. O mon cher Balthazar! cet homme a-t-il
fait le signe de la croix? l'as-tu bien examiné? Le
Tentateur peut seul avoir cet œil jaune d'où
sortait le feu de Prométhée. Oui, le démon
pouvait seul t'arracher à moi. Depuis ce jour, tu
n'as plus été ni père, ni époux, ni chef de famille.

— Quoi! dit Balthazar en se dressant dans la
chambre et jetant un regard perçant à sa femme,
tu blâmes ton mari de s'élever au-dessus des
autres hommes, afin de pouvoir jeter sous tes
pieds la pourpre divine de la gloire, comme une
minime offrande auprès des trésors de ton cœur!
Mais tu ne sais donc pas ce que j'ai fait, depuis
trois ans? des pas de géant! ma Pépita, dit-il en
s'animant. Son visage parut alors à sa femme
plus étincelant sous le feu du génie qu'il ne
l'avait été sous le feu de l'amour, et elle pleura en
l'écoutant. — J'ai combiné le chlore et l'azote,
j'ai décomposé plusieurs corps jusqu'ici considérés comme simples, j'ai trouvé de nouveaux
métaux. Tiens, dit-il en voyant les pleurs de sa
femme, j'ai décomposé les larmes. Les larmes
contiennent un peu de phosphate de chaux, de
chlorure de sodium, du mucus et de l'eau. Il
continua de parler sans voir l'horrible convulsion
qui travailla la physionomie de Joséphine, il était
monté sur la science qui l'emportait en croupe,
ailes déployées, bien loin du monde matériel. —
Cette analyse, ma chère, est une des meilleures
preuves du système de l'absolu. Toute vie
implique une combustion. Selon le plus ou moins
d'activité du foyer, la vie est plus ou moins

persistante. Ainsi la destruction du minéral est indéfiniment retardée, parce que la combustion y est virtuelle, latente ou insensible. Ainsi les végétaux qui se rafraîchissent incessamment par la combinaison d'où résulte l'humide, vivent indéfiniment, et il existe plusieurs végétaux contemporains du dernier cataclysme. Mais, toutes les fois que la nature a perfectionné un appareil, que dans un but ignoré elle y a jeté le sentiment, l'instinct ou l'intelligence, trois degrés marqués dans le système organique, ces trois organismes veulent une combustion dont l'activité est en raison directe du résultat obtenu. L'homme, qui représente le plus haut point de l'intelligence et qui nous offre le seul appareil d'où résulte un pouvoir à demi créateur, *la pensée!* est, parmi les créations zoologiques, celle où la combustion se rencontre dans son degré le plus intense et dont les puissants effets sont en quelque sorte révélés par les phosphates, les sulfates et les carbonates que fournit son corps dans notre analyse. Ces substances ne seraient-elles pas les traces que laisse en lui l'action du fluide électrique, principe de toute fécondation? L'électricité ne se manifesterait-elle pas en lui par des combinaisons plus variées qu'en tout autre animal? N'aurait-il pas des facultés plus grandes que toute autre créature pour absorber de plus fortes portions du principe absolu, et ne se les assimilerait-il pas pour en composer dans une plus parfaite machine, sa force et ses idées! Je le crois. L'homme est un matras [44]. Ainsi, selon

moi, l'idiot serait celui dont le cerveau contiendrait le moins de phosphore ou tout autre produit
de l'électro-magnétisme, le fou celui dont le
cerveau en contiendrait trop, l'homme ordinaire
celui qui en aurait peu, l'homme de génie celui
dont la cervelle en serait saturée à un degré
convenable. L'homme constamment amoureux,
le portefaix, le danseur, le grand mangeur sont
ceux qui déplaceraient la force résultante de leur
appareil électrique. Ainsi, nos sentiments...

— Assez, Balthazar; tu m'épouvantes, tu
commets des sacrilèges. Quoi! mon amour
serait...

— De la matière éthérée qui se dégage, dit
Claës, et qui sans doute est le mot de l'absolu.
Songe donc que si moi, moi le premier! si je
trouve, si je trouve, si je trouve! En disant ces
mots sur trois tons différents, son visage monta
par degrés à l'expression de l'inspiré. Je fais les
métaux, je fais les diamants, je répète la nature!
s'écria-t-il.

— En seras-tu plus heureux? cria-t-elle avec
désespoir. Maudite science, maudit démon! tu
oublies, Claës, que tu commets le péché d'orgueil
dont fut coupable Satan. Tu entreprends sur
Dieu.

— Oh! oh! Dieu!

— Il le nie! s'écria-t-elle en se tordant les
mains. Claës, Dieu dispose d'une puissance que tu
n'auras jamais.

A cet argument qui semblait annuler sa chère
science, il regarda sa femme en tremblant.

— Quoi! dit-il.

— La force unique, le mouvement. Voilà ce que j'ai saisi à travers les livres que tu m'as contrainte à lire. Analyse des fleurs, des fruits, du vin de Malaga; tu découvriras certes leurs principes qui viennent, comme ceux de ton cresson, dans un milieu qui semble leur être étranger; tu peux, à la rigueur, les trouver dans la nature; mais en les rassemblant, feras-tu ces fleurs, ces fruits, le vin de Malaga? auras-tu les incompréhensibles effets du soleil, auras-tu l'atmosphère de l'Espagne? Décomposer n'est pas créer.

— Si je trouve la force coërcitive, je pourrai créer.

— Rien ne l'arrêtera, cria Pépita d'une voix désespérante. Oh! mon amour, il est tué, je l'ai perdu. Elle fondit en larmes, et ses yeux animés, par la douleur et par la sainteté des sentiments qu'ils épanchaient, brillèrent plus beaux que jamais à travers ses pleurs. Oui, reprit-elle en sanglotant, tu es mort à tout. Je le vois, la science est plus puissante en toi que toi-même, et son vol t'a emporté trop haut pour que tu redescendes jamais à être le compagnon d'une pauvre femme. Quel bonheur puis-je t'offrir encore? Ah! je voudrais, triste consolation, croire que Dieu t'a créé pour manifester ses œuvres et chanter ses louanges, qu'il a renfermé dans ton sein une force irrésistible qui te maîtrise. Mais non, Dieu est bon, il te laisserait au cœur quelques pensées pour une femme qui t'adore, pour des enfants que tu dois protéger. Oui, le

démon seul peut t'aider à marcher seul au milieu
de ces abîmes sans issue, parmi ces ténèbres où tu
n'es pas éclairé par la foi d'en haut, mais par une
horrible croyance en tes facultés! Autrement, ne
te serais-tu pas aperçu, mon ami, que tu as
dévoré neuf cent mille francs depuis trois ans?
Oh! rends-moi justice, toi, mon dieu sur cette
terre, je ne te reproche rien. Si nous étions seuls,
je t'apporterais à genoux toutes nos fortunes, en
te disant : Prends, jette dans ton fourneau, fais-
en de la fumée, et je rirais de la voir voltiger. Si
tu étais pauvre, j'irais mendier sans honte pour
te procurer le charbon nécessaire à l'entretien de
ton fourneau. Enfin, si en m'y précipitant, je te
faisais trouver ton exécrable absolu, Claës, je m'y
précipiterais avec bonheur, puisque tu places ta
gloire et tes délices dans ce secret encore introuvé.
Mais nos enfants, Claës, nos enfants! que devien-
dront-ils, si tu ne devines pas bientôt ce secret de
l'enfer! Sais-tu pourquoi venait Pierquin? Il
venait te demander trente mille francs que tu
dois, sans les avoir. Tes propriétés ne sont plus à
toi. Je lui ai dit que tu avais ces trente mille
francs, afin de t'épargner l'embarras où t'auraient mis ses questions; mais pour acquitter
cette somme, j'ai pensé à vendre notre vieille
argenterie. Elle vit les yeux de son mari près de
s'humecter, et se jeta désespérément à ses pieds
en levant vers lui des mains suppliantes. Mon
ami, s'écria-t-elle, cesse un moment tes recherches, économisons l'argent nécessaire à ce
qu'il te faudra pour les reprendre plus tard, si tu

ne peux renoncer à poursuivre ton œuvre. Oh! je
ne la juge pas, je soufflerai tes fourneaux, si tu le
veux; mais ne réduis pas nos enfants à la misère,
tu ne peux plus les aimer, la science a dévoré ton
cœur, ne leur lègue pas une vie malheureuse en
échange du bonheur que tu leur devais. Le
sentiment maternel a été trop souvent le plus
faible dans mon cœur, oui, j'ai souvent souhaité
ne pas être mère afin de pouvoir m'unir plus
intimement à ton âme, à ta vie! aussi, pour
étouffer mes remords, dois-je plaider auprès de
toi la cause de tes enfants avant la mienne!

Ses cheveux s'étaient déroulés et flottaient sur
ses épaules, ses yeux dardaient mille sentiments
comme autant de flèches, elle triompha de sa
rivale, Balthazar l'enleva, la porta sur le canapé,
se mit à ses pieds.

— Je t'ai donc causé des chagrins, lui dit-il
avec l'accent d'un homme qui se réveillerait d'un
songe pénible.

— Pauvre Claës, tu nous en donneras encore
malgré toi, dit-elle en lui passant sa main dans les
cheveux. Allons, viens t'asseoir près de moi, dit-
elle en lui montrant sa place sur le canapé. Tiens,
j'ai tout oublié, puisque tu nous reviens. Va, mon
ami, nous réparerons tout, mais tu ne t'éloigneras
plus de ta femme, n'est-ce pas? Dis oui? Laisse-
moi, mon grand et beau Claës, exercer sur ton
noble cœur cette influence féminine si nécessaire
au bonheur des artistes malheureux, des grands
hommes souffrants! Tu me brusqueras, tu me
briseras si tu veux, mais tu me permettras de te

contrarier un peu pour ton bien. Je n'abuserai
jamais du pouvoir que tu me concéderas. Sois
célèbre, mais sois heureux aussi. Ne nous préfère
pas la chimie. Écoute, nous serons bien complai-
sants, nous permettrons à la science d'entrer avec
nous dans le partage de ton cœur; mais sois juste,
donne-nous bien notre moitié. Dis, mon désintéressement n'est-il pas sublime?

Elle fit sourire Balthazar. Avec cet art merveil-
leux que possèdent les femmes, elle avait amené
la plus haute question dans le domaine de la
plaisanterie où les femmes sont maîtresses.
Cependant quoiqu'elle parût rire, son cœur était
si violemment contracté qu'il reprenait difficilement le mouvement égal et doux de son état
habituel; mais en voyant renaître dans les yeux
de Balthazar l'expression qui la charmait, qui
était sa gloire à elle, et lui révélait l'entière action
de son ancienne puissance qu'elle croyait perdue,
elle lui dit en souriant : — Crois-moi, Balthazar,
la nature nous a faits pour sentir, et quoique tu
veuilles que nous ne soyons que des machines
électriques, tes gaz, tes matières éthérées n'expli-
queront jamais le don que nous possédons d'entrevoir l'avenir.

— Si, reprit-il, par les affinités. La puissance
de vision qui fait le poète, et la puissance de
déduction qui fait le savant, sont fondées sur des
affinités invisibles, intangibles et impondérables
que le vulgaire range dans la classe des phénomènes moraux, mais qui sont des effets
physiques. Le prophète voit et déduit. Malheu-

reusement ces espèces d'affinités sont trop rares
et trop peu perceptibles pour être soumises à
l'analyse ou à l'observation.

— Ceci, dit-elle en lui prenant un baiser, pour
éloigner la chimie qu'elle avait si malencontreuse-
ment réveillée, serait donc une affinité?

— Non, c'est une combinaison : deux substances de même *signe* ne produisent aucune
activité...

— Allons, tais-toi, dit-elle, tu me ferais mourir
de douleur. Oui, je ne supporterais pas, cher, de
voir ma rivale jusque dans les transports de ton
amour.

— Mais, ma chère vie, je ne pense qu'à toi,
mes travaux sont la gloire de ma famille, tu es au
fond de toutes mes espérances.

— Voyons, regarde-moi?

Cette scène l'avait rendue belle comme une
jeune femme, et de toute sa personne, son mari
ne voyait que sa tête, au-dessus d'un nuage de
mousseline et de dentelles.

— Oui, j'ai eu bien tort de te délaisser pour la
science. Maintenant, quand je retomberai dans
mes préoccupations, eh bien! ma Pépita, tu m'y
arracheras, je le veux.

Elle baissa les yeux et laissa prendre sa main,
sa plus grande beauté, une main à la fois
puissante et délicate.

— Mais, je veux plus encore, dit-elle.

— Tu es si délicieusement belle que tu peux
tout obtenir.

— Je veux briser ton laboratoire et enchaîner ta science, dit-elle en jetant du feu par les yeux.

— Eh bien! au diable la chimie.

— Ce moment efface toutes mes douleurs, reprit-elle. Maintenant, fais-moi souffrir si tu veux.

En entendant ce mot, les larmes gagnèrent Balthazar.

— Mais tu as raison, je ne vous voyais qu'à travers un voile, et je ne vous entendais plus.

— S'il ne s'était agi que de moi, dit-elle, j'aurais continué à souffrir en silence, sans élever la voix devant mon souverain; mais tes fils ont besoin de considération, Claës. Je t'assure que si tu continuais à dissiper ainsi ta fortune, quand même ton but serait glorieux, le monde ne t'en tiendrait aucun compte et son blâme retomberait sur les tiens. Ne doit-il pas te suffire, à toi, homme de si haute portée, que ta femme ait attiré ton attention sur un danger que tu n'apercevais pas? Ne parlons plus de tout cela, dit-elle en lui lançant un sourire et un regard pleins de coquetterie. Ce soir, mon Claës, ne soyons pas heureux à demi.

Le lendemain de cette soirée si grave dans la vie de ce ménage, Balthazar Claës, de qui Joséphine avait sans doute obtenu quelque promesse relativement à la cessation de ses travaux, ne monta point à son laboratoire et resta près d'elle durant toute la journée. Le lendemain, la famille fit ses préparatifs pour aller à la campagne où elle demeura deux mois environ, et d'où

elle ne revint en ville que pour s'y occuper de la
fête par laquelle Claës voulait, comme jadis,
célébrer l'anniversaire de son mariage. Balthazar
obtint alors, de jour en jour, les preuves du
dérangement que ses travaux et son insouciance
avaient apporté dans ses affaires. Loin d'élargir
la plaie par des observations, sa femme trouvait
toujours des palliatifs aux maux consommés. Des
sept domestiques qu'avait Claës, le jour où il
reçut pour la dernière fois, il ne restait plus que
Lemulquinier, Josette la cuisinière, et une vieille
femme de chambre nommée Martha qui n'avait
pas quitté sa maîtresse depuis sa sortie du
couvent; il était donc impossible de recevoir la
haute société de la ville avec un si petit nombre
de serviteurs. Madame Claës leva toutes les
difficultés en proposant de faire venir un cuisinier
de Paris, de dresser au service le fils de leur
jardinier, et d'emprunter le domestique de Pierquin. Ainsi, personne ne s'apercevrait encore de
leur état de gêne. Pendant vingt jours que
durèrent les apprêts, madame Claës sut tromper
avec habileté le désœuvrement de son mari :
tantôt elle le chargeait de choisir des fleurs rares
qui devaient orner le grand escalier, la galerie et
les appartements; tantôt elle l'envoyait à Dun-
kerque pour s'y procurer quelques-uns de ces
monstrueux poissons, la gloire des tables ménagères dans le département du Nord. Une fête
comme celle que donnait Claës était une affaire
capitale, qui exigeait une multitude de soins et
une correspondance active, dans un pays où les

traditions de l'hospitalité mettent si bien en jeu
l'honneur des familles, que, pour les maîtres et les
gens, un dîner est comme une victoire à rempor-
ter sur les convives. Les huîtres arrivaient d'Os-
tende, les coqs de bruyère étaient demandés à
l'Écosse. les fruits venaient de Paris; enfin les
moindres accessoires ne devaient pas démentir le
luxe patrimonial. D'ailleurs le bal de la maison
Claës avait une sorte de célébrité. Le chef-lieu du
département étant alors à Douai, cette soirée
ouvrait en quelque sorte la saison d'hiver, et
donnait le ton à toutes celles du pays. Aussi
pendant quinze ans Balthazar s'était-il efforcé de
.se distinguer, et avait si bien réussi qu'il s'en
faisait chaque fois des récits à vingt lieues à la
ronde, et qu'on parlait des toilettes, des invités,
des plus petits détails, des nouveautés qu'on y
avait vues, ou des événements qui s'y étaient
passés. Ces préparatifs empêchèrent donc Claës
de songer à la recherche de l'absolu. En revenant
aux idées domestiques et à la vie sociale, le
savant retrouva son amour-propre d'homme, de
Flamand, de maître de maison, et se plut à
étonner la contrée. Il voulut imprimer un caractère à cette soirée par quelque recherche nouvelle, et il choisit, parmi toutes les fantaisies du
luxe, la plus jolie, la plus riche, la plus passagère,
en faisant de sa maison un bocage de plantes
rares, et préparant des bouquets de fleurs pour
les femmes. Les autres détails de la fête répon-
daient à ce luxe inouï; rien ne paraissait devoir
en faire manquer l'effet. Mais le vingt-neuvième

bulletin[45] et les nouvelles particulières des désastres éprouvés par la grande-armée en Russie et
à la Bérésina s'étaient répandus dans l'après-
dîner. Une tristesse profonde et vraie s'empara
des Douaisiens, qui, par un sentiment patriotique, refusèrent unanimement de danser. Parmi
les lettres qui arrivèrent de Pologne à Douai, il y
en eut une pour Balthazar. Monsieur de Wierzchownia, alors à Dresde où il se mourait, disait-il,
d'une blessure reçue dans un des derniers engagements, avait voulu léguer à son hôte plusieurs
idées qui, depuis leur rencontre, lui étaient
survenues relativement à l'absolu. Cette lettre
plongea Claës dans une profonde rêverie qui fit
honneur à son patriotisme; mais sa femme ne s'y
méprit pas. Pour elle, la fête eut un double deuil.
Cette soirée, pendant laquelle la maison Claës
jetait son dernier éclat, eut donc quelque chose
de sombre et de triste au milieu de tant de
magnificence, de curiosités amassées par six
générations dont chacune avait eu sa manie, et
que les Douaisiens admirèrent pour la dernière
fois.

La reine de ce jour fut Marguerite, alors âgée
de seize ans, et que ses parents présentèrent au
monde. Elle attira tous les regards par une
extrême simplicité, par son air candide et surtout
par sa physionomie en accord avec ce logis.
C'était bien la jeune fille flamande telle que les
peintres du pays l'ont représentée[46] : une tête
parfaitement ronde et pleine; des cheveux
châtains, lissés sur le front et séparés en deux

bandeaux : des yeux gris, mélangés de vert ; de beaux bras, un embonpoint qui ne nuisait pas à la beauté ; un air timide, mais sur son front haut et plat, une fermeté qui se cachait sous un calme et une douceur apparentes. Sans être ni triste ni mélancolique, elle parut avoir peu d'enjouement. La réflexion, l'ordre, le sentiment du devoir, les trois principales expressions du caractère flamand animaient sa figure froide au premier aspect, mais sur laquelle le regard était ramené par une certaine grâce dans les contours, et par une paisible fierté qui donnait des gages au bonheur domestique. Par une bizarrerie que les physiologistes n'ont pas encore expliquée, elle n'avait aucun trait de sa mère ni de son père, et offrait une vivante image de son aïeule maternelle, une Conyncks de Bruges, dont le portrait conservé précieusement attestait cette ressemblance.

Le souper donna quelque vie à la fête, Si les désastres de l'armée interdisaient les réjouissances de la danse, chacun pensa qu'ils ne devaient pas exclure les plaisirs de la table. Les patriotes se retirèrent promptement. Les indifférents restèrent avec quelques joueurs et plusieurs amis de Claës ; mais, insensiblement, cette maison si brillamment éclairée, où se pressaient toutes les notabilités de Douai, rentra dans le silence ; et, vers une heure du matin, la galerie fut déserte, les lumières s'éteignirent de salon en salon. Enfin cette cour intérieure, un moment si bruyante, si lumineuse, redevint noire et sombre : image

prophétique de l'avenir qui attendait la famille.
Quand les Claës rentrèrent dans leur appartement, Balthazar fit lire à sa femme la lettre du
Polonais, elle la lui rendit par un geste triste, elle
prévoyait l'avenir.

En effet, à compter de ce jour, Balthazar
déguisa mal le chagrin et l'ennui qui l'accabla. Le
matin, après le déjeuner de famille, il jouait un
moment dans le parloir avec son fils Jean, causait
avec ses deux filles occupées à coudre, à broder,
ou à faire de la dentelle; mais il se lassait bientôt
de ces jeux, de cette causerie, il paraissait s'en
acquitter comme d'un devoir. Lorsque sa femme
redescendait après s'être habillée, elle le trouvait
toujours assis dans la bergère, regardant Marguerite et Félicie, sans s'impatienter du bruit de
leurs bobines. Quand venait le journal, il le lisait
lentement, comme un marchand retiré qui ne sait
comment tuer le temps. Puis il se levait, contemplait le ciel à travers les vitres, revenait s'asseoir
et attisait le feu rêveusement, en homme à qui la
tyrannie des idées ôtait la conscience de ses
mouvements. Madame Claës regretta vivement
son défaut d'instruction et de mémoire. Il lui
était difficile de soutenir longtemps une conversation intéressante; d'ailleurs, peut-être est-ce
impossible entre deux êtres qui se sont tout dit et
qui sont forcés d'aller chercher des sujets de
distraction en dehors de la vie du cœur ou de la
vie matérielle. La vie du cœur a ses moments, et
veut des oppositions; les détails de la vie matérielle ne sauraient occuper longtemps des esprits

supérieurs habitués à se décider promptement; et
le monde est insupportable aux âmes aimantes.
Deux êtres solitaires qui se connaissent entièrement doivent donc chercher leurs divertissements
dans les régions les plus hautes de la pensée, car il
est impossible d'opposer quelque chose de petit à
ce qui est immense. Puis, quand un homme s'est
accoutumé à manier de grandes choses, il devient
inamusable, s'il ne conserve pas au fond du cœur
ce principe de candeur, ce laisser-aller qui rend
les gens de génie si gracieusement enfants; mais
cette enfance du cœur n'est-elle pas un phénomène humain bien rare chez ceux dont la mission
est de tout voir, de tout savoir, de tout comprendre?

Pendant les premiers mois, madame Claës se
tira de cette situation critique par des efforts
inouïs que lui suggéra l'amour ou la nécessité.
Tantôt elle voulut apprendre le trictrac qu'elle
n'avait jamais pu jouer, et, par un prodige assez
concevable, elle finit par le savoir. Tantôt elle
intéressait Balthazar à l'éducation de ses filles en
lui demandant de diriger leurs lectures. Ces
ressources s'épuisèrent. Il vint un moment où
Joséphine se trouva devant Balthazar comme
madame de Maintenon en présence de
Louis XIV; mais sans avoir, pour distraire le
maître assoupi, ni les pompes du pouvoir, ni les
ruses d'une cour qui savait jouer des comédies
comme celle de l'ambassade du roi de Siam ou du
sophi de Perse. Réduit, après avoir dépensé la
France, à des expédients de fils de famille pour se

procurer de l'argent, le monarque n'avait plus ni
jeunesse, ni succès, et sentait une effroyable
impuissance au milieu des grandeurs; la royale
bonne, qui avait su bercer les enfants, ne sut pas
toujours bercer le père, qui souffrait pour avoir
abusé des choses, des hommes, de la vie et de
Dieu. Mais Claës souffrait de trop de puissance.
Oppressé par une pensée qui l'étreignait, il rêvait
les pompes de la science, des trésors pour
l'humanité, pour lui la gloire. Il souffrait comme
souffre un artiste aux prises avec la misère,
comme Samson attaché aux colonnes du temple.
L'effet était le même pour ces deux souverains,
quoique le monarque intellectuel fût accablé par
sa force et l'autre par sa faiblesse. Que pouvait
Pépita seule contre cette espèce de nostalgie
scientifique? Après avoir usé les moyens que lui
offraient les occupations de famille, elle appela le
monde à son secours, en donnant deux CAFÉS par
semaine. A Douai, les *Cafés* remplacent les *Thés*.
Un Café est une assemblée où, pendant une soirée
entière, les invités boivent les vins exquis et les
liqueurs dont regorgent les caves dans ce benoît
pays, mangent des friandises, prennent du café
noir, ou du café au lait frappé de glace; tandis
que les femmes chantent des romances, discutent
leurs toilettes ou se racontent les gros riens de la
ville. C'est toujours les tableaux de Miéris ou de
Terburg [47], moins les plumes rouges sur les
chapeaux gris pointus, moins les guitares et les
beaux costumes du seizième siècle. Mais les
efforts que faisait Balthazar pour bien jouer son

rôle de maître de maison, son affabilité d'emprunt, les feux d'artifice de son esprit, tout accusait la profondeur du mal par la fatigue à laquelle on le voyait en proie le lendemain.

Ces fêtes continuelles, faibles palliatifs, attestèrent la gravité de la maladie. Ces branches que rencontrait Balthazar en roulant dans son précipice, retardèrent sa chute, mais la rendirent plus lourde. S'il ne parla jamais de ses anciennes occupations, s'il n'émit pas un regret en sentant l'impossibilité dans laquelle il s'était mis de recommencer ses expériences, il eut les mouvements tristes, la voix faible, l'abattement d'un convalescent. Son ennui perçait parfois jusque dans la manière dont il prenait les pinces pour bâtir insouciamment dans le feu quelque fantasque pyramide avec des morceaux de charbon de terre. Quand il avait atteint la soirée, il éprouvait un contentement visible; le sommeil le débarrassait sans doute d'une importune pensée; puis, le lendemain, il se levait mélancolique en apercevant une journée à traverser, et semblait mesurer le temps qu'il avait à consumer, comme un voyageur lassé contemple un désert à franchir. Si madame Claës connaissait la cause de cette langueur, elle s'efforça d'ignorer combien les ravages en étaient étendus. Pleine de courage contre les souffrances de l'esprit, elle était sans force contre les générosités du cœur. Elle n'osait questionner Balthazar quand il écoutait les propos de ses deux filles et les rires de Jean avec l'air d'un homme occupé par une arrière-pensée; mais

elle frémissait en lui voyant secouer sa mélancolie
et tâcher, par un sentiment généreux, de paraître
gai pour n'attrister personne. Les coquetteries du
père avec ses deux filles, ou ses jeux avec Jean,
mouillaient de pleurs les yeux de Joséphine qui
sortait pour cacher les émotions que lui causait
un héroïsme dont le prix est bien connu des
femmes, et qui leur brise le cœur; madame Claës
avait alors envie de dire : — Tue-moi, et fais ce
que tu voudras! Insensiblement, les yeux de
Balthazar perdirent leur feu vif, et prirent cette
teinte glauque qui attriste ceux des vieillards. Ses
attentions pour sa femme, ses paroles, tout en lui
fut frappé de lourdeur. Ces symptômes, devenus plus graves vers la fin du mois d'avril,
effrayèrent madame Claës, pour qui ce spectacle
était intolérable, et qui s'était déjà fait mille
reproches en admirant la foi flamande avec laquelle son mari tenait sa parole. Un jour, que
Balthazar lui sembla plus affaissé qu'il ne l'avait
jamais été, elle n'hésita plus à tout sacrifier pour
le rendre à la vie.

— Mon ami, lui dit-elle, je te délie de tes
serments.

Balthazar la regarda d'un air étonné.

— Tu penses à tes expériences? reprit-elle.

Il répondit par un geste d'une effrayante
vivacité. Loin de lui adresser quelque remon-
trance, madame Claës, qui avait à loisir sondé
l'abîme dans lequel ils allaient rouler tous deux,
lui prit la main et la lui serra en souriant : —
Merci, ami, je suis sûre de mon pouvoir, lui dit-

elle, tu m'as sacrifié plus que ta vie. A moi maintenant les sacrifices! Quoique j'aie déjà vendu quelques-uns de mes diamants, il en reste encore assez, en y joignant ceux de mon frère, pour te procurer l'argent nécessaire à tes travaux. Je destinais ces parures à nos deux filles, mais ta gloire ne leur en fera-t-elle pas de plus étincelantes? d'ailleurs, ne leur rendras-tu pas un jour leurs diamants plus beaux?

La joie qui soudainement éclaira le visage de son mari, mit le comble au désespoir de Joséphine; elle vit avec douleur que la passion de cet homme était plus forte que lui. Claës avait confiance en son œuvre pour marcher sans trembler dans une voie qui, pour sa femme, était un abîme. A lui la foi, à elle le doute, à elle le fardeau le plus lourd : la femme ne souffre-t-elle pas toujours pour deux? En ce moment elle se plut à croire au succès, voulant se justifier à elle-même sa complicité dans la dilapidation probable de leur fortune.

— L'amour de toute ma vie ne suffirait pas à reconnaître ton dévouement, Pépita, dit Claës attendri.

A peine achevait-il ces paroles que Marguerite et Félicie entrèrent, et leur souhaitèrent le bonjour. Madame Claës baissa les yeux, et resta pendant un moment interdite, devant ses enfants dont la fortune venait d'être aliénée au profit d'une chimère; tandis que son mari les prit sur ses genoux et causa gaîment avec eux, heureux de pouvoir déverser la joie qui l'oppressait.

Madame Claës entra dès lors dans la vie ardente de son mari. L'avenir de ses enfants, la considération de leur père furent pour elle deux mobiles aussi puissants que l'était pour Claës la gloire et la science. Aussi, cette malheureuse femme n'eut-elle plus une heure de calme, quand tous les diamants de la maison furent vendus à Paris par l'entremise de l'abbé de Solis, son directeur, et que les fabricants de produits chimiques eurent recommencé leurs envois. Sans cesse agitée par le démon de la science et par cette fureur de recherches qui dévorait son mari, elle vivait dans une attente continuelle, et demeurait comme morte pendant des journées entières, clouée dans sa bergère par la violence même de ses désirs, qui, ne trouvant point comme ceux de Balthazar une pâture dans les travaux du laboratoire, tourmentèrent son âme en agissant sur ses doutes et sur ses craintes. Par moments, se reprochant sa complaisance pour une passion dont le but était impossible et que monsieur de Solis condamnait, elle se levait, allait à la fenêtre de la cour intérieure, et regardait avec terreur la cheminée du laboratoire. S'il s'en échappait de la fumée, elle la contemplait avec désespoir, les idées les plus contraires agitaient son cœur et son esprit. Elle voyait s'enfuir en fumée la fortune de ses enfants, mais elle sauvait la vie de leur père : n'était-ce pas son premier devoir de le rendre heureux? Cette dernière pensée la calmait pour un moment. Elle avait obtenu de pouvoir entrer dans le laboratoire et d'y rester; mais il lui fallut

bientôt renoncer à cette triste satisfaction. Elle
éprouvait là de trop vives souffrances à voir
Balthazar ne point s'occuper d'elle, et même
paraître souvent gêné par sa présence; elle y
subissait de jalouses impatiences, de cruelles
envies de faire sauter la maison; elle y mourait de
mille maux inouïs. Lemulquinier devint alors
pour elle une espèce de baromètre : l'entendait-
elle siffler, quand il allait et venait pour servir le
déjeuner ou le dîner, elle devinait que les
expériences de son mari étaient heureuses, et
qu'il concevait l'espoir d'une prochaine réussite;
Lemulquinier était-il morne, sombre, elle lui
jetait un regard de douleur, Balthazar était
mécontent. La maîtresse et le valet avaient fini
par se comprendre, malgré la fierté de l'une et la
soumission rogue de l'autre. Faible et sans
défense contre les terribles prostrations de la
pensée, cette femme succombait sous ces alternatives d'espoir et de désespérance qui, pour elle,
s'alourdissaient des inquiétudes de la femme
aimante et des anxiétés de la mère tremblant
pour sa famille. Le silence désolant qui jadis lui
refroidissait le cœur, elle le partageait sans
s'apercevoir de l'air sombre qui régnait au logis,
et des journées entières qui s'écoulaient dans ce
parloir, sans un sourire, souvent sans une parole.
Par une triste prévision maternelle, elle accoutu-
mait ses deux filles aux travaux de la maison, et
tâchait de les rendre assez habiles à quelque
métier de femme, pour qu'elles pussent en vivre
si elles tombaient dans la misère. Le calme de cet

intérieur couvrait donc d'effroyables agitations.
Vers la fin de l'été, Balthazar avait dévoré
l'argent des diamants vendus à Paris par l'entremise du vieil abbé de Solis, et s'était endetté
d'une vingtaine de mille francs chez les Protez et
Chiffreville.

En août 1813, environ un an après la scène par
laquelle cette histoire commence [48], si Claës avait
fait quelques belles expériences que malheureusement il dédaignait, ses efforts avaient été sans
résultat quant à l'objet principal de ses recherches. Le jour où il eut achevé la série de ses
travaux, le sentiment de son impuissance l'écrasa :
la certitude d'avoir infructueusement dissipé des
sommes considérables le désespéra. Ce fut une
épouvantable catastrophe. Il quitta son grenier,
descendit lentement au parloir, vint se jeter dans
une bergère au milieu de ses enfants, et y
demeura pendant quelques instants, comme
mort, sans répondre aux questions dont l'accablait sa femme; les larmes le gagnèrent, il se
sauva dans son appartement pour ne pas donner
de témoins à sa douleur; Joséphine l'y suivit et
l'emmena dans sa chambre où, seul avec elle,
Balthazar laissa éclater son désespoir. Ces larmes
d'homme, ces paroles d'artiste découragé, les
regrets du père de famille eurent un caractère de
terreur, de tendresse, de folie qui fit plus de mal à
madame Claës que ne lui en avaient fait toutes
ses douleurs passées. La victime consola le
bourreau. Quand Balthazar dit avec un affreux
accent de conviction : — « Je suis un misérable,

je joue la vie de mes enfants, la tienne, et pour
vous laisser heureux, il faut que je me tue! » ce
mot l'atteignit au cœur, et la connaissance qu'elle
avait du caractère de son mari lui faisant
craindre qu'il ne réalisât aussitôt ce vœu de
désespoir, elle éprouva l'une de ces révolutions
qui troublent la vie dans sa source, et qui fut
d'autant plus funeste que Pépita en contint les
violents effets en affectant un calme menteur.

— Mon ami, répondit-elle, j'ai consulté non
pas Pierquin, dont l'amitié n'est pas si grande
qu'il n'éprouve quelque secret plaisir à nous voir
ruinés, mais un vieillard qui, pour moi, se montre
bon comme un père. L'abbé de Solis, mon
confesseur, m'a donné un conseil qui nous sauve
de la ruine. Il est venu voir tes tableaux. Le prix
de ceux qui se trouvent dans la galerie peut
servir à payer toutes les sommes hypothéquées
sur tes propriétés, et ce que tu dois chez Protez et
Chiffreville, car tu as là sans doute un compte à
solder?

Claës fit un signe affirmatif en baissant sa tête
dont les cheveux étaient devenus blancs.

— Monsieur de Solis connaît les Happe et
Duncker d'Amsterdam [49]; ils sont fous de
tableaux, et jaloux comme des parvenus d'étaler
un faste qui n'est permis qu'à d'anciennes maisons, ils paieront les nôtres toute leur valeur.
Ainsi nous recouvrerons nos revenus, et tu
pourras sur le prix qui approchera de cent mille
ducats, prendre une portion de capital pour
continuer tes expériences. Tes deux filles et moi

nous nous contenterons de peu. Avec le temps et
de l'économie, nous remplirons par d'autres
tableaux les cadres vides, et tu vivras heureux!

Balthazar leva la tête vers sa femme avec une
joie mêlée de crainte. Les rôles étaient changés.
L'épouse devenait la protectrice du mari. Cet
homme si tendre et dont le cœur était si cohérent
à celui de sa Joséphine, la tenait entre ses bras
sans s'apercevoir de l'horrible convulsion qui la
faisait palpiter, qui en agitait les cheveux et les
lèvres par un tressaillement nerveux.

— Je n'osais pas te dire qu'entre moi et
l'absolu, à peine existe-t-il un cheveu de distance.
Pour gazéifier les métaux, il ne me manque plus
que de trouver un moyen de les soumettre à une
immense chaleur dans un milieu où la pression de
l'atmosphère soit nulle, enfin dans un vide
absolu.

Madame Claës ne put soutenir l'égoïsme de
cette réponse. Elle attendait des remerciements
passionnés pour ses sacrifices, et trouvait un
problème de chimie. Elle quitta brusquement son
mari, descendit au parloir, y tomba sur sa
bergère entre ses deux filles effrayées, et fondit
en larmes; Marguerite et Félicie lui prirent
chacune une main, s'agenouillèrent de chaque
côté de sa bergère en pleurant comme elle sans
savoir la cause de son chagrin, et lui deman-
dèrent à plusieurs reprises : — Qu'avez-vous, ma
mère?

— Pauvres enfants! je suis morte, je le sens.

Cette réponse fit frissonner Marguerite qui,

pour la première fois, aperçut sur le visage de sa
mère les traces de la pâleur particulière aux
personnes dont le teint est brun.

— Martha! Martha! criait Félicie, venez,
maman a besoin de vous.

La vieille duègne accourut de la cuisine, et en
voyant la blancheur verte de cette figure légèrement bistrée et si vigoureusement colorée : —
Corps du Christ! s'écria-t-elle en espagnol,
madame se meurt.

Elle sortit précipitamment, dit à Josette de
faire chauffer de l'eau pour un bain de pieds, et
revint près de sa maîtresse.

— N'effrayez pas monsieur, ne lui dites rien,
Martha, s'écria madame Claës. Pauvres chères
filles, ajouta-t-elle, en pressant sur son cœur
Marguerite et Félicie par un mouvement désespéré, je voudrais pouvoir vivre assez de temps
pour vous voir heureuses et mariées. Martha,
reprit-elle, dites à Lemulquinier d'aller chez
monsieur de Solis, pour le prier de ma part de
passer ici.

Ce coup de foudre se répercuta nécessairement
jusque dans la cuisine. Josette et Martha, toutes
deux dévouées à madame Claës et à ses filles,
furent frappées dans la seule affection qu'elles
eussent. Ces terribles mots : — Madame se meurt,
monsieur l'aura tuée! Faites vite un bain de pieds
à la moutarde! avaient arraché plusieurs phrases
interjectives à Josette qui en accablait Lemulquinier. Lemulquinier, froid et insensible, mangeait
assis au coin de la table, devant une des fenêtres

par lesquelles le jour venait de la cour dans la cuisine, où tout était propre comme dans le boudoir d'une petite maîtresse.

— Ça devait finir par là, disait Josette, en regardant le valet de chambre et montant sur un tabouret pour prendre sur une tablette un chaudron qui reluisait comme de l'or. Il n'y a pas de mère qui puisse voir de sang-froid un père s'amuser à fricasser une fortune comme celle de monsieur, pour en faire des os de boudin.

Josette, dont la tête coiffée d'un bonnet rond à ruches ressemblait à celle d'un casse-noisette allemand, jeta sur Lemulquinier un regard aigre que la couleur verte de ses petits yeux éraillés rendait presque venimeux. Le vieux valet de chambre haussa les épaules par un mouvement digne de Mirabeau impatienté, puis il enfourna dans sa grande bouche une tartine de beurre sur laquelle étaient semés des *appétits* [50].

— Au lieu de tracasser monsieur, madame devrait lui donner de l'argent, nous serions bientôt tous riches à nager dans l'or! Il ne s'en faut pas de l'épaisseur d'un liard que nous ne trouvions...

— Hé bien! vous qui avez vingt mille francs de placés, pourquoi ne les offrez-vous pas à monsieur? C'est votre maître! Et puisque vous êtes si sûr de ses faits et gestes...

— Vous ne connaissez rien à cela, Josette, faites chauffer votre eau, répondit le Flamand en interrompant la cuisinière.

— Je m'y connais assez pour savoir qu'il y

avait ici mille marcs d'argenterie, que vous et
votre maître vous les avez fondus, et que, si on
vous laisse aller votre train, vous ferez si bien de
cinq sous six blancs [51], qu'il n'y aura bientôt plus
rien.

— Et monsieur, dit Martha survenant, tuera
madame pour se débarrasser d'une femme qui le
retient, et l'empêche de tout avaler. Il est
possédé du démon, cela se voit! Le moins que
vous risquiez en l'aidant, Mulquinier, c'est votre
âme, si vous en avez une, car vous êtes là comme
un morceau de glace, pendant que tout est ici
dans la désolation. Ces demoiselles pleurent
comme des Madeleines. Courez donc chercher
monsieur l'abbé de Solis.

— J'ai affaire pour monsieur, à ranger le
laboratoire, dit le valet de chambre. Il y a trop
loin d'ici le quartier d'Esquerchin. Allez-y vous-
même.

— Voyez-vous ce monstre-là? dit Martha. Qui
donnera le bain de pieds à madame? la voulez-
vous laisser mourir? Elle a le sang à la tête.

— Mulquinier, dit Marguerite en arrivant dans
la salle qui précédait la cuisine, en revenant de
chez monsieur de Solis, vous prierez monsieur
Pierquin le médecin de venir promptement ici.

— Hein! vous irez, dit Josette.

— Mademoiselle, monsieur m'a dit de ranger
son laboratoire, répondit Lemulquinier en se
retournant vers les deux femmes qu'il regarda
d'un air despotique.

— Mon père, dit Marguerite à monsieur Claës

qui descendait en ce moment, ne pourrais-tu pas
nous laisser Mulquinier pour l'envoyer en ville?

— Tu iras, vilain chinois, dit Martha en
entendant monsieur Claës mettre Lemulquinier
aux ordres de sa fille.

Le peu de dévouement du valet de chambre
pour la maison était le grand sujet de querelle
entre ces deux femmes et Lemulquinier, dont la
froideur avait eu pour résultat d'exalter l'attachement de Josette et de la duègne. Cette lutte
si mesquine en apparence influa beaucoup sur
l'avenir de cette famille, quand, plus tard, elle
eut besoin de secours contre le malheur. Balthazar redevint si distrait, qu'il ne s'aperçut pas de
l'état maladif dans lequel était Joséphine. Il prit
Jean sur ses genoux, et le fit sauter machinalement, en pensant au problème qu'il avait dès lors
la possibilité de résoudre. Il vit apporter le bain
de pieds à sa femme qui, n'ayant pas eu la force
de se lever de la bergère où elle gisait, était restée
dans le parloir. Il regarda même ses deux filles
s'occupant de leur mère, sans chercher la cause
de leurs soins empressés. Quand Marguerite ou
Jean voulaient parler, madame Claës réclamait le
silence en leur montrant Balthazar. Une scène
semblable était de nature à faire penser Marguerite, qui placée entre son père et sa mère, se
trouvait assez âgée, assez raisonnable déjà pour
en apprécier la conduite. Il arrive un moment
dans la vie intérieure des familles, où les enfants
deviennent, soit volontairement, soit involontairement, les juges de leurs parents. Madame

Claës avait compris le danger de cette situation. Par amour pour Balthazar, elle s'efforçait de justifier aux yeux de Marguerite ce qui, dans l'esprit juste d'une fille de seize ans, pouvait paraître des fautes chez un père. Aussi le profond respect qu'en cette circonstance madame Claës témoignait pour Balthazar, en s'effaçant devant lui, pour ne pas en troubler la méditation, imprimait-il à ses enfants une sorte de terreur pour la majesté paternelle. Mais ce dévouement, quelque contagieux qu'il fût, augmentait encore l'admiration que Marguerite avait pour sa mère à laquelle l'unissaient plus particulièrement les accidents journaliers de la vie. Ce sentiment était fondé sur une sorte de divination de souffrances dont la cause devait naturellement préoccuper une jeune fille. Aucune puissance humaine ne pouvait empêcher que parfois un mot échappé soit à Martha, soit à Josette, ne révélât à Marguerite l'origine de la situation dans laquelle la maison se trouvait depuis quatre ans. Malgré la discrétion de madame Claës, sa fille découvrait donc insensiblement, lentement, fil à fil, la trame mystérieuse de ce drame domestique. Marguerite allait être, dans un temps donné, la confidente active de sa mère, et serait au dénouement le plus redoutable des juges. Aussi tous les soins de madame Claës se portaient-ils sur Marguerite à laquelle elle tâchait de communiquer son dévouement pour Balthazar. La fermeté, la raison qu'elle rencontrait chez sa fille la faisaient frémir à l'idée d'une lutte possible entre Marguerite et

Balthazar, quand, après sa mort, elle serait
remplacée par elle dans la conduite intérieure de
la maison. Cette pauvre femme en était donc
arrivée à plus trembler des suites de sa mort que
de sa mort même. Sa sollicitude pour Balthazar
éclatait dans la résolution qu'elle venait de
prendre. En libérant les biens de son mari, elle en
assurait l'indépendance, et prévenait toute discussion en séparant ses intérêts de ceux de ses
enfants; elle espérait le voir heureux jusqu'au
moment où elle fermerait les yeux; puis elle
comptait transmettre les délicatesses de son cœur
à Marguerite, qui continuerait à jouer auprès de
lui le rôle d'un ange d'amour, en exerçant sur la
famille une autorité tutélaire et conservatrice.
N'était-ce pas faire luire encore du fond de sa
tombe son amour sur ceux qui lui étaient chers?
Néanmoins elle ne voulut pas déconsidérer le père
aux yeux de la fille en l'initiant avant le temps
aux terreurs que lui inspirait la passion scientifique de Balthazar; elle étudiait l'âme et le
caractère de Marguerite pour savoir si cette jeune
fille deviendrait par elle-même une mère pour ses
frères et sa sœur, pour son père une femme douce
et tendre. Ainsi les derniers jours de madame
Claës étaient empoisonnés par des calculs et par
des craintes qu'elle n'osait confier à personne. En
se sentant atteinte dans sa vie même par cette
dernière scène, elle jetait ses regards jusque dans
l'avenir; tandis que Balthazar, désormais inha-
bile à tout ce qui était économie, fortune,
sentiments domestiques, pensait à trouver l'ab-

solu. Le profond silence qui régnait au parloir
n'était interrompu que par le mouvement monotone du pied de Claës qui continuait à le mouvoir
sans s'apercevoir que Jean en était descendu.
Assise près de sa mère de qui elle contemplait le
visage pâle et décomposé, Marguerite se tournait
de moments en moments vers son père, en
s'étonnant de son insensibilité. Bientôt la porte
de la rue retentit en se fermant, et la famille vit
l'abbé de Solis appuyé sur son neveu, qui tous
deux traversaient lentement la cour.

— Ah! voici monsieur Emmanuel, dit Félicie.

— Le bon jeune homme! dit madame Claës en
apercevant Emmanuel de Solis, j'ai du plaisir à le
revoir.

Marguerite rougit en entendant l'éloge qui
échappait à sa mère. Depuis deux jours, l'aspect
de ce jeune homme avait éveillé dans son cœur
des sentiments inconnus, et dégourdi dans son
intelligence des pensées jusqu'alors inertes. Pendant la visite faite par le confesseur à sa
pénitente, il s'était passé de ces imperceptibles
événements qui tiennent beaucoup de place dans
la vie, et dont les résultats furent assez importants pour exiger ici la peinture des deux
nouveaux personnages introduits au sein de la
famille. Madame Claës avait eu pour principe
d'accomplir en secret ses pratiques de dévotion.
Son directeur, presque inconnu chez elle, se
montrait pour la seconde fois dans sa maison;
mais là, comme ailleurs, on devait être saisi par
une sorte d'attendrissement et d'admiration à

l'aspect de l'oncle et du neveu. L'abbé de Solis,
vieillard octogénaire à chevelure d'argent, montrait un visage décrépit, où la vie semblait s'être
retirée dans les yeux. Il marchait difficilement,
car, de ses deux jambes menues, l'une se terminait par un pied horriblement déformé, contenu
dans une espèce de sac de velours qui l'obligeait à
se servir d'une béquille quand il n'avait pas le
bras de son neveu. Son dos voûté, son corps
desséché offraient le spectacle d'une nature souf-
frante et frêle, dominée par une volonté de fer et
par un chaste esprit religieux qui l'avait conser-
vée. Ce prêtre espagnol, remarquable par un
vaste savoir, par une piété vraie, par des connaissances très étendues, avait été successivement
dominicain, grand-pénitencier de Tolède, et
vicaire général de l'archevêché de Malines. Sans
la révolution française, la protection des Casa-
Réal l'eût porté aux plus hautes dignités de
l'Église; mais le chagrin que lui causa la mort du
jeune duc, son élève, le dégoûta d'une vie active,
et il se consacra tout entier à l'éducation de son
neveu, devenu de très bonne heure orphelin. Lors
de la conquête de la Belgique, il s'était fixé près
de madame de Claës. Dès sa jeunesse, l'abbé de
Solis avait professé pour sainte Thérèse un
enthousiasme qui le conduisit autant que la pente
de son esprit vers la partie mystique du christianisme. En trouvant, en Flandre, où mademoiselle
Bourignon [52], ainsi que les écrivains illuminés et
quiétistes firent le plus de prosélytes, un trou-
peau de catholiques adonnés à ses croyances, il y

resta d'autant plus volontiers qu'il y fut considéré comme un patriarche par cette communion particulière où l'on continue à suivre les doctrines des mystiques, malgré les censures qui frappèrent Fénelon et madame Guyon. Ses mœurs étaient rigides, sa vie était exemplaire, et il passait pour avoir des extases. Malgré le détachement qu'un religieux si sévère devait pratiquer pour les choses de ce monde, l'affection qu'il portait à son neveu le rendait soigneux de ses intérêts. Quand il s'agissait d'une œuvre de charité, le vieillard mettait à contribution les fidèles de son église avant d'avoir recours à sa propre fortune, et son autorité patriarcale était si bien reconnue, ses intentions étaient si pures, sa perspicacité si rarement en défaut que chacun faisait honneur à ses demandes. Pour avoir une idée du contraste qui existait entre l'oncle et le neveu, il faudrait comparer le vieillard à l'un de ces saules creux qui végètent au bord des eaux, et le jeune homme à l'églantier chargé de roses dont la tige élégante et droite s'élance du sein de l'arbre moussu, qu'il semble vouloir redresser.

Sévèrement élevé par son oncle, qui le gardait près de lui comme une matrone garde une vierge, Emmanuel était plein de cette chatouilleuse sensibilité, de cette candeur à demi rêveuse, fleurs passagères de toutes les jeunesses, mais vivaces dans les âmes nourries de religieux principes. Le vieux prêtre avait comprimé l'expression des sentiments voluptueux chez son élève, en le préparant aux souffrances de la vie

par des travaux continus, par une discipline
presque claustrale. Cette éducation, qui devait
livrer Emmanuel tout neuf au monde, et le
rendre heureux, s'il rencontrait bien [53] dans ses
premières affections, l'avait revêtu d'une angélique pureté qui communiquait à sa personne le
charme dont sont investies les jeunes filles. Ses
yeux timides, mais doublés d'une âme forte et
courageuse, jetaient une lumière qui vibrait dans
l'âme comme le son du cristal épand ses ondula-
tions dans l'ouïe. Sa figure expressive, quoique
régulière, se recommandait par une grande précision dans les contours, par l'heureuse disposition
des lignes, et par le calme profond que donne la
paix du cœur. Tout y était harmonieux. Ses
cheveux noirs, ses yeux et ses sourcils bruns
rehaussaient encore un teint blanc et de vives
couleurs. Sa voix était celle qu'on attendait d'un
si beau visage. Ses mouvements féminins s'accor-
daient avec la mélodie de sa voix, avec les
tendres clartés de son regard. Il semblait ignorer
l'attrait qu'excitaient la réserve à demi mélancolique de son attitude, la retenue de ses paroles, et
les soins respectueux qu'il prodiguait à son oncle.
A le voir étudiant la marche tortueuse du vieil
abbé pour se prêter à ses douloureuses déviations
de manière à ne pas les contrarier, regardant au
loin ce qui pouvait lui blesser les pieds et le
conduisant dans le meilleur chemin, il était
impossible de ne pas reconnaître chez Emmanuel
les sentiments généreux qui font de l'homme une
sublime créature. Il paraissait si grand, en

aimant son oncle sans le juger, en lui obéissant
sans jamais discuter ses ordres, que chacun
voulait voir une prédestination dans le nom
suave que lui avait donné sa marraine. Quand,
soit chez lui, soit chez les autres, le vieillard
exerçait son despotisme de dominicain, Emmanuel relevait parfois la tête si noblement, comme
pour protester de sa force s'il se trouvait aux
prises avec un autre homme, que les personnes de
cœur étaient émues, comme le sont les artistes à
l'aspect d'une grande œuvre, car les beaux
sentiments ne sonnent pas moins fort dans l'âme
par leurs conceptions vivantes que par les réalisations de l'art.

Emmanuel avait accompagné son oncle quand
il était venu chez sa pénitente, pour examiner les
tableaux de la maison Claës. En apprenant par
Martha que l'abbé de Solis était dans la galerie,
Marguerite, qui désirait voir cet homme célèbre,
avait cherché quelque prétexte menteur pour
rejoindre sa mère, afin de satisfaire sa curiosité.
Entrée assez étourdiment, en affectant la légèreté
sous laquelle les jeunes filles cachent si bien leurs
désirs, elle avait rencontré près du vieillard vêtu
de noir, courbé, déjeté, cadavéreux, la fraîche, la
délicieuse figure d'Emmanuel. Les regards également jeunes, également naïfs de ces deux êtres
avaient exprimé le même étonnement. Emmanuel et Marguerite s'étaient sans doute déjà vus
l'un et l'autre dans leurs rêves. Tous deux
baissèrent leurs yeux et les relevèrent ensuite par
un même mouvement, en laissant échapper un

même aveu. Marguerite prit le bras de sa mère,
lui parla tout bas par maintien, et s'abrita pour
ainsi dire sous l'aile maternelle, en tendant le cou
par un mouvement de cygne, pour revoir Emmanuel qui, de son côté, restait attaché au bras de
son oncle. Quoique habilement distribué pour
faire valoir chaque toile, le jour faible de la
galerie favorisa ces coups d'œil furtifs qui sont la
joie des gens timides. Sans doute chacun d'eux
n'alla pas, même en pensée, jusqu'au *si* par lequel
commencent les passions; mais tous deux ils
sentirent ce trouble profond qui remue le cœur,
et sur lequel au jeune âge on se garde à soi-même
le secret, par friandise ou par pudeur. La
première impression qui détermine les déborde-
ments d'une sensibilité longtemps contenue, est
suivie chez tous les jeunes gens de l'étonnement à
demi stupide que causent aux enfants les premières sonneries de la musique. Parmi les
enfants, les uns rient et pensent, d'autres ne rient
qu'après avoir pensé; mais ceux dont l'âme est
appelée à vivre de poésie ou d'amour écoutent
longtemps et redemandent la mélodie par un
regard où s'allume déjà le plaisir, où point la
curiosité de l'infini. Si nous aimons irrésistible-
ment les lieux où nous avons été, dans notre
enfance, initiés aux beautés de l'harmonie, si
nous nous souvenons avec délices et du musicien
et même de l'instrument, comment se défendre
d'aimer l'être qui, le premier, nous révèle les
musiques de la vie? Le premier cœur où nous
avons aspiré l'amour n'est-il pas comme une

patrie? Emmanuel et Marguerite furent l'un pour
l'autre cette voix musicale qui réveille un sens,
cette main qui relève des voiles nuageux et
montre les rives baignées par les feux du midi.
Quand madame Claës arrêta le vieillard devant
un tableau du Guide qui représentait un ange,
Marguerite avança la tête pour voir quelle serait
l'impression d'Emmanuel, et le jeune homme
chercha Marguerite pour comparer la muette
pensée de la toile à la vivante pensée de la
créature. Cette involontaire et ravissante flatterie
fut comprise et savourée. Le vieil abbé louait
gravement cette belle composition, et madame
Claës lui répondait; mais les deux enfants restaient silencieux. Telle fut leur rencontre. Le jour
mystérieux de la galerie, la paix de la maison, la
présence des parents, tout contribuait à graver
plus avant dans le cœur les traits délicats de ce
vaporeux mirage. Les mille pensées confuses qui
venaient de pleuvoir chez Marguerite se cal-
mèrent, firent dans son âme comme une étendue
limpide et se teignirent d'un rayon lumineux,
quand Emmanuel balbutia quelques phrases en
prenant congé de madame Claës. Cette voix, dont
le timbre frais et velouté répandait au cœur des
enchantements inouïs, compléta la révélation
soudaine qu'Emmanuel avait causée et qu'il
devait féconder à son profit; car l'homme dont se
sert le destin pour éveiller l'amour au cœur d'une
jeune fille, ignore souvent son œuvre et la laisse
alors inachevée. Marguerite s'inclina tout interdite, et mit ses adieux dans un regard où

semblait se peindre le regret de perdre cette pure
et charmante vision. Comme l'enfant, elle voulait
encore sa mélodie. Cet adieu fut fait au bas du
vieil escalier, devant la porte du parloir; et,
quand elle y entra, elle regarda l'oncle et le neveu
jusqu'à ce que la porte de la rue se fût fermée.
Madame Claës avait été trop occupée des sujets
graves, agités dans sa conférence avec son directeur, pour avoir pu examiner la physionomie de
sa fille. Au moment où monsieur de Solis et son
neveu apparaissaient pour la seconde fois, elle
était encore trop violemment troublée pour apercevoir la rougeur qui colora le visage de Marguerite en révélant les fermentations du premier
plaisir reçu dans un cœur vierge. Quand le vieil
abbé fut annoncé, Marguerite avait repris son
ouvrage, et parut y prêter une si grande attention qu'elle salua l'oncle et le neveu sans les
regarder. Monsieur Claës rendit machinalement le
salut que lui fit l'abbé de Solis, et sortit du parloir
comme un homme emporté par ses occupations.
Le pieux dominicain s'assit près de sa pénitente
en lui jetant un de ces regards profonds par
lesquels il sondait les âmes, il lui avait suffi de
voir monsieur Claës et sa femme pour deviner
une catastrophe.

— Mes enfants, dit la mère, allez dans le
jardin. Marguerite, montrez à Emmanuel les
tulipes de votre père.

Marguerite, à demi honteuse, prit le bras de
Félicie, regarda le jeune homme qui rougit et qui
sortit du parloir en saisissant Jean par conte-

nance. Quand ils furent tous les quatre dans le jardin, Félicie et Jean allèrent de leur côté, quittèrent Marguerite, qui, restée presque seule avec le jeune de Solis, le mena devant le buisson de tulipes invariablement arrangé de la même façon, chaque année, par Lemulquinier.

— Aimez-vous les tulipes? demanda Marguerite après être demeurée pendant un moment dans le plus profond silence sans qu'Emmanuel parût vouloir le rompre.

— Mademoiselle, c'est de belles fleurs, mais pour les aimer, il faut sans doute en avoir le goût, savoir en apprécier les beautés. Ces fleurs m'éblouissent. L'habitude du travail, dans la sombre petite chambre où je demeure, près de mon oncle, me fait sans doute préférer ce qui est doux à la vue.

En disant ces derniers mots, il contempla Marguerite, mais sans que ce regard plein de confus désirs contînt aucune allusion à la blancheur mate, au calme, aux couleurs tendres qui faisaient de ce visage une fleur.

— Vous travaillez donc beaucoup? reprit Marguerite en conduisant Emmanuel sur un banc de bois à dossier peint en vert. D'ici, dit-elle en continuant, vous ne verrez pas les tulipes de si près, elles vous fatigueront moins les yeux. Vous avez raison, ces couleurs papillotent et font mal.

— A quoi je travaille? répondit le jeune homme après un moment de silence pendant lequel il avait égalisé sous son pied le sable de

l'allée. Je travaille à toutes sortes de choses. Mon
oncle voulait me faire prêtre...

— Oh! fit naïvement Marguerite.

— J'ai résisté, je ne me sentais pas la vocation. Mais il m'a fallu beaucoup de courage pour
contrarier les désirs de mon oncle. Il est si bon, il
m'aime tant! il m'a dernièrement acheté un
homme pour me sauver de la conscription [54],
moi, pauvre orphelin.

— A quoi vous destinez-vous donc? demanda
Marguerite qui parut vouloir reprendre sa phrase
en laissant échapper un geste et qui ajouta : —
Pardon, monsieur, vous devez me trouver bien
curieuse.

— Oh! mademoiselle, dit Emmanuel en la
regardant avec autant d'admiration que de tendresse, personne, excepté mon oncle, ne m'a
encore fait cette question. J'étudie pour être
professeur. Que voulez-vous? je ne suis pas riche.
Si je puis devenir principal d'un collège en
Flandre, j'aurai de quoi vivre modestement, et
j'épouserai quelque femme simple que j'aimerai
bien. Telle est la vie que j'ai en perspective.
Peut-être est-ce pour cela que je préfère une
pâquerette sur laquelle tout le monde passe, dans
la plaine d'Orchies, à ces belles tulipes pleines
d'or, de pourpre, de saphirs, d'émeraudes qui
représentent une vie fastueuse, de même que la
pâquerette représente une vie douce et patriarcale, la vie d'un pauvre professeur que je serai.

— J'avais toujours appelé, jusqu'à présent, les
pâquerettes des marguerites, dit-elle.

Emmanuel de Solis rougit excessivement, et cherchа une réponse en tourmentant le sable avec ses pieds. Embarrassé de choisir entre toutes les idées qui lui venaient et qu'il trouvait sottes, puis décontenancé par le retard qu'il mettait à répondre, il dit : — Je n'osais prononcer votre nom... Et n'acheva pas.

— Professeur! reprit-elle.

— Oh! mademoiselle, je serai professeur pour avoir un état, mais j'entreprendrai des ouvrages qui pourront me rendre plus grandement utile. J'ai beaucoup de goût pour les travaux historiques.

— Ah!

Ce ah! plein de pensées secrètes, rendit le jeune homme encore plus honteux, et il se mit à rire niaisement en disant : — Vous me faites parler de moi, mademoiselle, quand je devrais ne vous parler que de vous.

— Ma mère et votre oncle ont terminé, je crois, leur conversation, dit-elle en regardant à travers les fenêtres dans le parloir.

— J'ai trouvé madame votre mère bien changée.

— Elle souffre, sans vouloir nous dire le sujet de ses souffrances, et nous ne pouvons que pâtir de ses douleurs.

Madame Claës venait de terminer en effet une consultation délicate, dans laquelle il s'agissait d'un cas de conscience, que l'abbé de Solis pouvait seul décider. Prévoyant une ruine complète, elle voulait retenir, à l'insu de Balthazar,

qui se souciait peu de ses affaires, une somme
considérable sur le prix des tableaux que monsieur de Solis se chargeait de vendre en Hollande,
afin de la cacher et de la réserver pour le moment
où la misère pèserait sur sa famille. Après une
mûre délibération et après avoir apprécié les
circonstances dans lesquelles se trouvait sa pénitente, le vieux dominicain avait approuvé cet
acte de prudence. Il s'en alla pour s'occuper de
cette vente qui devait se faire secrètement, afin
de ne point trop nuire à la considération de
monsieur Claës. Le vieillard envoya son neveu,
muni d'une lettre de recommandation, à Amsterdam, où le jeune homme enchanté de rendre
service à la maison Claës réussit à vendre les
tableaux de la galerie aux célèbres banquiers
Happe et Duncker, pour une somme ostensible
de quatre-vingt-cinq mille ducats de Hollande, et
une somme de quinze mille autres qui serait
secrètement donnée à madame Claës. Les tableaux
étaient si bien connus, qu'il suffisait pour accomplir le marché de la réponse de Balthazar à la
lettre que la maison Happe et Duncker lui
écrivit. Emmanuel de Solis fut chargé par Claës
de recevoir le prix des tableaux qu'il lui expédia
secrètement afin de dérober à la ville de Douai la
connaissance de cette vente. Vers la fin de
septembre, Balthazar remboursa les sommes qui
lui avaient été prêtées, dégagea ses biens et reprit
ses travaux; mais la maison Claës s'était dépouillée de son plus bel ornement. Aveuglé par sa
passion, il ne témoigna pas un regret, il se croyait

si certain de pouvoir promptement réparer cette
perte qu'il avait fait faire cette vente à réméré [55].
Cent toiles peintes n'étaient rien aux yeux de
Joséphine auprès du bonheur domestique et de la
satisfaction de son mari; elle fit d'ailleurs remplir
la galerie avec les tableaux qui meublaient les
appartements de réception, et pour dissimuler le
vide qu'ils laissaient dans la maison de devant,
elle en changea les ameublements. Ses dettes
payées, Balthazar eut environ deux cent mille
francs à sa disposition pour recommencer ses
expériences. Monsieur l'abbé de Solis et son
neveu furent les dépositaires des quinze mille
ducats réservés par madame Claës. Pour grossir
cette somme, l'abbé vendit les ducats auxquels
les événements de la guerre continentale avaient
donné de la valeur. Cent soixante-six mille francs
en écus furent enterrés dans la cave de la maison
habitée par l'abbé de Solis. Madame Claës eut le
triste bonheur de voir son mari constamment
occupé pendant près de huit mois. Néanmoins
trop rudement atteinte par le coup qu'il lui avait
porté, elle tomba dans une maladie de langueur
qui devait nécessairement empirer. La science
dévora si complètement Balthazar, que ni les
revers éprouvés par la France, ni la première
chute de Napoléon, ni le retour des Bourbons ne
le tirèrent de ses occupations; il n'était ni mari,
ni père, ni citoyen, il fut chimiste. Vers la fin de
l'année 1814, madame Claës était arrivée à un
degré de consomption qui ne lui permettait plus
de quitter le lit. Ne voulant pas végéter dans sa

chambre, où elle avait vécu heureuse, où les
souvenirs de son bonheur évanoui lui auraient
inspiré d'involontaires comparaisons avec le présent qui l'eussent accablée, elle demeurait dans le
parloir. Les médecins avaient favorisé le vœu de
son cœur en trouvant cette pièce plus aérée, plus
gaie, et plus convenable à sa situation que sa
chambre. Le lit où cette malheureuse femme
achevait de vivre, fut dressé entre la cheminée et
la fenêtre qui donnait sur le jardin. Elle passa là
ses derniers jours saintement occupée à perfec-
tionner l'âme de ses deux filles sur lesquelles elle
se plut à laisser rayonner le feu de la sienne.
Affaibli dans ses manifestations, l'amour conjugal permit à l'amour maternel de se déployer. La
mère se montra d'autant plus charmante qu'elle
avait tardé d'être ainsi. Comme toutes les personnes généreuses, elle éprouvait de sublimes
délicatesses de sentiment qu'elle prenait pour des
remords. En croyant avoir ravi quelques tendres-
ses dues à ses enfants, elle cherchait à racheter
ses torts imaginaires, et avait pour eux des
attentions, des soins qui la leur rendaient délicieuse; elle voulait en quelque sorte les faire vivre
à même son cœur, les couvrir de ses ailes
défaillantes et les aimer en un jour pour tous
ceux pendant lesquels elle les avait négligés. Les
souffrances donnaient à ses caresses, à ses
paroles, une onctueuse tiédeur qui s'exhalait de
son âme. Ses yeux caressaient ses enfants avant
que sa voix ne les émût par des intonations

pleines de bons vouloirs, et sa main semblait toujours verser sur eux des bénédictions.

Si après avoir repris ses habitudes de luxe, la maison Claës ne reçut bientôt plus personne, si son isolement redevint plus complet, si Balthazar ne donna plus de fête à l'anniversaire de son mariage, la ville de Douai n'en fut pas surprise. D'abord la maladie de madame Claës parut une raison suffisante de ce changement, puis le paiement des dettes arrêta le cours des médisances, enfin les vicissitudes politiques auxquelles la Flandre fut soumise, la guerre des Cent Jours, l'occupation étrangère firent complètement oublier le chimiste. Pendant ces deux années, la ville fut si souvent sur le point d'être prise, si consécutivement occupée soit par les Français, soit par les ennemis; il y vint tant d'étrangers, il s'y réfugia tant de campagnards, il y eut tant d'intérêts soulevés, tant d'existences mises en question, tant de mouvements et de malheurs, que chacun ne pouvait penser qu'à soi. L'abbé de Solis et son neveu, les deux frères Pierquin étaient les seules personnes qui vinssent visiter madame Claës, l'hiver de 1814 à 1815 fut pour elle la plus douloureuse des agonies. Son mari venait rarement la voir, il restait bien après le dîner pendant quelques heures près d'elle, mais comme elle n'avait plus la force de soutenir une longue conversation, il disait une ou deux phrases éternellement semblables, s'asseyait, se taisait et laissait régner au parloir un épouvantable silence. Cette monotonie était diversifiée les jours où

l'abbé de Solis et son neveu passaient la soirée à
la maison Claës. Pendant que le vieil abbé jouait
au trictrac avec Balthazar, Marguerite causait
avec Emmanuel, près du lit de sa mère qui
souriait à leurs innocentes joies sans faire apercevoir combien était à la fois douloureuse et bonne
sur son âme meurtrie, la brise fraîche de ces
virginales amours débordant par vagues et
paroles à paroles. L'inflexion de voix qui charmait ces deux enfants lui brisait le cœur, un coup
d'œil d'intelligence surpris entre eux la jetait, elle
quasi morte, en des souvenirs de ses heures
jeunes et heureuses qui rendaient au présent
toute son amertume. Emmanuel et Marguerite
avaient une délicatesse qui leur faisait réprimer
les délicieux enfantillages de l'amour pour n'en
pas offenser une femme endolorie dont les blessures étaient instinctivement devinées par eux.
Personne encore n'a remarqué que les sentiments
ont une vie qui leur est propre, une nature qui
procède des circonstances au milieu desquelles ils
sont nés; ils gardent et la physionomie des lieux
où ils ont grandi et l'empreinte des idées qui ont
influé sur leurs développements. Il est des passions ardemment conçues qui restent ardentes
comme celle de madame Claës pour son mari;
puis il est des sentiments auxquels tout a souri,
qui conservent une allégresse matinale, leurs
moissons de joie ne vont jamais sans des rires et
des fêtes; mais il se rencontre aussi des amours
fatalement encadrés de mélancolie ou cerclés par
le malheur, dont les plaisirs sont pénibles, coù-

teux, chargés de craintes, empoisonnés par des
remords ou pleins de désespérance. L'amour
enseveli dans le cœur d'Emmanuel et de Marguerite sans que ni l'un ni l'autre ne comprissent
encore qu'il s'en allait de l'amour, ce sentiment
éclos sous la voûte sombre de la galerie Claës,
devant un vieil abbé sévère, dans un moment de
silence et de calme; cet amour grave et discret,
mais fertile en nuances douces, en voluptés
secrètes, savourées comme des grappes volées au
coin d'une vigne, subissait la couleur brune, les
teintes grises qui le décorèrent à ses premières
heures. En n'osant se livrer à aucune démonstra-
tion vive devant ce lit de douleur, ces deux
enfants agrandissaient leurs jouissances à leur
insu par une concentration qui les imprimait au
fond de leur cœur. C'était des soins donnés à la
malade, et auxquels aimait à participer Emmanuel, heureux de pouvoir s'unir à Marguerite en
se faisant par avance le fils de cette mère. Un
remerciement mélancolique remplaçait sur les
lèvres de la jeune fille le mielleux langage des
amants. Les soupirs de leurs cœurs, remplis de
joie par quelque regard échangé, se distinguaient
peu des soupirs arrachés par le spectacle de la
douleur maternelle. Leurs bons petits moments
d'aveux indirects, de promesses inachevées,
d'épanouissements comprimés pouvaient se comparer à ces allégories peintes par Raphaël sur des
fonds noirs [56]. Ils avaient l'un et l'autre une
certitude qu'ils ne s'avouaient pas; ils savaient le
soleil au-dessus d'eux, mais ils ignoraient quel

vent chasserait les gros nuages noirs amoncelés
sur leurs têtes; ils doutaient de l'avenir, et
craignant d'être toujours escortés par des souffrances, ils restaient timidement dans les ombres
de ce crépuscule sans oser se dire : *Achèverons-
nous ensemble la journée?* Néanmoins la tendresse
que madame Claës témoignait à ses enfants
cachait noblement tout ce qu'elle se taisait à elle-
même. Ses enfants ne lui causaient ni tressaillement ni terreur, ils étaient sa consolation, mais
ils n'étaient pas sa vie; elle vivait par eux, elle
mourait pour Balthazar. Quelque pénible que fût
pour elle la présence de son mari pensif durant
des heures entières, et qui lui jetait de temps en
temps un regard monotone, elle n'oubliait ses
douleurs que pendant ces cruels instants. L'indifférence de Balthazar pour cette femme mourante
eût semblé criminelle à quelque étranger qui en
aurait été le témoin; mais madame Claës et ses
filles s'y étaient accoutumées, elles connaissaient
le cœur de cet homme, et l'absolvaient. Si,
pendant la journée, madame Claës subissait
quelque crise dangereuse, si elle se trouvait plus
mal, si elle paraissait près d'expirer, Claës était le
seul dans la maison et dans la ville qui l'ignorât;
Lemulquinier, son valet de chambre, le savait;
mais ni ses filles auxquelles leur mère imposait
silence, ni sa femme ne lui apprenaient les
dangers que courait une créature jadis si ardemment aimée. Quand son pas retentissait dans la
galerie au moment où il venait dîner, madame
Claës était heureuse, elle allait le voir, elle

rassemblait ses forces pour goûter cette joie. A l'instant où il entrait, cette femme pâle et demi-morte se colorait vivement, reprenait un semblant de santé; le savant arrivait auprès du lit, lui prenait la main, et la voyait sous une fausse apparence; pour lui seul, elle était bien. Quand il lui demandait : — « Ma chère femme, comment vous trouvez-vous aujourd'hui? » elle lui répondait : « Mieux, mon ami! » et faisait croire à cet homme distrait que le lendemain elle serait levée, rétablie. La préoccupation de Balthazar était si grande qu'il acceptait la maladie dont mourait sa femme, comme une simple indisposition. Moribonde pour tout le monde, elle était vivante pour lui. Une séparation complète entre ces époux fut le résultat de cette année. Claës couchait loin de sa femme, se levait dès le matin, et s'enfermait dans son laboratoire ou dans son cabinet; en ne la voyant plus qu'en présence de ses filles ou des deux ou trois amis qui venaient la visiter, il se déshabitua d'elle. Ces deux êtres, jadis accoutumés à penser ensemble, n'eurent plus, que de loin en loin, ces moments de communication, d'abandon, d'épanchement qui constituent la vie du cœur, et il vint un moment où ces rares voluptés cessèrent. Les souffrances physiques vinrent au secours de cette pauvre femme, et l'aidèrent à supporter un vide, une séparation qui l'eût tuée, si elle avait été vivante. Elle éprouva de si vives douleurs que, parfois, elle fut heureuse de ne pas en rendre témoin celui qu'elle aimait toujours. Elle contemplait Balthazar pendant une partie de la soirée, et le sachant heureux comme il voulait l'être, elle épousait ce bonheur qu'elle lui avait procuré. Cette frêle jouissance lui suffisait, elle ne se demandait plus si elle était aimée, elle s'efforçait de le croire, et glissait sur cette couche de glace sans oser appuyer, craignant de la rompre et de noyer son cœur dans un affreux néant. Comme nul événement ne troublait ce calme, et que la maladie qui dévorait lentement madame Claës contribuait à cette paix intérieure, en maintenant l'affection conjugale à un état passif, il fut facile d'atteindre dans ce morne état les premiers jours de l'année 1816.

Vers la fin du mois de février, Pierquin le notaire porta le coup qui devait précipiter dans la tombe une femme angélique dont l'âme, disait l'abbé de Solis, était presque sans péché.

— Madame, lui dit-il à l'oreille en saisissant un moment où ses filles ne pouvaient pas entendre leur conversation, monsieur Claës m'a chargé d'emprunter trois cent mille francs sur ses propriétés, prenez des précautions pour la fortune de vos enfants.

Madame Claës joignit les mains, leva les yeux au plafond, et remercia le notaire par une inclination de tête bienveillante et par un sourire triste dont il fut ému. Cette phrase fut un coup de poignard qui tua Pépita. Dans cette journée elle s'était livrée à des réflexions tristes qui lui avaient gonflé le cœur, et se trouvait dans une de ces situations où le voyageur, n'ayant plus son équilibre, roule poussé par un léger caillou

jusqu'au fond du précipice qu'il a longtemps et
courageusement côtoyé. Quand le notaire fut
parti, madame Claës se fit donner par Marguerite
tout ce qui lui était nécessaire pour écrire,
rassembla ses forces et s'occupa pendant
quelques instants d'un écrit testamentaire. Elle
s'arrêta plusieurs fois pour contempler sa fille.
L'heure des aveux était venue. En conduisant la
maison depuis la maladie de sa mère, Marguerite
avait si bien réalisé les espérances de la mourante
que madame Claës jeta sur l'avenir de sa famille
un coup d'œil sans désespoir, en se voyant
revivre dans cet ange aimant et fort. Sans doute
ces deux femmes pressentaient de mutuelles et
tristes confidences à se faire, la fille regardait sa
mère aussitôt que sa mère la regardait, et toutes
deux roulaient des larmes dans leurs yeux.
Plusieurs fois, Marguerite, au moment où
madame Claës se reposait, disait : — Ma mère?
comme pour parler; puis, elle s'arrêtait, comme
suffoquée, sans que sa mère trop occupée par ses
dernières pensées lui demandât compte de cette
interrogation. Enfin, madame Claës voulut
cacheter sa lettre; Marguerite, qui lui tenait une
bougie, se retira par discrétion pour ne pas voir la
suscription.

— Tu peux lire, mon enfant! lui dit sa mère
d'un ton déchirant.

Marguerite vit sa mère traçant ces mots : *A ma
fille Marguerite.*

— Nous causerons quand je me serai reposée,
ajouta-t-elle en mettant la lettre sous son chevet.

Puis elle tomba sur son oreiller comme épuisée
par l'effort qu'elle venait de faire et dormit
durant quelques heures. Quand elle s'éveilla, ses
deux filles, ses deux fils étaient à genoux devant
son lit, et priaient avec ferveur. Ce jour était un
jeudi. Gabriel et Jean venaient d'arriver du
collège, amenés par Emmanuel de Solis, nommé
depuis six mois professeur d'histoire et de philosophie.

— Chers enfants, il faut nous dire adieu,
s'écria-t-elle. Vous ne m'abandonnez pas, vous!
et celui que...

Elle n'acheva pas.

— Monsieur Emmanuel, dit Marguerite en
voyant pâlir sa mère, allez dire à mon père que
maman se trouve plus mal.

Le jeune Solis monta jusqu'au laboratoire, et
après avoir obtenu de Lemulquinier que Balthazar vînt lui parler, celui-ci répondit à la demande
pressante du jeune homme : — J'y vais.

— Mon ami, dit madame Claës à Emmanuel
quand il fut de retour, emmenez mes deux fils et
allez chercher votre oncle. Il est nécessaire, je
crois, de me donner les derniers sacrements, je
voudrais les recevoir de sa main.

Quand elle se trouva seule avec ses deux filles,
elle fit un signe à Marguerite qui, comprenant sa
mère, renvoya Félicie.

— J'avais à vous parler aussi, ma chère
maman, dit Marguerite qui, ne croyant pas sa
mère aussi mal qu'elle l'était, agrandit la blessure
faite par Pierquin. Depuis dix jours, je n'ai plus

d'argent pour les dépenses de la maison, et je dois aux domestiques six mois de gages. J'ai voulu déjà deux fois demander de l'argent à mon père, et je ne l'ai pas osé. Vous ne savez pas! les tableaux de la galerie et la cave ont été vendus.

— Il ne m'a pas dit un mot de tout cela, s'écria madame Claës. O mon Dieu! vous me rappelez à temps vers vous. Mes pauvres enfants, que deviendrez-vous? Elle fit une prière ardente qui lui teignit les yeux des feux du repentir. Marguerite, reprit-elle en tirant la lettre de dessous son chevet, voici un écrit que vous n'ouvrirez et ne lirez qu'au moment où, après ma mort, vous serez dans la plus grande détresse, c'est-à-dire si vous manquiez de pain ici. Ma chère Marguerite, aime bien ton père, mais aie soin de ta sœur et de tes frères. Dans quelques jours, dans quelques heures peut-être! tu vas être à la tête de la maison. Sois économe. Si tu te trouvais opposée aux volontés de ton père, et le cas pourrait arriver, puisqu'il a dépensé de grandes sommes à chercher un secret dont la découverte doit être l'objet d'une gloire et d'une fortune immense, il aura sans doute besoin d'argent, peut-être t'en demandera-t-il, déploie alors toute la tendresse d'une fille, et sache concilier les intérêts dont tu seras la seule protectrice avec ce que tu dois à un père, à un grand homme qui sacrifie son bonheur, sa vie, à l'illustration de sa famille; il ne pourrait avoir tort que dans la forme, ses intentions seront toujours nobles, il est si excellent, son cœur est plein d'amour; vous le reverrez bon et affec-

tueux, vous! J'ai dû te dire ces paroles sur le
bord de la tombe, Marguerite. Si tu veux adoucir
les douleurs de ma mort, tu me promettras, mon
enfant, de me remplacer près de ton père, de ne
lui point causer de chagrin; ne lui reproche rien,
ne le juge pas! Enfin, sois une médiatrice douce
et complaisante jusqu'à ce que, son œuvre
terminée, il redevienne le chef de sa famille.

— Je vous comprends, ma mère chérie, dit
Marguerite en baisant les yeux enflammés de la
mourante, et je ferai comme il vous plaît.

— Ne te marie, mon ange, reprit madame
Claës, qu'au moment où Gabriel pourra te succéder dans le gouvernement des affaires et de la
maison. Ton mari, si tu te mariais, ne partagerait
peut-être pas tes sentiments, jetterait le trouble
dans la famille et tourmenterait ton père.

Marguerite regarda sa mère et lui dit : —
N'avez-vous aucune autre recommandation à me
faire sur mon mariage?

— Hésiterais-tu, ma chère enfant? dit la mourante avec effroi.

— Non, répondit-elle, je vous promets de vous
obéir.

— Pauvre fille, je n'ai pas su me sacrifier pour
vous, ajouta la mère en versant des larmes
chaudes, et je te demande de te sacrifier pour
tous. Le bonheur rend égoïste. Oui, Marguerite,
j'ai été faible parce que j'étais heureuse. Sois
forte, conserve de la raison pour ceux qui n'en
auront pas ici. Fais en sorte que tes frères, que ta

sœur ne m'accusent jamais. Aime bien ton père, mais ne le contrarie pas... trop.

Elle pencha la tête sur son oreiller et n'ajouta pas un mot, ses forces l'avaient trahie. Le combat intérieur entre la femme et la mère avait été trop violent. Quelques instants après, le clergé vint, précédé de l'abbé de Solis, et le parloir fut rempli par les gens de la maison. Quand la cérémonie commença, madame Claës, que son confesseur avait réveillée, regarda toutes les personnes qui étaient autour d'elle, et n'y vit pas Balthazar.

— Et monsieur? dit-elle.

Ce mot, où se résumaient et sa vie et sa mort, fut prononcé d'un ton si lamentable, qu'il causa un frémissement horrible dans l'assemblée. Malgré son grand âge, Martha s'élança comme une flèche, monta les escaliers et frappa durement à la porte du laboratoire.

— Monsieur, madame se meurt, et l'on vous attend pour l'administrer, cria-t-elle avec la violence de l'indignation.

— Je descends, répondit Balthazar.

Lemulquinier vint un moment après, en disant que son maître le suivait. Madame Claës ne cessa de regarder la porte du parloir, mais son mari ne se montra qu'au moment où la cérémonie était terminée. L'abbé de Solis et les enfants entouraient le chevet de la mourante. En voyant entrer son mari, Joséphine rougit, et quelques larmes roulèrent sur ses joues.

— *Tu allais sans doute décomposer l'azote*, lui

dit-elle avec une douceur d'ange qui fit frissonner les assistants.

— C'est fait, s'écria-t-il d'un air joyeux. L'azote contient de l'oxygène et une substance de la nature des impondérables qui vraisemblablement est le principe de la...

Il s'éleva des murmures d'horreur qui l'interrompirent et lui rendirent sa présence d'esprit.

— Que m'a-t-on dit? reprit-il. Tu es donc plus mal? Qu'est-il arrivé?

— Il arrive, monsieur, lui dit à l'oreille l'abbé de Solis indigné, que votre femme se meurt et que vous l'avez tuée.

Sans attendre de réponse, l'abbé de Solis prit le bras d'Emmanuel et sortit suivi des enfants qui le conduisirent jusque dans la cour. Balthazar demeura comme foudroyé et regarda sa femme en laissant tomber quelques larmes.

— Tu meurs et je t'ai tuée, s'écria-t-il. Que dit-il donc?

— Mon ami, reprit-elle, je ne vivais que par ton amour, et tu m'as à ton insu retiré ma vie.

— Laissez-nous, dit Claës à ses enfants au moment où ils entrèrent. Ai-je donc un seul instant cessé de t'aimer? reprit-il en s'asseyant au chevet de sa femme et lui prenant les mains qu'il baisa.

— Mon ami, je ne te reprocherai rien. Tu m'as rendue heureuse, trop heureuse; je n'ai pu soutenir la comparaison des premiers jours de notre mariage qui étaient pleins, et de ces derniers jours pendant lesquels tu n'as plus été toi-même et qui ont été vides. La vie du cœur, comme la vie physique, a ses actions. Depuis six ans, tu as été mort à l'amour, à la famille, à tout ce qui faisait notre bonheur. Je ne te parlerai pas des félicités qui sont l'apanage de la jeunesse, elles doivent cesser dans l'arrière-saison de la vie; mais elles laissent des fruits dont se nourrissent les âmes, une confiance sans bornes, de douces habitudes; eh bien! tu m'as ravi ces trésors de notre âge. Je m'en vais à temps : nous ne vivions ensemble d'aucune manière, tu me cachais tes pensées et tes actions. Comment es-tu donc arrivé à me craindre? T'ai-je jamais adressé une parole, un regard, un geste empreints de blâme? Eh bien! tu as vendu tes derniers tableaux, tu as vendu jusqu'aux vins de ta cave, et tu empruntes de nouveau sur tes biens sans m'en avoir dit un mot. Ah! je sortirai donc de la vie, dégoûtée de la vie. Si tu commets des fautes, si tu t'aveugles en poursuivant l'impossible, ne t'ai-je donc pas montré qu'il y avait en moi assez d'amour pour trouver de la douceur à partager tes fautes, à toujours marcher près de toi, m'eusses-tu menée dans les chemins du crime. Tu m'as trop bien aimée : là est ma gloire et là ma douleur. Ma maladie a duré longtemps, Balthazar! elle a commencé le jour qu'à cette place où je vais expirer tu m'as prouvé que tu appartenais plus à la science qu'à la famille. Voici ta femme morte et ta propre fortune consumée. Ta fortune et ta femme t'appartenaient, tu pouvais en disposer; mais le jour où je ne serai plus, ma fortune sera celle de tes enfants, et tu ne pourras en rien prendre. Que vas-tu donc devenir? Maintenant, je te dois la vérité, les mourants voient loin! Où sera désormais le contre-poids qui balancera la passion maudite de laquelle tu as fait ta vie? Si tu m'y as sacrifiée, tes enfants seront bien légers devant toi, car je te dois cette justice d'avouer que tu me préférais à tout. Deux millions et six années de travaux ont été jetés dans ce gouffre, et tu n'as rien trouvé...

A ces mots, Claës mit sa tête blanchie dans ses mains et se cacha le visage.

— Tu ne trouveras rien que la honte pour toi, la misère pour tes enfants, reprit la mourante. Déjà l'on te nomme par dérision Claës-l'alchimiste, plus tard ce sera Claës-le-fou! Moi, je crois en toi. Je te sais grand, savant, plein de génie; mais pour le vulgaire, le génie ressemble à de la folie. La gloire est le soleil des morts; de ton vivant tu seras malheureux comme tout ce qui fut grand, et tu ruineras tes enfants. Je m'en vais sans avoir joui de ta renommée, qui m'eût consolée d'avoir perdu le bonheur. Eh bien! mon cher Balthazar, pour me rendre cette mort moins amère, il faudrait que je fusse certaine que nos enfants auront un morceau de pain; mais rien, pas même toi, ne pourrait calmer mes inquiétudes...

— Je jure, dit Claës, de...

— Ne jure pas, mon ami, pour ne point manquer à tes serments, dit-elle en l'interrompant. Tu nous devais ta protection, elle nous a

failli depuis près de sept années. La science est ta
vie. Un grand homme ne peut avoir ni femme, ni
enfants. Allez seuls dans vos voies de misère! Vos
vertus ne sont pas celles des gens vulgaires, vous
appartenez au monde, vous ne sauriez appartenir
ni à une femme, ni à une famille. Vous desséchez
la terre à l'entour de vous comme font de grands
arbres! Moi, pauvre plante, je n'ai pu m'élever
assez haut, j'expire à moitié de ta vie. J'attendais
ce dernier jour pour te dire ces horribles pensées,
que je n'ai découvertes qu'aux éclairs de la
douleur et du désespoir. Épargne mes enfants!
Que ce mot retentisse dans ton cœur! Je te le
dirai jusqu'à mon dernier soupir. La femme est
morte, vois-tu? Tu l'as dépouillée lentement et
graduellement de ses sentiments, de ses plaisirs.
Hélas! sans ce cruel soin que tu as pris involontairement, aurais-je vécu si longtemps? Mais ces
pauvres enfants ne m'abandonnaient pas, eux! ils
ont grandi près de mes douleurs, la mère a
survécu. Épargne, épargne nos enfants.

— Lemulquinier! cria Balthazar d'une voix
tonnante. Le vieux valet se montra soudain. —
Allez tout détruire là-haut, machines, appareils;
faites avec précaution, mais brisez tout. Je
renonce à la science! dit-il à sa femme.

— Il est trop tard, ajouta-t-elle en regardant
Lemulquinier. Marguerite! s'écria-t-elle en se
sentant mourir. Marguerite se montra sur le seuil
de la porte, et jeta un cri perçant en voyant les
yeux de sa mère qui pâlissaient. — Marguerite!
répéta la mourante.

Cette dernière exclamation contenait un si violent appel à sa fille, elle l'investissait de tant d'autorité, que ce cri fut tout un testament. La famille épouvantée accourut, et vit expirer madame Claës qui avait épuisé les dernières forces de sa vie dans sa conversation avec son mari. Balthazar et Marguerite immobiles, elle au chevet, lui au pied du lit, ne pouvaient croire à la mort de cette femme dont toutes les vertus et l'inépuisable tendresse n'étaient connues que d'eux. Le père et la fille échangèrent un regard pesant de pensées : la fille jugeait son père, le père tremblait déjà de trouver dans sa fille l'instrument d'une vengeance. Quoique les souvenirs d'amour par lesquels sa femme avait rempli sa vie revinssent en foule assiéger sa mémoire et donnassent aux dernières paroles de la morte une sainte autorité qui devait toujours lui en faire écouter la voix, Balthazar doutait de son cœur trop faible contre son génie; puis, il entendait un terrible grondement de passion qui lui niait la force de son repentir, et lui faisait peur de lui-même. Quand cette femme eut disparu, chacun comprit que la maison Claës avait une âme et que cette âme n'était plus. Aussi la douleur fut-elle si vive dans la famille, que le parloir où la noble Joséphine semblait revivre resta fermé, personne n'avait le courage d'y entrer.

La Société ne pratique aucune des vertus qu'elle demande aux hommes, elle commet des crimes à toute heure, mais elle les commet en paroles; elle prépare les mauvaises actions par la

plaisanterie, comme elle dégrade le beau par le
ridicule; elle se moque des fils qui pleurent trop
leurs pères; elle anathématise ceux qui ne les
pleurent pas assez; puis elle s'amuse, elle! à
soupeser les cadavres avant qu'ils ne soient
refroidis. Le soir du jour où madame Claës
expira, les amis de cette femme jetèrent quelques
fleurs sur sa tombe entre deux parties de whist,
rendirent hommage à ses belles qualités en
cherchant du cœur ou du pique. Puis, après
quelques phrases lacrymales qui sont le ba, be,
bi, bo, bu, de la douleur collective, et qui se
prononcent avec les mêmes intonations, sans plus
ni moins de sentiment, dans toutes les villes de
France et à toute heure, chacun chiffra le produit
de cette succession. Pierquin, le premier, fit
observer à ceux qui causaient de cet événement
que la mort de cette excellente femme était un
bien pour elle, son mari la rendait trop malheureuse; mais que c'était, pour ses enfants, un plus
grand bien encore; elle n'aurait pas su refuser sa
fortune à son mari qu'elle adorait, tandis qu'aujourd'hui Claës n'en pouvait plus disposer. Et
chacun d'estimer la succession de la pauvre
madame Claës, de supputer ses économies (en
avait-elle fait? n'en avait-elle pas fait?), d'inven-
torier ses bijoux, d'étaler sa garde-robe, de
fouiller ses tiroirs, pendant que la famille affligée
pleurait et priait autour du lit mortuaire. Avec le
coup d'œil d'un juré-peseur de fortunes, Pierquin
calcula que les propres [57] de madame Claës, pour
employer son expression, pouvaient encore se

retrouver et devaient monter à une somme
d'environ quinze cent mille francs représentée
soit par la forêt de Waignies dont les bois avaient
depuis douze ans acquis un prix énorme, et il en
compta les futaies, les baliveaux [58], les anciens,
les modernes, soit par les biens de Balthazar qui
était encore *bon* pour *remplir* ses enfants, si les
valeurs de la liquidation ne l'acquittaient pas
envers eux. Mademoiselle Claës était donc, pour
parler toujours son argot, une fille de quatre cent
mille francs. — « Mais si elle ne se marie pas
promptement, ajouta-t-il, ce qui l'émanciperait,
et permettrait de liciter [59] la forêt de Waignies,
de liquider la part des mineurs, et de l'employer
de manière à ce que le père n'y touche pas,
monsieur Claës est homme à ruiner ses enfants. »
Chacun chercha quels étaient dans la province les
jeunes gens capables de prétendre à la main de
mademoiselle Claës, mais personne ne fit au
notaire la galanterie de l'en supposer digne. Le
notaire trouvait des raisons pour rejeter chacun
des partis proposés comme indigne de Marguerite. Les interlocuteurs se regardaient en souriant, et prenaient plaisir à prolonger cette malice
de province. Pierquin avait déjà vu dans la mort
de madame Claës un événement favorable à **ses**
prétentions, et il dépeçait déjà ce cadavre à **son**
profit.

— Cette bonne femme-là, se dit-il en rentrant
chez lui pour se coucher, était fière comme un
paon, et ne m'aurait jamais donné sa fille. Hé!
hé! pourquoi ne manœuvrerais-je pas maintenant

de manière à l'épouser? Le père Claës est un homme ivre de carbone qui ne se soucie plus de ses enfants; si je lui demande sa fille, après avoir convaincu Marguerite de l'urgence où elle est de se marier pour sauver la fortune de ses frères et de sa sœur, il sera content de se débarrasser d'une enfant qui peut le tracasser.

Il s'endormit en entrevoyant les beautés matrimoniales du contrat, en méditant tous les avantages que lui offrait cette affaire et les garanties qu'il trouvait pour son bonheur dans la personne dont il se faisait l'époux. Il était difficile de rencontrer dans la province une jeune personne plus délicatement belle et mieux élevée que ne l'était Marguerite. Sa modestie, sa grâce étaient comparables à celles de la jolie fleur qu'Emmanuel n'avait osé nommer devant elle, en craignant de découvrir ainsi les vœux secrets de son cœur. Ses sentiments étaient fiers, ses principes étaient religieux, elle devait être une chaste épouse; mais elle ne flattait pas seulement la vanité que tout homme porte plus ou moins dans le choix d'une femme, elle satisfaisait encore l'orgueil du notaire par l'immense considération dont sa famille, doublement noble, jouissait en Flandre et que partagerait son mari. Le lendemain, Pierquin tira de sa caisse quelques billets de mille francs et vint amicalement les offrir à Balthazar, afin de lui éviter des ennuis pécuniaires au moment où il était plongé dans la douleur. Touché de cette attention délicate, Balthazar ferait sans doute à sa fille l'éloge du

cœur et de la personne du notaire. Il n'en fut
rien. Monsieur Claës et sa fille trouvèrent cette
action toute simple, et leur souffrance était trop
exclusive pour qu'ils pensassent à Pierquin. En
effet, le désespoir de Balthazar fut si grand, que
les personnes disposées à blâmer sa conduite la
lui pardonnèrent, moins au nom de la science qui
pouvait l'excuser, qu'en faveur de ses regrets qui
ne réparaient point le mal. Le monde se contente
de grimaces, il se paye de ce qu'il donne, sans en
vérifier l'aloi; pour lui, la vraie douleur est un
spectacle, une sorte de jouissance qui le dispose à
tout absoudre, même un criminel; dans son
avidité d'émotions, il acquitte sans discernement
et celui qui le fait rire, et celui qui le fait pleurer,
sans leur demander compte des moyens.

Marguerite avait accompli sa dix-neuvième
année quand son père lui remit le gouvernement
de la maison où son autorité fut pieusement
reconnue par sa sœur et ses deux frères à qui,
pendant les derniers moments de sa vie, madame
Claës avait recommandé d'obéir à leur aînée. Le
deuil rehaussait sa blanche fraîcheur, de même
que la tristesse mettait en relief sa douceur et sa
patience. Dès les premiers jours, elle prodigua les
preuves de ce courage féminin, de cette sérénité
constante que doivent avoir les anges chargés de
répandre la paix, en touchant de leur palme verte
les cœurs souffrants. Mais si elle s'habitua, par
l'entente prématurée de ses devoirs, à cacher ses
douleurs, elles n'en furent que plus vives; son
extérieur calme était en désaccord avec la profon-

deur de ses sensations; et elle fut destinée à
connaître de bonne heure ces terribles explosions
de sentiment que le cœur ne suffit pas toujours à
contenir; son père devait sans cesse la tenir
pressée entre les générosités naturelles aux jeunes
âmes, et la voix d'une impérieuse nécessité. Les
calculs qui l'enlacèrent le lendemain même de la
mort de sa mère la mirent aux prises avec les
intérêts de la vie, au moment où les jeunes filles
n'en conçoivent que les plaisirs. Affreuse éducation de souffrance qui n'a jamais manqué aux
natures angéliques! L'amour qui s'appuie sur
l'argent et sur la vanité forme la plus opiniâtre
des passions, Pierquin ne voulut pas tarder à
circonvenir l'héritière. Quelques jours après la
prise de deuil il chercha l'occasion de parler à
Marguerite, et commença ses opérations avec une
habileté qui aurait pu la séduire; mais l'amour lui
avait jeté dans l'âme une clairvoyance qui
l'empêcha de se laisser prendre à des dehors
d'autant plus favorables aux tromperies sentimentales que dans cette circonstance Pierquin
déployait la bonté qui lui était propre, la bonté
du notaire qui se croit aimant quand il sauve des
écus. Fort de sa douteuse parenté, de la constante habitude qu'il avait de faire les affaires et
de partager les secrets de cette famille, sûr de
l'estime et de l'amitié du père, bien servi par
l'insouciance d'un savant qui n'avait aucun
projet arrêté pour l'établissement de sa fille, et ne
supposant pas que Marguerite pût avoir une
prédilection, il lui laissa juger une poursuite qui

ne jouait la passion que par l'alliance des calculs les plus odieux à de jeunes âmes et qu'il ne sut pas voiler. Ce fut lui qui se montra naïf, ce fut elle qui usa de dissimulation, précisément parce qu'il croyait agir contre une fille sans défense, et qu'il méconnut les privilèges de la faiblesse.

— Ma chère cousine, dit-il à Marguerite avec laquelle il se promenait dans les allées du petit jardin, vous connaissez mon cœur et vous savez combien je suis porté à respecter les sentiments douloureux qui vous affectent en ce moment. J'ai l'âme trop sensible pour être notaire, je ne vis que par le cœur et je suis obligé de m'occuper constamment des intérêts d'autrui, quand je voudrais me laisser aller aux émotions douces qui font la vie heureuse. Aussi souffré-je beaucoup d'être forcé de vous parler de projets discordants avec l'état de votre âme, mais il le faut. J'ai beaucoup pensé à vous depuis quelques jours. Je viens de reconnaître que, par une fatalité singulière, la fortune de vos frères et de votre sœur, la vôtre même, sont en danger. Voulez-vous sauver votre famille d'une ruine complète?

— Que faudrait-il faire? dit-elle effrayée à demi par ces paroles.

— Vous marier, répondit Pierquin.

— Je ne me marierai point, s'écria-t-elle.

— Vous vous marierez, reprit le notaire, quand vous aurez réfléchi mûrement à la situation critique dans laquelle vous êtes...

— Comment mon mariage peut-il sauver...

— Voilà où je vous attendais, ma cousine, dit-il en l'interrompant. Le mariage émancipe!

— Pourquoi m'émanciperait-on? dit Marguerite.

— Pour vous mettre en possession, ma chère petite cousine, dit le notaire d'un air de triomphe. Dans cette occurrence, vous prenez votre quart dans la fortune de votre mère. Pour vous le donner, il faut la liquider; or, pour la liquider, ne faudra-t-il pas liciter la forêt de Waignies? Cela posé, toutes les valeurs de la succession se capitaliseront, et votre père sera tenu, comme tuteur, de placer la part de vos frères et de votre sœur, en sorte que la chimie ne pourra plus y toucher.

— Dans le cas contraire, qu'arriverait-il? demanda-t-elle.

— Mais, dit le notaire, votre père administrera vos biens. S'il se remettait à vouloir faire de l'or, il pourrait vendre le bois de Waignies et vous laisser nus comme des petits saint Jean. La forêt de Waignies vaut en ce moment près de quatorze cent mille francs; mais, qu'aujourd'hui pour demain, votre père la coupe à blanc, vos treize cents arpents ne vaudront pas trois cent mille francs. Ne vaut-il pas mieux éviter ce danger à peu près certain, en faisant échoir dès aujourd'hui le cas de partage par votre émancipation? Vous sauverez ainsi toutes les coupes de la forêt desquelles votre père disposerait plus tard à votre préjudice. En ce moment que la chimie dort, il placera nécessairement les valeurs de la liquida-

tion sur le Grand-Livre. Les fonds sont à cinquante-neuf, ces chers enfants auront donc près
de cinq mille livres de rente pour cinquante mille
francs; et attendu qu'on ne peut pas disposer des
capitaux appartenant aux mineurs, à leur majorité vos frères et votre sœur verront leur fortune
doublée. Tandis que, autrement, ma foi... Voilà...
D'ailleurs votre père a écorné le bien de votre
mère, nous saurons le déficit par un inventaire.
S'il est reliquataire, vous prendrez hypothèque
sur ses biens, et vous en sauverez déjà quelque
chose.

— Fi! dit Marguerite, ce serait outrager mon
père. Les dernières paroles de ma mère n'ont pas
été prononcées depuis si peu de temps que je ne
puisse me les rappeler. Mon père est incapable de
dépouiller ses enfants, dit-elle en laissant échapper des larmes de douleur. Vous le méconnaissez,
monsieur Pierquin.

— Mais si votre père, ma chère cousine, se
remet à la chimie, il...

— Nous serions ruinés, n'est-ce pas?

— Oh! mais complètement ruinés! Croyez-
moi, Marguerite, dit-il en lui prenant la main
qu'il mit sur son cœur, je manquerais à mes
devoirs si je n'insistais pas. Votre intérêt seul...

— Monsieur, dit Marguerite d'un air froid en
lui retirant sa main, l'intérêt bien entendu de ma
famille exige que je ne me marie pas. Ma mère en
a jugé ainsi.

— Cousine, s'écria-t-il avec la conviction d'un
homme d'argent qui voit perdre une fortune,

vous vous suicidez, vous jetez à l'eau la succession de votre mère. Eh bien! j'aurai le dévouement de l'excessive amitié que je vous porte! Vous ne savez pas combien je vous aime, je vous adore depuis le jour où je vous ai vue au dernier bal que votre père a donné! Vous étiez ravissante. Vous pouvez vous fier à la voix du cœur, quand elle parle intérêt, ma chère Marguerite. Il fit une pause. Oui, nous convoquerons un conseil de famille et nous vous émanciperons sans vous consulter.

— Mais qu'est-ce donc qu'être émancipée?

— C'est jouir de ses droits.

— Si je puis être émancipée sans me marier, pourquoi voulez-vous donc que je me marie? Et avec qui?

Pierquin essaya de regarder sa cousine d'un air tendre, mais cette expression contrastait si bien avec la rigidité de ses yeux habitués à parler d'argent, que Marguerite crut apercevoir du calcul dans cette tendresse improvisée.

— Vous auriez épousé la personne qui vous aurait plu... dans la ville... reprit-il. Un mari vous est indispensable, même comme affaire. Vous allez être en présence de votre père. Seule, lui résisterez-vous?

— Oui, monsieur, je saurai défendre mes frères et ma sœur quand il en sera temps.

— Peste, la commère! se dit Pierquin. Non, vous ne saurez pas lui résister, reprit-il à haute voix.

— Brisons sur ce sujet, dit-elle.

— Adieu, cousine, je tâcherai de vous servir malgré vous, et je prouverai combien je vous aime en vous protégeant, malgré vous, contre un malheur que tout le monde prévoit en ville.

— Je vous remercie de l'intérêt que vous me portez; mais je vous supplie de ne rien proposer ni faire entreprendre qui puisse causer le moindre chagrin à mon père.

Marguerite resta pensive en voyant Pierquin s'éloigner, elle en compara la voix métallique, les manières qui n'avaient que la souplesse des ressorts, les regards qui peignaient plus de servilisme que de douceur, aux poésies mélodieusement muettes dont les sentiments d'Emmanuel étaient revêtus. Quoi qu'on fasse, quoi qu'on dise, il existe un magnétisme admirable dont les effets ne trompent jamais. Le son de la voix, le regard, les gestes passionnés de l'homme aimant peuvent s'imiter, une jeune fille peut être trompée par un habile comédien; mais pour réussir, ne doit-il pas être seul? Si cette jeune fille a près d'elle une âme qui vibre à l'unisson de ses sentiments, n'a-t-elle pas bientôt reconnu les expressions du véritable amour? Emmanuel se trouvait en ce moment, comme Marguerite, sous l'influence des nuages qui, depuis leur rencontre, avaient formé fatalement une sombre atmosphère au-dessus de leurs têtes, et qui leur dérobaient la vue du ciel bleu de l'amour. Il avait, pour son élue, cette idolâtrie que le défaut d'espoir rend si douce et si mystérieuse dans ses pieuses manifestations. Socialement placé trop loin de mademoi-

selle Claës par son peu de fortune et n'ayant
qu'un beau nom à lui offrir, il ne voyait aucune
chance d'être accepté pour son époux. Il avait
toujours attendu quelques encouragements que
Marguerite s'était refusée à donner sous les yeux
défaillants d'une mourante. Également purs, ils
ne s'étaient donc pas encore dit une seule parole
d'amour. Leurs joies avaient été les joies égoïstes
que les malheureux sont forcés de savourer seuls.
Ils avaient frémi séparément, quoiqu'ils fussent
agités par un rayon parti de la même espérance.
Ils semblaient avoir peur d'eux-mêmes, en se
sentant déjà trop bien l'un à l'autre. Aussi
Emmanuel tremblait-il d'effleurer la main de la
souveraine à laquelle il avait fait un sanctuaire
dans son cœur. Le plus insouciant contact aurait
développé chez lui de trop irritantes voluptés, il
n'aurait plus été le maître de ses sens déchaînés.
Mais quoiqu'ils ne se fussent rien accordé des
frêles et immenses, des innocents et sérieux
témoignages que se permettent les amants les
plus timides, ils s'étaient néanmoins si bien logés
au cœur l'un de l'autre, que tous deux se savaient
prêts à se faire les plus grands sacrifices, seuls
plaisirs qu'ils pussent goûter. Depuis la mort de
madame Claës, leur amour secret s'étouffait sous
les crêpes du deuil. De brunes, les teintes de la
sphère où ils vivaient étaient devenues noires, et
les clartés s'y éteignaient dans les larmes. La
réserve de Marguerite se changea presque en
froideur, car elle avait à tenir le serment exigé
par sa mère ; et devenant plus libre qu'aupara-

vant, elle se fit plus rigide. Emmanuel avait
épousé le deuil de sa bien-aimée, en comprenant
que le moindre vœu d'amour, la plus simple
exigence serait une forfaiture envers les lois du
cœur. Ce grand amour était donc plus caché qu'il
ne l'avait jamais été. Ces deux âmes tendres
rendaient toujours le même son; mais séparées
par la douleur, comme elles l'avaient été par les
timidités de la jeunesse et par le respect dû aux
souffrances de la morte, elles s'en tenaient encore
au magnifique langage des yeux, à la muette
éloquence des actions dévouées, à une cohérence
continuelle, sublimes harmonies de la jeunesse,
premiers pas de l'amour en son enfance. Emmanuel venait, chaque matin, savoir des nouvelles
de Claës et de Marguerite, mais il ne pénétrait
dans la salle à manger que quand il apportait une
lettre de Gabriel, ou quand Balthazar le priait
d'entrer. Son premier coup d'œil jeté sur la jeune
fille lui disait mille pensées sympathiques : il
souffrait de la discrétion que lui imposaient les
convenances, il ne l'avait pas quittée, il en
partageait la tristesse, enfin il épandait la rosée
de ses larmes au cœur de son amie, par un regard
que n'altérait aucune arrière-pensée. Ce bon
jeune homme vivait si bien dans le présent, il
s'attachait tant à un bonheur qu'il croyait
fugitif, que Marguerite se reprochait parfois de ne
pas lui tendre généreusement la main en lui
disant : — Soyons amis!

Pierquin continua ses obsessions avec cet
entêtement qui est la patience irréfléchie des sots.

Il jugeait Marguerite selon les règles ordinaires
employées par la multitude pour apprécier les
femmes. Il croyait que les mots mariage, liberté,
fortune, qu'il lui avait jetés dans l'oreille germe-
raient dans son âme, y feraient fleurir un désir
dont il profiterait, et il s'imaginait que sa
froideur était de la dissimulation. Mais quoiqu'il
l'entourât de soins et d'attentions galantes, il
cachait mal les manières despotiques d'un
homme habitué à trancher les plus hautes questions relatives à la vie des familles. Il disait, pour
la consoler, de ces lieux communs, familiers aux
gens de sa profession, lesquels passent en colima-
çons sur les douleurs, et y laissent une traînée de
paroles sèches qui en déflorent la sainteté. Sa
tendresse était du patelinage. Il quittait sa feinte
mélancolie à la porte en reprenant ses doubles
souliers [60], ou son parapluie. Il se servait du ton
que sa longue familiarité l'autorisait à prendre,
comme d'un instrument pour se mettre plus
avant dans le cœur de la famille, pour décider
Marguerite à un mariage proclamé par avance
dans toute la ville. L'amour vrai, dévoué, respectueux formait donc un contraste frappant avec
un amour égoïste et calculé. Tout était homogène
en ces deux hommes. L'un feignait une passion et
s'armait de ses moindres avantages afin de
pouvoir épouser Marguerite ; l'autre cachait son
amour, et tremblait de laisser apercevoir son
dévouement. Quelque temps après la mort de sa
mère, et dans la même journée, Marguerite put
comparer les deux seuls hommes qu'elle était à

même de juger. Jusqu'alors, la solitude à laquelle
elle avait été condamnée ne lui avait pas permis
de voir le monde, et la situation où elle se
trouvait ne laissait aucun accès aux personnes
qui pouvaient penser à la demander en mariage.
Un jour, après le déjeuner, par une des premières
belles matinées du mois d'avril, Emmanuel vint
au moment où monsieur Claës sortait. Balthazar
supportait si difficilement l'aspect de sa maison,
qu'il allait se promener le long des remparts
pendant une partie de la journée. Emmanuel
voulut suivre Balthazar, il hésita, parut puiser
des forces en lui-même, regarda Marguerite et
resta. Marguerite devina que le professeur voulait
lui parler et lui proposa de venir au jardin. Elle
renvoya sa sœur Félicie, près de Martha qui
travaillait dans l'antichambre, située au premier
étage; puis elle s'alla placer sur un banc où elle
pouvait être vue de sa sœur et de la vieille
duègne.

— Monsieur Claës est aussi absorbé par le
chagrin qu'il l'était par ses recherches savantes,
dit le jeune homme en voyant Balthazar mar-
chant lentement dans la cour. Tout le monde le
plaint en ville; il va comme un homme qui n'a
plus ses idées; il s'arrête sans motif, regarde sans
voir...

— Chaque douleur a son expression, dit Marguerite en retenant ses pleurs. Que vouliez-vous
me dire? reprit-elle après une pause et avec une
dignité froide.

— Mademoiselle, répondit Emmanuel d'une

voix émue, ai-je le droit de vous parler comme je vais le faire? Ne voyez, je vous prie, que mon désir de vous être utile, et laissez-moi croire qu'un professeur peut s'intéresser au sort de ses élèves au point de s'inquiéter de leur avenir. Votre frère Gabriel a quinze ans passés, il est en seconde, et certes il est nécessaire de diriger ses études dans l'esprit de la carrière qu'il embrassera. Monsieur votre père est le maître de décider cette question; mais s'il n'y pensait pas, ne serait-ce pas un malheur pour Gabriel? Ne serait-ce pas aussi bien mortifiant pour monsieur votre père, si vous lui faisiez observer qu'il ne s'occupe pas de son fils? Dans cette conjoncture, ne pourriez-vous pas consulter votre frère sur ses goûts, lui faire choisir par lui-même une carrière, afin que si, plus tard, son père voulait en faire un magistrat, un administrateur, un militaire, Gabriel eût déjà des connaissances spéciales? Je ne crois pas que ni vous ni monsieur Claës vous vouliez le laisser oisif...

— Oh non! dit Marguerite. Je vous remercie, monsieur Emmanuel, vous avez raison. Ma mère, en nous faisant faire de la dentelle, en nous apprenant avec tant de soin à dessiner, à coudre, à broder, à toucher du piano, nous disait souvent qu'on ne savait pas ce qui pouvait arriver dans la vie. Gabriel doit avoir une valeur personnelle et une éducation complète. Mais, quelle est la carrière la plus convenable que puisse prendre un homme?

— Mademoiselle, dit Emmanuel en tremblant

de bonheur, Gabriel est celui de sa classe qui
montre le plus d'aptitude aux mathématiques;
s'il voulait entrer à l'École polytechnique, je crois
qu'il y acquerrait des connaissances utiles dans
toutes les carrières. A sa sortie, il resterait le
maître de choisir celle pour laquelle il aurait le
plus de goût. Sans avoir rien préjugé jusque-là
sur son avenir, vous aurez gagné du temps. Les
hommes sortis avec honneur de cette école sont
les bienvenus partout. Elle a fourni des adminis-
trateurs, des diplomates, des savants, des ingé-
nieurs, des généraux, des marins, des magistrats,
des manufacturiers et des banquiers. Il n'y a
donc rien d'extraordinaire à voir un jeune
homme riche ou de bonne maison travaillant
dans le but d'y être admis. Si Gabriel s'y
décidait, je vous demanderais... me l'accorderez-
vous! Dites oui !

— Que voulez-vous?

— Être son répétiteur, dit-il en tremblant.

Marguerite regarda monsieur de Solis, lui prit
la main et lui dit : — Oui. Elle fit une pause
et ajouta d'une voix émue : — Combien j'appré-
cie la délicatesse qui vous fait offrir précisément
ce que je puis accepter de vous. Dans ce que
vous venez de dire, je vois que vous avez bien
pensé à nous. Je vous remercie.

Quoique ces paroles fussent dites simplement,
Emmanuel détourna la tête pour ne pas laisser
voir les larmes que le plaisir d'être agréable à
Marguerite lui fit venir aux yeux.

— Je vous les amènerai tous les deux, dit-il, quand il eut repris un peu de calme, c'est demain jour de congé.

Il se leva, salua Marguerite qui le suivit, et quand il fut dans la cour, il la vit encore à la porte de la salle à manger d'où elle lui adressa un signe amical. Après le dîner, le notaire vint faire une visite à monsieur Claës, et s'assit dans le jardin, entre son cousin et Marguerite, précisément sur le banc où s'était mis Emmanuel.

— Mon cher cousin, dit-il, je suis venu ce soir pour vous parler affaire. Quarante-trois jours se sont écoulés depuis le décès de votre femme.

— Je ne les ai pas comptés, dit Balthazar en essuyant une larme que lui arracha le mot légal de *décès*.

— Oh! monsieur, dit Marguerite en regardant le notaire, comment pouvez-vous...

— Mais, ma cousine, nous sommes forcés, nous autres, de compter des délais qui sont fixés par la loi. Il s'agit précisément de vous et de vos cohéritiers. Monsieur Claës n'a que des enfants mineurs, il est tenu de faire un inventaire dans les quarante-cinq jours qui suivent le décès de sa femme, afin de constater les valeurs de la communauté. Ne faut-il pas savoir si elle est bonne ou mauvaise, pour l'accepter ou pour s'en tenir aux droits purs et simples des mineurs. Marguerite se leva. — Restez, ma cousine, dit Pierquin, ces affaires vous concernent vous et votre père. Vous savez combien je prends part à vos chagrins; mais il faut vous occuper aujourd'hui même de ces détails, sans quoi vous pourriez, les uns et les autres, vous en trouver fort mal! Je fais en ce moment mon devoir comme notaire de la famille.

— Il a raison, dit Claës.

— Le délai expire dans deux jours, reprit le notaire, je dois donc procéder, dès demain, à l'ouverture de l'inventaire, quand ce ne serait que pour retarder le paiement des droits de succession que le fisc va venir vous demander, le fisc n'a pas de cœur, il ne s'inquiète pas des sentiments, il met sa griffe sur nous en tout temps. Donc, tous les jours depuis dix heures jusqu'à quatre heures, mon clerc et moi, nous viendrons avec l'huissier-priseur, monsieur Raparlier. Quand nous aurons achevé en ville, nous irons à la campagne. Quant à la forêt de Waignies, nous allons en causer. Cela posé, passons à un autre point. Nous avons un conseil de famille à convoquer, pour nommer un subrogé-tuteur. Monsieur Conyncks de Bruges est aujourd'hui votre plus proche parent; mais le voilà devenu Belge [61]! Vous devriez, mon cousin, lui écrire à ce sujet, vous sauriez si le bonhomme a envie de se fixer en France où il possède de belles propriétés, et vous pourriez le décider ainsi à venir lui et sa fille habiter la Flandre française. S'il refuse, je verrai à composer le conseil, d'après les degrés de parenté.

— A quoi sert un inventaire? demanda Marguerite.

— A constater les droits, les valeurs, l'actif et

le passif. Quand tout est bien établi, le conseil de famille prend dans l'intérêt des mineurs les déterminations qu'il juge...

— Pierquin, dit Claës qui se leva du banc, procédez aux actes que vous croirez nécessaires à la conservation des droits de mes enfants; mais évitez-nous le chagrin de voir vendre ce qui appartenait à ma chère... Il n'acheva pas, il avait dit ces mots d'un air si noble et d'un ton si pénétré, que Marguerite prit la main de son père et la baisa.

— A demain, dit Pierquin.

— Venez déjeuner, dit Balthazar. Puis Claës parut rassembler ses souvenirs et s'écria : — Mais d'après mon contrat de mariage qui a été fait sous la coutume de Hainault, j'avais dispensé ma femme de l'inventaire afin qu'on ne la tourmentât point, je n'y suis probablement pas tenu non plus...

— Ah! quel bonheur, dit Marguerite, il nous aurait causé tant de peine.

— Eh! bien, nous examinerons votre contrat demain, répondit le notaire un peu confus.

— Vous ne le connaissiez donc pas? lui dit Marguerite.

Cette observation interrompit l'entretien. Le notaire se trouva trop embarrassé de continuer après l'observation de sa cousine.

— Le diable s'en mêle! se dit-il dans la cour. Cet homme si distrait retrouve la mémoire juste au moment où il le faut pour empêcher de prendre des précautions contre lui. Ses enfants

seront dépouillés! c'est aussi sûr que deux et deux
font quatre. Parlez donc affaires à des filles de
dix-neuf ans qui font du sentiment. Je me suis
creusé la tête pour sauver le bien de ces enfants-
là, en procédant régulièrement et en m'entendant
avec le bonhomme Conincks. Et voilà! je me
perds dans l'esprit de Marguerite qui va demander à son père pourquoi je voulais procéder à un
inventaire qu'elle croit inutile. Et monsieur Claës
lui dira que les notaires ont la manie de faire des
actes, que nous sommes notaires avant d'être
parents, cousins ou amis, enfin des bêtises...

Il ferma la porte avec violence en pestant
contre les clients qui se ruinaient par sensibilité.
Balthazar avait raison. L'inventaire n'eut pas
lieu. Rien ne fut donc fixé sur la situation dans
laquelle se trouvait le père vis-à-vis de ses enfants. Plusieurs mois s'écoulèrent sans que la situation de la maison Claës changeât. Gabriel, habilement conduit par monsieur de Solis qui s'était
fait son précepteur, travaillait avec application,
apprenait les langues étrangères et se disposait à
passer l'examen nécessaire pour entrer à l'École
polytechnique. Félicie et Marguerite avaient vécu
dans une retraite absolue, en allant néanmoins,
par économie, habiter pendant la belle saison la
maison de campagne de leur père. Monsieur Claës
s'occupa de ses affaires, paya ses dettes en
empruntant une somme considérable sur ses
biens et visita la forêt de Waignies. Au milieu de
l'année 1817, son chagrin, lentement apaisé, le
laissa seul et sans défense contre la monotonie de

la vie qu'il menait et qui lui pesa. Il lutta d'abord courageusement contre la science qui se réveillait insensiblement, et se défendit à lui-même de penser à la chimie. Puis il y pensa. Mais il ne voulut pas s'en occuper activement, il ne s'en occupa que théoriquement. Cette constante étude fit surgir sa passion qui devint ergoteuse. Il discuta s'il s'était engagé à ne pas continuer ses recherches et se souvint que sa femme n'avait pas voulu de son serment. Quoiqu'il se fût promis à lui-même de ne plus poursuivre la solution de son problème, ne pouvait-il changer de détermination du moment où il entrevoyait un succès? Il avait déjà cinquante-neuf ans. A cet âge, l'idée qui le dominait contracta l'âpre fixité par laquelle commencent les monomanies. Les circonstances conspirèrent encore contre sa loyauté chancelante. La paix dont jouissait l'Europe avait permis la circulation des découvertes et des idées scientifiques acquises pendant la guerre par les savants des différents pays entre lesquels il n'y avait point eu de relations depuis près de vingt ans. La science avait donc marché. Claës trouva que les progrès de la chimie s'étaient dirigés, à l'insu des chimistes, vers l'objet de ses recherches. Les gens adonnés à la haute science pensaient comme lui, que la lumière, la chaleur, l'électricité, le galvanisme et le magnétisme étaient les différents effets d'une même cause, que la différence qui existait entre les corps jusque-là réputés simples devait être produite par les divers dosages d'un principe inconnu. La peur

de voir trouver par un autre la réduction des
métaux et le principe constituant de l'électricité,
deux découvertes qui menaient à la solution de
l'absolu chimique, augmenta ce que les habitants
de Douai appelaient une folie, et porta ses désirs
à un paroxysme que concevront les personnes
passionnées pour les sciences, ou qui ont connu la
tyrannie des idées. Aussi Balthazar fut-il bientôt
emporté par une passion d'autant plus violente,
qu'elle avait plus longtemps dormi. Marguerite,
qui épiait les dispositions d'âme par lesquelles
passait son père, ouvrit le parloir. En y demeurant, elle ranima les souvenirs douloureux que
devait causer la mort de sa mère, et réussit en
effet, en réveillant les regrets de son père, à
retarder sa chute dans le gouffre où il devait
néanmoins tomber. Elle voulut aller dans le
monde et força Balthazar d'y prendre des distractions. Plusieurs partis considérables se présentèrent pour elle, et occupèrent Claës, quoique
Marguerite déclarât qu'elle ne se marierait pas
avant d'avoir atteint sa vingt-cinquième année.
Malgré les efforts de sa fille, malgré de violents
combats, au commencement de l'hiver, Balthazar
reprit secrètement ses travaux. Il était difficile de
cacher de telles occupations à des femmes
curieuses. Un jour donc, Martha dit à Marguerite
en l'habillant : — Mademoiselle, nous sommes
perdues! Ce monstre de Mulquinier, qui est le
diable déguisé, car je ne lui ai jamais vu faire le
signe de la croix, est remonté dans le grenier.
Voilà monsieur votre père embarqué pour l'enfer.

Fasse le ciel qu'il ne vous tue pas comme il a tué
cette pauvre chère madame.

— Cela n'est pas possible, dit Marguerite.

— Venez voir la preuve de leur trafic...

Mademoiselle Claës courut à la fenêtre et
aperçut en effet une légère fumée qui sortait par
le tuyau du laboratoire.

— J'ai vingt et un ans dans quelques mois,
pensa-t-elle, je saurai m'opposer à la dissipation
de notre fortune.

En se laissant aller à sa passion, Balthazar dut
nécessairement avoir moins de respect pour les
intérêts de ses enfants qu'il n'en avait eu pour sa
femme. Les barrières étaient moins hautes, sa
conscience était plus large, sa passion devenait
plus forte. Aussi marcha-t-il dans sa carrière de
gloire, de travail, d'espérance et de misère avec la
fureur d'un homme plein de conviction. Sûr du
résultat, il se mit à travailler nuit et jour avec un
emportement dont s'effrayèrent ses filles qui
ignoraient combien est peu nuisible le travail
auquel un homme se plaît. Aussitôt que son père
eut recommencé ses expériences, Marguerite
retrancha les superfluités de la table, devint
d'une parcimonie digne d'un avare, et fut admirablement secondée par Josette et par Martha.
Claës ne s'aperçut pas de cette réforme qui
réduisait la vie au strict nécessaire. D'abord il ne
déjeunait pas, puis il ne descendait de son
laboratoire qu'au moment même du dîner, enfin
il se couchait quelques heures après être resté
dans le parloir entre ses deux filles, sans leur dire

un mot. Quand il se retirait, elles lui souhaitaient
le bonsoir, et il se laissait embrasser machinalement sur les deux joues. Une semblable conduite
eût causé les plus grands malheurs domestiques si
Marguerite n'avait été préparée à exercer l'autorité d'une mère, et prémunie par une passion
secrète contre les malheurs d'une si grande
liberté. Pierquin avait cessé de venir voir ses
cousines, en jugeant que leur ruine allait être
complète. Les propriétés rurales de Balthazar qui
rapportaient seize mille francs et valaient environ
deux cent mille écus, étaient déjà grevées de trois
cent mille francs d'hypothèques. Avant de se
remettre à la chimie, Claës avait fait un emprunt
considérable. Le revenu suffisait précisément au
paiement des intérêts; mais comme avec l'impré-
voyance naturelle aux hommes voués à une idée,
il abandonnait ses fermages à Marguerite pour
subvenir aux dépenses de la maison, le notaire
avait calculé que trois ans suffiraient pour mettre
le feu aux affaires, et que les gens de justice
dévoreraient ce que Balthazar n'aurait pas
mangé. La froideur de Marguerite avait amené
Pierquin à un état d'indifférence presque hostile.
Pour se donner le droit de renoncer à la main de
sa cousine, si elle devenait trop pauvre, il disait
des Claës avec un air de compassion : — « Ces
pauvres gens sont ruinés, j'ai fait tout ce que j'ai
pu pour les sauver; mais que voulez-vous!
mademoiselle Claës s'est refusée à toutes les
combinaisons légales qui devaient les préserver
de la misère. »

Nommé proviseur du collège de Douai, par la protection de son oncle, Emmanuel, que son mérite transcendant avait fait digne de ce poste, venait voir tous les jours pendant la soirée les deux jeunes filles qui appelaient près d'elles la duègne aussitôt que leur père se couchait. Le coup de marteau doucement frappé par le jeune de Solis ne tardait jamais. Depuis trois mois, encouragé par la gracieuse et muette reconnaissance avec laquelle Marguerite acceptait ses soins, il était devenu lui-même. Les rayonnements de son âme pure comme un diamant brillèrent sans nuages, et Marguerite put en apprécier la force, la durée, en voyant combien la source en était inépuisable. Elle admirait une à une s'épanouir les fleurs [62], après en avoir respiré par avance les parfums. Chaque jour, Emmanuel réalisait une des espérances de Marguerite, et faisait luire dans les régions enchantées de l'amour de nouvelles lumières qui chassaient les nuages, rassérénaient leur ciel, et coloraient les fécondes richesses ensevelies jusque-là dans l'ombre. Plus à son aise, Emmanuel put déployer les séductions de son cœur jusqu'alors discrètement cachées : cette expansive gaieté du jeune âge, cette simplicité que donne une vie remplie par l'étude, et les trésors d'un esprit délicat que le monde n'avait pas adultéré, toutes les innocentes joyeusetés qui vont si bien à la jeunesse aimante. Son âme et celle de Marguerite s'entendirent mieux, ils allèrent ensemble au fond de leurs cœurs et y trouvèrent les mêmes pensées :

perles d'un même éclat, suaves et fraîches harmonies semblables à celles qui sont sous la mer, et
qui, dit-on, fascinent les plongeurs! Ils se firent
connaître l'un à l'autre par ces échanges de
propos, par cette alternative curiosité qui, chez
tous deux, prenait les formes les plus délicieuses
du sentiment. Ce fut sans fausse honte, mais non
sans de mutuelles coquetteries. Les deux heures
qu'Emmanuel venait passer, tous les soirs, entre
ces deux jeunes filles et Martha, faisaient accepter à Marguerite la vie d'angoisses et de résigna-
tion dans laquelle elle était entrée. Cet amour
naïvement progressif fut son soutien. Emmanuel
portait dans ses témoignages d'affection cette
grâce naturelle qui séduit tant, cet esprit doux et
fin qui nuance l'uniformité du sentiment, comme
les facettes relèvent la monotonie d'une pierre
précieuse, en en faisant jouer tous les feux;
admirables façons dont le secret appartient aux
cœurs aimants, et qui rendent les femmes fidèles
à la main artiste sous laquelle les formes
renaissent toujours neuves, à la voix qui ne
répète jamais une phrase sans la rafraîchir par de
nouvelles modulations. L'amour n'est pas seulement un sentiment, il est un art aussi. Quelque
mot simple, une précaution, un rien révèlent à
une femme le grand et sublime artiste qui peut
toucher son cœur sans le flétrir. Plus allait
Emmanuel, plus charmantes étaient les expressions de son amour.

— J'ai devancé Pierquin, lui dit-il un soir, il
vient vous annoncer une mauvaise nouvelle, je

préfère vous l'apprendre moi-même. Votre père a
vendu votre forêt à des spéculateurs qui l'ont
revendue par parties; les arbres sont déjà coupés,
tous les madriers sont enlevés. Monsieur Claës a
reçu trois cent mille francs comptant dont il s'est
servi pour payer ses dettes à Paris; et, pour les
éteindre entièrement, il a même été obligé de
faire une délégation de cent mille francs sur les
cent mille écus qui restent à payer par les
acquéreurs.

Pierquin entra.

— Hé bien! ma chère cousine, dit-il, vous
voilà ruinés, je vous l'avais prédit; mais vous
n'avez pas voulu m'écouter. Votre père a bon
appétit. Il a, de la première bouchée, avalé vos
bois. Votre subrogé-tuteur, monsieur Conyncks,
est à Amsterdam, où il achève de liquider sa
fortune, et Claës a saisi ce moment-là pour faire
son coup. Ce n'est pas bien. Je viens d'écrire au
bonhomme Conyncks; mais, quand il arrivera,
tout sera fricassé. Vous serez obligés de poursuivre votre père, le procès ne sera pas long, mais
ce sera un procès déshonorant que monsieur
Conyncks ne peut se dispenser d'intenter, la loi
l'exige. Voilà le fruit de votre entêtement. Recon-
naissez-vous maintenant combien j'étais prudent,
combien j'étais dévoué à vos intérêts?

— Je vous apporte une bonne nouvelle, mademoiselle, dit le jeune de Solis de sa voix douce,
Gabriel est reçu à l'École polytechnique. Les
difficultés qui s'étaient élevées pour son admission sont aplanies.

Marguerite remercia son ami par un sourire, et dit : — Mes économies auront une destination! Martha, nous nous occuperons dès demain du trousseau de Gabriel. Ma pauvre Félicie, nous allons bien travailler, dit-elle en baisant sa sœur au front.

— Demain, vous l'aurez ici pour dix jours, il doit être à Paris le quinze novembre.

— Mon cousin Gabriel prend un bon parti, dit le notaire en toisant le proviseur, il aura besoin de se faire une fortune. Mais, ma chère cousine, il s'agit de sauver l'honneur de la famille; voudrez-vous cette fois m'écouter?

— Non, dit-elle, s'il s'agit encore de mariage.

— Mais qu'allez-vous faire?

— Moi, mon cousin? rien.

— Cependant vous êtes majeure.

— Dans quelques jours. Avez-vous, dit Marguerite, un parti à me proposer qui puisse concilier nos intérêts et ce que nous devons à notre père, à l'honneur de la famille?

— Cousine, nous ne pouvons rien sans votre oncle. Cela posé, je reviendrai quand il sera de retour.

— Adieu, monsieur, dit Marguerite.

— Plus elle devient pauvre, plus elle fait la bégueule, pensa le notaire. Adieu, mademoiselle, reprit Pierquin à haute voix. Monsieur le proviseur, je vous salue parfaitement. Et il s'en alla, sans faire attention ni à Félicie ni à Martha.

— Depuis deux jours, j'étudie le code, et j'ai consulté un vieil avocat, ami de mon oncle, dit

Emmanuel d'une voix tremblante. Je partirai, si vous m'y autorisez, demain, pour Amsterdam. Écoutez, chère Marguerite...

Il disait ce mot pour la première fois, elle l'en remercia par un regard mouillé, par un sourire et une inclination de tête. Il s'arrêta, montra Félicie et Martha.

— Parlez devant ma sœur, dit Marguerite. Elle n'a pas besoin de cette discussion pour se résigner à notre vie de privations et de travail, elle est si douce et si courageuse! Mais elle doit connaître combien le courage nous est nécessaire.

Les deux sœurs se prirent la main, et s'embrassèrent comme pour se donner un nouveau gage de leur union devant le malheur.

— Laissez-nous, Martha.

— Chère Marguerite, reprit Emmanuel en laissant percer dans l'inflexion de sa voix le bonheur qu'il éprouvait à conquérir les menus droits de l'affection, je me suis procuré les noms et la demeure des acquéreurs qui doivent les deux cent mille francs restant sur le prix des bois abattus. Demain, si vous y consentez, un avoué agissant au nom de monsieur Conyncks, qui ne le désavouera pas, mettra opposition entre leurs mains. Dans six jours, votre grand-oncle sera de retour, il convoquera un conseil de famille, et fera émanciper Gabriel, qui a dix-huit ans. Étant, vous et votre frère, autorisés à exercer vos droits, vous demanderez votre part dans le prix des bois, monsieur Claës ne pourra pas vous refuser les deux cent mille francs arrêtés par l'opposition;

quant aux cent mille autres qui vous seront
encore dus, vous obtiendrez une obligation hypo-
thécaire qui reposera sur la maison que vous
habitez. Monsieur Conyncks réclamera des garanties pour les trois cent mille francs qui reviennent
à mademoiselle Félicie et à Jean. Dans cette
situation, votre père sera forcé de laisser hypothéquer ses biens de la plaine d'Orchies, déjà
grevés de cent mille écus. La loi donne une
priorité rétroactive aux inscriptions prises dans
l'intérêt des mineurs; tout sera donc sauvé.
Monsieur Claës aura désormais les mains liées,
vos terres sont inaliénables; il ne pourra plus rien
emprunter sur les siennes, qui répondront de
sommes supérieures à leur prix, les affaires se
seront faites en famille, sans scandale, sans
procès. Votre père sera forcé d'aller prudemment
dans ses recherches, si même il ne les cesse tout à
fait.

— Oui, dit Marguerite, mais où seront nos
revenus? Les cent mille francs hypothéqués sur
cette maison ne nous rapporteront rien, puisque
nous y demeurons. Le produit des biens que
possède mon père dans la plaine d'Orchies payera
les intérêts des trois cent mille francs dus à des
étrangers; avec quoi vivrons-nous?

— D'abord, dit Emmanuel, en plaçant les
cinquante mille francs qui resteront à Gabriel sur
sa part, dans les fonds publics, vous en aurez,
d'après le taux actuel, plus de quatre mille livres
de rente qui suffiront à sa pension et à son
entretien à Paris. Gabriel ne peut disposer ni de

la somme inscrite sur la maison de son père, ni du fonds de ses rentes; ainsi vous ne craindrez pas qu'il en dissipe un denier, et vous aurez une charge de moins. Puis ne vous restera-t-il pas cent cinquante mille francs à vous?

— Mon père me les demandera, dit-elle avec effroi, et je ne saurai pas les lui refuser.

— Hé bien! chère Marguerite, vous pouvez les sauver encore, en vous en dépouillant. Placez-les sur le Grand Livre, au nom de votre frère. Cette somme vous donnera douze ou treize mille livres de rente qui vous feront vivre. Les mineurs émancipés ne pouvant rien aliéner sans l'avis d'un conseil de famille, vous gagnerez ainsi trois ans de tranquillité. A cette époque, votre père aura trouvé son problème ou vraisemblablement y renoncera; Gabriel, devenu majeur, vous restituera les fonds pour établir les comptes entre vous quatre.

Marguerite se fit expliquer de nouveau des dispositions de loi qu'elle ne pouvait comprendre tout d'abord. Ce fut certes une scène neuve que celle des deux amants étudiant le code dont s'était muni Emmanuel pour apprendre à sa maîtresse les lois qui régissaient les biens des mineurs, elle en eut bientôt saisi l'esprit, grâce à la pénétration naturelle aux femmes, et que l'amour aiguisait encore.

Le lendemain, Gabriel revint à la maison paternelle. Quand monsieur de Solis le rendit à Balthazar, en lui annonçant l'admission à l'École polytechnique, le père remercia le proviseur par un geste de main, et dit : — J'en suis bien aise, Gabriel sera donc un savant.

— Oh! mon frère, dit Marguerite en voyant Balthazar remonter à son laboratoire, travaille bien, ne dépense pas d'argent! fais tout ce qu'il faudra faire; mais sois économe. Les jours où tu sortiras dans Paris, va chez nos amis, chez nos parents pour ne contracter aucun des goûts qui ruinent les jeunes gens. Ta pension monte à près de mille écus, il te restera mille francs pour tes menus plaisirs, ce doit être assez.

— Je réponds de lui, dit Emmanuel de Solis en frappant sur l'épaule de son élève.

Un mois après, monsieur de Conyncks avait, de concert avec Marguerite, obtenu de Claës toutes les garanties désirables. Les plans si sagement conçus par Emmanuel de Solis furent entièrement approuvés et exécutés. En présence de la loi, devant son cousin dont la probité farouche transigeait difficilement sur les questions d'honneur, Balthazar, honteux de la vente qu'il avait consentie dans un moment où il était harcelé par ses créanciers, se soumit à tout ce qu'on exigea de lui. Satisfait de pouvoir réparer le dommage qu'il avait presque involontairement fait à ses enfants, il signa les actes avec la préoccupation d'un savant. Il était devenu complètement imprévoyant à la manière des nègres qui, le matin, vendent leur femme pour une goutte d'eau-de-vie, et la pleurent le soir. Il ne jetait même pas les yeux sur son avenir le plus proche, il ne se demandait pas quelles seraient ses ressources,

quand il aurait fondu son dernier écu; il poursui-
vait ses travaux, continuait ses achats, sans
savoir qu'il n'était plus que le possesseur titulaire
de sa maison, de ses propriétés, et qu'il lui serait
impossible, grâce à la sévérité des lois, de se
procurer un sou sur les biens desquels il était en
quelque sorte le gardien judiciaire. L'année 1818
expira sans aucun événement malheureux. Les
deux jeunes filles payèrent les frais nécessités par
l'éducation de Jean, et satisfirent à toutes les
dépenses de leur maison, avec les dix-huit mille
francs de rente, placés sous le nom de Gabriel,
dont les semestres leur furent envoyés exactement par leur frère. Monsieur de Solis perdit son
oncle dans le mois de décembre de cette année.
Un matin, Marguerite apprit par Martha que son
père avait vendu sa collection de tulipes, le
mobilier de la maison de devant, et toute
l'argenterie. Elle fut obligée de racheter les
couverts nécessaires au service de la table, et les
fit marquer à son chiffre. Jusqu'à ce jour elle
avait gardé le silence sur les déprédations de
Balthazar; mais le soir, après le dîner, elle pria
Félicie de la laisser seule avec son père, et quand
il fut assis, suivant son habitude, au coin de la
cheminée du parloir, Marguerite lui dit : — Mon
cher père, vous êtes le maître de tout vendre ici,
même vos enfants. Ici, nous vous obéirons tous
sans murmure; mais je suis forcée de vous faire
observer que nous sommes sans argent, que nous
avons à peine de quoi vivre cette année, et que
nous serons obligées, Félicie et moi, de travailler

210 La Recherche de l'absolu

nuit et jour pour payer la pension de Jean, avec le prix de la robe de dentelle que nous avons entreprise. Je vous en conjure, mon bon père, discontinuez vos travaux.

— Tu as raison, mon enfant, dans six semaines tout sera fini! J'aurai trouvé l'absolu, ou l'absolu sera introuvable. Vous serez tous riches à millions...

— Laissez-nous pour le moment un morceau de pain, répondit Marguerite.

— Il n'y a pas de pain ici, dit Claës d'un air effrayé, pas de pain chez un Claës. Et tous nos biens?

— Vous avez rasé la forêt de Waignies. Le sol n'en est pas encore libre, et ne peut rien produire. Quant à vos fermes d'Orchies, les revenus ne suffisent point à payer les intérêts des sommes que vous avez empruntées.

— Avec quoi vivons-nous donc, demanda-t-il.

Marguerite lui montra son aiguille, et ajouta : — Les rentes de Gabriel nous aident, mais elles sont insuffisantes. Je joindrais les deux bouts de l'année si vous ne m'accabliez de factures auxquelles je ne m'attends pas, vous ne me dites rien de vos achats en ville. Quand je crois avoir assez pour mon trimestre, et que mes petites dispositions sont faites, il m'arrive un mémoire de soude, de potasse, de zinc, de soufre, que sais-je?

— Ma chère enfant, encore six semaines de patience; après, je me conduirai sagement. Et tu verras des merveilles, ma petite Marguerite.

— Il est bien temps que vous pensiez à vos

affaires. Vous avez tout vendu : tableaux,
tulipes, argenterie, il ne nous reste plus rien; au
moins, ne contractez pas de nouvelles dettes.

— Je n'en veux plus faire, dit le vieillard.

— Plus, s'écria-t-elle. Vous en avez donc?

— Rien, des misères, répondit-il en baissant
les yeux et rougissant.

Marguerite se trouva pour la première fois
humiliée par l'abaissement de son père, et en
souffrit tant qu'elle n'osa l'interroger. Un mois
après cette scène, un banquier de la ville vint
pour toucher une lettre de change de dix mille
francs, souscrite par Claës. Marguerite ayant prié
le banquier d'attendre pendant la journée en
témoignant le regret de n'avoir pas été prévenue
de ce paiement, celui-ci l'avertit que la maison
Protez et Chiffreville en avait neuf autres de
même somme, échéant de mois en mois.

— Tout est dit, s'écria Marguerite, l'heure est
venue.

Elle envoya chercher son père et se promena
tout agitée à grands pas, dans le parloir, en se
parlant à elle-même : — Trouver cent mille
francs, dit-elle, ou voir notre père en prison! Que
faire?

Balthazar ne descendit pas. Lassée de l'attendre, Marguerite monta au laboratoire. En
entrant, elle vit son père au milieu d'une pièce
immense, fortement éclairée, garnie de machines
et de verreries poudreuses; çà et là, des livres, des
tables encombrées de produits étiquetés, numéro-
tés. Partout le désordre qu'entraîne la préoccupa-

tion du savant y froissait les habitudes flamandes. Cet ensemble de matras, de cornues, de
métaux, de cristallisations fantasquement colo-
rées, d'échantillons accrochés aux murs, ou jetés
sur des fourneaux, était dominé par la figure de
Balthazar Claës qui, sans habit, les bras nus
comme ceux d'un ouvrier, montrait sa poitrine
couverte de poils blanchis comme ses cheveux.
Ses yeux horriblement fixes ne quittèrent pas une
machine pneumatique. Le récipient de cette
machine était coiffé d'une lentille formée par de
doubles verres convexes dont l'intérieur était
plein d'alcool et qui réunissait les rayons du soleil
entrant alors par l'un des compartiments de la
rose du grenier. Le récipient, dont le plateau était
isolé, communiquait avec les fils d'une immense
pile de Volta. Lemulquinier occupé à faire mouvoir le plateau de cette machine montée sur un
axe mobile, afin de toujours maintenir la lentille
dans une direction perpendiculaire aux rayons du
soleil, se leva, la face noire de poussière, et dit : —
Ha ! mademoiselle, n'approchez pas !

   L'aspect de son père qui, presque agenouillé
devant sa machine, recevait d'aplomb la lumière
du soleil, et dont les cheveux épars ressemblaient
à des fils d'argent, son crâne bossué, son visage
contracté par une attente affreuse, la singularité
des objets qui l'entouraient, l'obscurité dans
laquelle se trouvaient les parties de ce vaste
grenier d'où s'élançaient des machines bizarres,
tout contribuait à frapper Marguerite qui se dit
avec terreur : — Mon père est fou ! Elle s'ap-

procha de lui pour lui dire à l'oreille : — Renvoyez Lemulquinier.

— Non, non, mon enfant, j'ai besoin de lui, j'attends l'effet d'une belle expérience à laquelle les autres n'ont pas songé. Voici trois jours que nous guettons un rayon de soleil. J'ai les moyens de soumettre les métaux dans un vide parfait, aux feux solaires concentrés et à des courants électriques. Vois-tu, dans un moment, l'action la plus énergique dont puisse disposer un chimiste va éclater, et moi seul...

— Eh mon père! au lieu de vaporiser les métaux, vous devriez bien les réserver pour payer vos lettres de change...

— Attends, attends!

— Monsieur Mersktus est venu, mon père, il lui faut dix mille francs à quatre heures.

— Oui, oui, tout à l'heure. J'avais signé ces petits effets pour ce mois-ci, c'est vrai. Je croyais que j'aurais trouvé l'absolu. Mon Dieu, si j'avais le soleil de juillet, mon expérience serait faite!

Il se prit par les cheveux, s'assit sur un mauvais fauteuil de canne, et quelques larmes roulèrent dans ses yeux.

— Monsieur a raison. Tout ça, c'est la faute de ce gredin de soleil qui est trop faible, le lâche, le paresseux!

Le maître et le valet ne faisaient plus attention à Marguerite.

— Laissez-nous, Mulquinier, dit-elle.

— Ah! je tiens une nouvelle expérience, s'écria Claës.

— Mon père, oubliez vos expériences, lui dit sa fille quand ils furent seuls, vous avez cent mille francs à payer, et nous ne possédons pas un liard. Quittez votre laboratoire, il s'agit aujourd'hui de votre honneur. Que deviendrez-vous, quand vous serez en prison, souillerez-vous vos cheveux blancs et le nom de Claës par l'infamie d'une banqueroute? Je m'y opposerai. J'aurai la force de combattre votre folie, il serait affreux de vous voir sans pain dans vos derniers jours. Ouvrez les yeux sur notre position, ayez donc enfin de la raison.

— Folie! cria Balthazar qui se dressa sur ses jambes, fixa ses yeux lumineux sur sa fille, se croisa les bras sur la poitrine, et répéta le mot folie si majestueusement, que Marguerite trembla. Ah! ta mère ne m'aurait pas dit ce mot! reprit-il, elle n'ignorait pas l'importance de mes recherches, elle avait appris une science pour me comprendre, elle savait que je travaille pour l'humanité, qu'il n'y a rien de personnel ni de sordide en moi. Le sentiment de la femme qui aime est, je le vois, au-dessus de l'affection filiale. Oui, l'amour est le plus beau de tous les sentiments! Avoir de la raison? reprit-il en se frappant la poitrine, en manqué-je? ne suis-je pas moi? Nous sommes pauvres, ma fille, eh bien! je le veux ainsi. Je suis votre père, obéissez-moi. Je vous ferai riche quand il me plaira. Votre fortune, mais c'est une misère. Quand j'aurai trouvé un dissolvant du carbone, j'emplirai votre parloir de diamants, et c'est une niaiserie en

comparaison de ce que je cherche. Vous pouvez
bien attendre, quand je me consume en efforts
gigantesques.

— Mon père, je n'ai pas le droit de vous
demander compte des quatre millions que vous
avez engloutis dans ce grenier sans résultat. Je ne
vous parlerai pas de ma mère que vous avez tuée.
Si j'avais un mari, je l'aimerais, sans doute,
autant que vous aimait ma mère, et je serais
prête à tout lui sacrifier, comme elle vous
sacrifiait tout. J'ai suivi ses ordres en me
donnant à vous tout entière, je vous l'ai prouvé
en ne me mariant point afin de ne pas vous
obliger à me rendre votre compte de tutelle.
Laissons le passé, pensons au présent. Je viens
ici représenter la nécessité que vous avez créée
vous-même. Il faut de l'argent pour vos lettres de
change, entendez-vous? il n'y a rien à saisir ici
que le portrait de notre aïeul Van Claës. Je viens
donc au nom de ma mère, qui s'est trouvée trop
faible pour défendre ses enfants contre leur père
et qui m'a ordonné de vous résister, je viens au
nom de mes frères et de ma sœur, je viens, mon
père, au nom de tous les Claës vous commander
de laisser vos expériences, de vous faire une
fortune à vous avant de les poursuivre. Si vous
vous armez de votre paternité qui ne se fait
sentir que pour nous tuer, j'ai pour moi vos
ancêtres et l'honneur qui parlent plus haut que la
chimie. Les familles passent avant la science. J'ai
trop été votre fille!

— Et tu veux être alors mon bourreau, dit-il
d'une voix affaiblie.

Marguerite se sauva pour ne pas abdiquer le
rôle qu'elle venait de prendre, elle crut avoir
entendu la voix de sa mère quand elle lui avait
dit : *Ne contrarie pas trop ton père, aime-le bien!*

— Mademoiselle fait là-haut de la belle
ouvrage! dit Lemulquinier en descendant à la
cuisine pour déjeuner. Nous allions mettre la
main sur le secret, nous n'avions plus besoin que
d'un brin de soleil de juillet, car monsieur, ah!
quel homme! il est quasiment dans les chausses
du bon Dieu! Il ne s'en faut pas de ça, dit-il à
Josette ·en faisant claquer l'ongle de son pouce
droit sous la dent populairement nommée la
palette, que nous ne sachions le principe de tout.
Patatras! elle s'en vient crier pour des bêtises de
lettres de change.

— Eh! bien, payez-les de vos gages, dit
Martha, ces lettres d'échange!

— Il n'y a point de beurre à mettre sur mon
pain? dit Lemulquinier à Josette.

— Et de l'argent pour en acheter? répondit
aigrement la cuisinière. Comment, vieux monstre,
si vous faites de l'or dans votre cuisine de démon,
pourquoi ne vous faites-vous pas un peu de
beurre? ce ne serait pas si difficile, et vous en
vendriez au marché de quoi faire aller la mar-
mite. Nous mangeons du pain sec, nous autres!
Ces deux demoiselles se contentent de pain et de
noix, vous seriez donc mieux nourri que les
maîtres? Mademoiselle ne veut dépenser que cent

francs par mois pour toute la maison. Nous ne
faisons plus qu'un dîner. Si vous voulez des
douceurs, vous avez vos fourneaux là-haut où
vous fricassez des perles, qu'on ne parle que de ça
au marché. Faites-vous-y des poulets rôtis.

Lemulquinier prit son pain et sortit.

— Il va acheter quelque chose de son argent,
dit Martha, tant mieux, ce sera autant d'écono-
misé. Est-il avare, ce Chinois-là !

— Fallait le prendre par la famine, dit Josette.
Voilà huit jours qu'il n'a rien frotté *nune part,* je
fais son ouvrage, il est toujours là-haut ; il peut
bien me payer de ça, en nous régalant de
quelques harengs, qu'il en apporte, je m'en vais
joliment les lui prendre !

— Ah ! dit Martha, j'entends mademoiselle
Marguerite qui pleure. Son vieux sorcier de père
avalera la maison sans dire une parole chrétienne,
le sorcier. Dans mon pays, on l'aurait déjà brûlé
vif ; mais ici l'on n'a pas plus de religion que chez
les Maures d'Afrique.

Mademoiselle Claës étouffait mal ses sanglots
en traversant la galerie. Elle gagna sa chambre,
chercha la lettre de sa mère, et lut ce qui suit :

« Mon enfant, si Dieu le permet, mon esprit
sera dans ton cœur quand tu liras ces lignes, les
dernières que j'aurai tracées ! Elles sont pleines
d'amour pour mes chers petits qui restent aban-
donnés à un démon auquel je n'ai pas su résister.
Il aura donc absorbé votre pain, comme il a
dévoré ma vie et même mon amour. Tu savais,

ma bien-aimée, si j'aimais ton père! Je vais
expirer l'aimant moins, puisque je prends contre
lui des précautions que je n'aurais pas avouées de
mon vivant. Oui, j'aurai gardé dans le fond de
mon cercueil une dernière ressource pour le jour
où vous serez au plus haut degré du malheur. S'il
vous a réduits à l'indigence, ou s'il faut sauver
votre honneur, mon enfant, tu trouveras chez
monsieur de Solis, s'il vit encore, sinon chez son
neveu, notre bon Emmanuel, cent soixante-dix
mille francs environ, qui vous aideront à vivre. Si
rien n'a pu dompter sa passion, si ses enfants ne
sont pas une barrière plus forte pour lui que ne
l'a été mon bonheur, et ne l'arrêtent pas dans sa
marche criminelle, quittez votre père, vivez au
moins! Je ne pouvais l'abandonner, je me devais
à lui. Toi, Marguerite, sauve la famille! Je
t'absous de tout ce que tu feras pour défendre
Gabriel, Jean et Félicie. Prends courage, sois
l'ange tutélaire des Claës. Sois ferme, je n'ose dire
sois sans pitié; mais pour pouvoir réparer les
malheurs déjà faits, il faut conserver quelque
fortune, et tu dois te considérer comme étant au
lendemain de la misère, rien n'arrêtera la fureur
de la passion qui m'a tout ravi. Ainsi, ma fille, ce
sera être pleine de cœur que d'oublier ton cœur;
ta dissimulation, s'il fallait mentir à ton père,
serait glorieuse; tes actions, quelque blâma-
bles qu'elles puissent paraître, seraient toutes
héroïques faites dans le but de protéger la
famille. Le vertueux monsieur de Solis me l'a dit,
et jamais conscience ne fut ni plus pure ni plus

clairvoyante que la sienne. Je n'aurais pas eu la
force de te dire ces paroles, même en mourant.
Cependant sois toujours respectueuse et bonne
dans cette horrible lutte! Résiste en adorant,
refuse avec douceur. J'aurai donc eu des larmes
inconnues et des douleurs qui n'éclateront
qu'après ma mort. Embrasse, en mon nom, mes
chers enfants, au moment où tu deviendras ainsi
leur protection. Que Dieu et les saints soient avec
toi. »

« JOSÉPHINE. »

A cette lettre était jointe une reconnaissance
de messieurs de Solis oncle et neveu, qui s'enga-
geaient à remettre le dépôt fait entre leurs mains
par madame Claës à celui de ses enfants qui leur
représenterait cet écrit.

— Martha, cria Marguerite à la duègne qui
monta promptement, allez chez monsieur Emmanuel et priez-le de passer chez moi. Noble et
discrète créature! Il ne m'a jamais rien dit, à
moi, pensa-t-elle, à moi dont les ennuis et les
chagrins sont devenus les siens.

Emmanuel vint avant que Martha ne fût de
retour.

— Vous avez eu des secrets pour moi? dit-elle
en lui montrant l'écrit.

Emmanuel baissa la tête.

— Marguerite, vous êtes donc bien malheureuse? reprit-il en laissant rouler quelques pleurs
dans ses yeux.

— Oh! oui. Soyez mon appui, vous que ma mère a nommé là *notre bon Emmanuel,* dit-elle en lui montrant la lettre et ne pouvant réprimer un mouvement de joie en voyant son choix approuvé par sa mère.

— Mon sang et ma vie étaient à vous le lendemain du jour où je vous vis dans la galerie, répondit-il en pleurant de joie et de douleur; mais je ne savais pas, je n'osais pas espérer qu'un jour vous accepteriez mon sang. Si vous me connaissez bien, vous devez savoir que ma parole est sacrée. Pardonnez-moi cette parfaite obéissance aux volontés de votre mère, il ne m'appartenait pas d'en juger les intentions.

— Vous nous avez sauvés, dit-elle en l'interrompant et lui prenant le bras pour descendre au parloir.

Après avoir appris l'origine de la somme que gardait Emmanuel, Marguerite lui confia la triste nécessité qui poignait la maison.

— Il faut aller payer les lettres de change, dit Emmanuel, si elles sont toutes chez Mersktus, vous gagnerez les intérêts. Je vous remettrai les soixante-dix mille francs qui vous resteront. Mon pauvre oncle m'a laissé une somme semblable en ducats qu'il sera facile de transporter secrètement.

— Oui, dit-elle, apportez-les à la nuit; quand mon père dormira, nous les cacherons à nous deux. S'il savait que j'ai de l'argent, peut-être me ferait-il violence. Oh! Emmanuel, se défier de son père! dit-elle en pleurant et appuyant son front sur le cœur du jeune homme.

Ce gracieux et triste mouvement par lequel Marguerite cherchait une protection, fut la première expression de cet amour toujours enveloppé de mélancolie, toujours contenu dans une sphère de douleur; mais ce cœur trop plein devait déborder, et ce fut sous le poids d'une misère!

— Que faire? que devenir? Il ne voit rien, ne se soucie ni de nous ni de lui, car je ne sais pas comment il peut vivre dans ce grenier dont l'air est brûlant.

— Que pouvez-vous attendre d'un homme qui à tout moment s'écrie comme Richard III : Mon royaume pour un cheval! dit Emmanuel. Il sera toujours impitoyable, et vous devez l'être autant que lui. Payez ses lettres de change, donnez-lui, si vous voulez, votre fortune; mais celle de votre sœur, celle de vos frères n'est ni à vous ni à lui.

— Donner ma fortune? dit-elle en serrant la main d'Emmanuel et lui jetant un regard de feu, vous me le conseillez, vous! tandis que Pierquin faisait mille mensonges pour me la conserver.

— Hélas! peut-être suis-je égoïste à ma manière, dit-il. Tantôt je vous voudrais sans fortune, il me semble que vous seriez plus près de moi! Tantôt je vous voudrais riche, heureuse, et je trouve qu'il y a de la petitesse à se croire séparés par les pauvres grandeurs de la fortune.

— Cher! ne parlons pas de nous...

— Nous! répéta-t-il avec ivresse. Puis après

une pause, il ajouta : — Le mal est grand, mais il
n'est pas irréparable.

— Il se réparera par nous seuls, la famille
Claës n'a plus de chef. Pour en arriver à ne plus
être ni père ni homme, n'avoir aucune notion du
juste et de l'injuste, car lui, si grand, si généreux,
si probe, il a dissipé malgré la loi le bien des
enfants auxquels il doit servir de défenseur! Dans
quel abîme est-il donc tombé? Mon Dieu! Que
cherche-t-il donc?

— Malheureusement, ma chère Marguerite, s'il
a tort comme chef de famille, il a raison
scientifiquement, et une vingtaine d'hommes en
Europe l'admireront, là où tous les autres le
taxeront de folie; mais vous pouvez sans scrupule
lui refuser la fortune de ses enfants. Une découverte a toujours été un hasard. Si votre père doit
rencontrer la solution de son problème, il la
trouvera sans tant de frais, et peut-être au
moment où il en désespérera!

— Ma pauvre mère est heureuse, dit Marguerite, elle aurait souffert mille fois la mort avant
de mourir, elle qui a péri à son premier choc
contre la science. Mais ce combat n'a pas de fin...

— Il y a une fin, reprit Emmanuel. Quand
vous n'aurez plus rien, monsieur Claës ne trouvera plus de crédit, et s'arrêtera.

— Qu'il s'arrête donc dès aujourd'hui, s'écria
Marguerite, nous sommes sans ressources.

Monsieur de Solis alla racheter les lettres de
change et vint les remettre à Marguerite. Balthazar descendit quelques moments avant le dîner,

contre son habitude. Pour la première fois, depuis deux ans, sa fille aperçut dans sa physionomie les signes d'une tristesse horrible à voir : il était redevenu père, la raison avait chassé la science; il regarda dans la cour, dans le jardin, et quand il fut certain de se trouver seul avec sa fille, il vint à elle par un mouvement plein de mélancolie et de bonté.

— Mon enfant, dit-il en lui prenant la main et la lui serrant avec une onctueuse tendresse, pardonne à ton vieux père. Oui, Marguerite, j'ai eu tort. Toi seule as raison. Tant que je n'aurai pas *trouvé*, je suis un misérable! Je m'en irai d'ici. Je ne veux pas voir vendre Van Claës, dit-il en montrant le portrait du martyr. Il est mort pour la liberté, je serai mort pour la science, lui vénéré, moi haï.

— Haï, mon père? Non, dit-elle en se jetant sur son sein, nous vous adorons tous. N'est-ce pas, Félicie? dit-elle à sa sœur qui entrait en ce moment.

— Qu'avez-vous, mon cher père? dit la jeune fille en lui prenant la main.

— Je vous ai ruinés.

— Hé! dit Félicie, nos frères nous feront une fortune. Jean est toujours le premier dans sa classe.

— Tenez, mon père, reprit Marguerite en amenant Balthazar par un mouvement plein de grâce et de câlinerie filiale devant la cheminée où elle prit quelques papiers qui étaient sous le cartel, voici vos lettres de change; mais n'en souscrivez plus, il n'y aurait plus rien pour les payer...

— Tu as donc de l'argent, dit Balthazar à l'oreille de Marguerite quand il fut revenu de sa surprise.

Ce mot suffoqua cette héroïque fille, tant il y avait de délire, de joie, d'espérance dans la figure de son père qui regardait autour de lui, comme pour découvrir de l'or.

— Mon père, dit-elle avec un accent de douleur, j'ai ma fortune.

— Donne-la-moi, dit-il en laissant échapper un geste avide, je te rendrai tout au centuple.

— Oui, je vous la donnerai, répondit Marguerite en contemplant Balthazar qui ne comprit pas le sens que sa fille mettait à ce mot.

— Ah! ma chère fille, dit-il, tu me sauves la vie! J'ai imaginé une dernière expérience, après laquelle il n'y a plus rien de possible. Si, cette fois, je ne le trouve pas, il faudra renoncer à chercher l'absolu. Donne-moi le bras, viens, mon enfant chérie, je voudrais te faire la femme la plus heureuse de la terre, tu me rends au bonheur, à la gloire; tu me procures le pouvoir de vous combler de trésors, je vous accablerai de joyaux, de richesses.

Il baisa sa fille au front, lui prit les mains, les serra, lui témoigna sa joie par des câlineries qui parurent presque serviles à Marguerite; pendant le dîner Balthazar ne voyait qu'elle, il la regardait avec l'empressement, avec l'attention, la vivacité qu'un amant déploie pour sa maîtresse:

faisait-elle un mouvement? il cherchait à deviner sa pensée, son désir, et se levait pour la servir; il la rendait honteuse, il mettait à ses soins une sorte de jeunesse qui contrastait avec sa vieillesse anticipée. Mais, à ces cajoleries Marguerite opposait le tableau de la détresse actuelle, soit par un mot de doute, soit par un regard qu'elle jetait sur les rayons vides des dressoirs de cette salle à manger.

— Va, lui dit-il, dans six mois, nous remplirons ça d'or et de merveilles. Tu seras comme une reine. Bah! la nature entière nous appartiendra, nous serons au-dessus de tout... et par toi... ma Marguerite. Margarita? reprit-il en souriant, ton nom est une prophétie. Margarita veut dire une perle. Sterne[63] a dit cela quelque part. As-tu lu Sterne? Veux-tu un Sterne? Ça t'amusera.

— La perle est, dit-on, le fruit d'une maladie, reprit-elle, et nous avons déjà bien souffert!

— Ne sois pas triste, tu feras le bonheur de ceux que tu aimes, tu seras bien puissante, bien riche.

— Mademoiselle a si bon cœur, dit Lemulquinier dont la face en écumoire grimaça péniblement un sourire.

Pendant le reste de la soirée, Balthazar déploya pour ses deux filles toutes les grâces de son caractère et tout le charme de sa conversation. Séduisant comme le serpent, sa parole, ses regards épanchaient un fluide magnétique, et il prodigua cette puissance de génie, ce doux esprit qui fascinait Joséphine, et il mit pour ainsi dire

ses filles dans son cœur. Quand Emmanuel de
Solis vint, il trouva, pour la première fois depuis
longtemps, le père et les enfants réunis. Malgré sa
réserve, le jeune proviseur fut soumis au prestige
de cette scène, car la conversation, les manières
de Balthazar eurent un entraînement irrésistible.
Quoique plongés dans les abîmes de la pensée, et
incessamment occupés à observer le monde
moral, les hommes de science aperçoivent néanmoins les plus petits détails dans la sphère où ils
vivent. Plus intempestifs que distraits, ils ne sont
jamais en harmonie avec ce qui les entoure, ils
savent et oublient tout ; ils préjugent l'avenir,
prophétisent pour eux seuls, sont au fait d'un
événement avant qu'il n'éclate, mais ils n'en ont
rien dit. Si dans le silence des méditations, ils ont
fait usage de leur puissance pour reconnaître ce
qui se passe autour d'eux, il leur suffit d'avoir
deviné : le travail les emporte, et ils appliquent
presque toujours à faux les connaissances qu'ils
ont acquises sur les choses de la vie. Parfois,
quand ils se réveillent de leur apathie sociale, ou
quand ils tombent du monde moral dans le
monde extérieur, ils y reviennent avec une riche
mémoire, et n'y sont étrangers à rien. Ainsi
Balthazar, qui joignait la perspicacité du cœur à
la perspicacité du cerveau, savait tout le passé de
sa fille, il connaissait ou avait deviné les
moindres événements de l'amour mystérieux qui
l'unissait à Emmanuel, il le leur prouva finement,
et sanctionna leur affection en la partageant.
C'était la plus douce flatterie que pût faire

un père, et les deux amants ne surent pas
y résister. Cette soirée fut délicieuse par le
contraste qu'elle formait avec les chagrins qui
assaillaient la vie de ces pauvres enfants. Quand,
après les avoir pour ainsi dire remplis de sa
lumière et baignés de tendresse, Balthazar se
retira, Emmanuel de Solis, qui avait eu jusqu'a-
lors une contenance gênée, se débarrassa de trois
mille ducats en or qu'il tenait dans ses poches en
craignant de les laisser apercevoir. Il les mit sur
la travailleuse de Marguerite qui les couvrit avec
le linge qu'elle raccommodait, et alla chercher le
reste de la somme. Quand il revint, Félicie était
allée se coucher. Onze heures sonnaient. Martha,
qui veillait pour déshabiller sa maîtresse, était
occupée chez Félicie.

— Où cacher cela? dit Marguerite qui n'avait
pas résisté au plaisir de manier quelques ducats,
un enfantillage qui la perdit.

— Je soulèverai cette colonne de marbre dont
le socle est creux, dit Emmanuel, vous y glisserez
les rouleaux, et le diable n'irait pas les y
chercher.

Au moment où Marguerite faisait son avant-
dernier voyage de la travailleuse à la colonne, elle
jeta un cri perçant, laissa tomber les rouleaux
dont les pièces brisèrent le papier et s'éparpil-
lèrent sur le parquet : son père était à la porte du
parloir, et montrait sa tête dont l'expression
d'avidité l'effraya.

— Que faites-vous donc là? dit-il en regardant
tour à tour sa fille que la peur clouait sur le

plancher, et le jeune homme qui s'était brusquement dressé, mais dont l'attitude auprès de la
colonne était assez significative. Le fracas de l'or
sur le parquet fut horrible et son éparpillement
semblait prophétique. — Je ne me trompais pas,
dit Balthazar en s'asseyant, j'avais entendu le
son de l'or.

Il n'était pas moins ému que les deux jeunes
gens dont les cœurs palpitaient si bien à l'unisson, que leurs mouvements s'entendaient comme
les coups d'un balancier de pendule au milieu du
profond silence qui régna tout à coup dans le
parloir.

— Je vous remercie, monsieur de Solis, dit
Marguerite à Emmanuel en lui jetant un coup
d'œil qui signifiait : Secondez-moi, pour sauver
cette somme.

— Quoi, cet or... reprit Balthazar en lançant
des regards d'une épouvantable lucidité sur sa
fille et sur Emmanuel.

— Cet or est à monsieur qui a la bonté de me
le prêter pour faire honneur à nos engagements,
lui répondit-elle.

Monsieur de Solis rougit et voulut sortir.

— Monsieur, dit Balthazar en l'arrêtant par le
bras, ne vous dérobez pas à mes remerciements.

— Monsieur, vous ne me devez rien. Cet
argent appartient à mademoiselle Marguerite qui
me l'emprunte sur ses biens, répondit-il en
regardant sa maîtresse qui le remercia par un
imperceptible clignement de paupières.

— Je ne souffrirai pas cela, dit Claës qui prit

une plume et une feuille de papier sur la table où écrivait Félicie, et se tournant vers les deux jeunes gens étonnés : — Combien y a-t-il? La passion avait rendu Balthazar plus rusé que ne l'eût été le plus adroit des intendants coquins; la somme allait être à lui. Marguerite et monsieur de Solis hésitaient. — Comptons, dit-il.

— Il y a six mille ducats, répondit Emmanuel.

— Soixante-dix mille francs, répondit Claës.

Le coup d'œil que Marguerite jeta sur son amant lui donna du courage.

— Monsieur, dit-il en tremblant, votre engagement est sans valeur, pardonnez-moi cette expression purement technique; j'ai prêté ce matin à mademoiselle cent mille francs pour racheter des lettres de change que vous étiez hors d'état de payer, vous ne sauriez donc me donner aucune garantie. Ces cent soixante-dix mille francs sont à mademoiselle votre fille qui peut en disposer comme bon lui semble, mais je ne les lui prête que sur la promesse qu'elle m'a faite de souscrire un contrat avec lequel je puisse prendre des sûretés sur sa part dans les terrains nus de Waignies.

Marguerite détourna la tête pour ne pas laisser voir les larmes qui lui vinrent aux yeux, elle connaissait la pureté de cœur qui distinguait Emmanuel. Élevé par son oncle dans la pratique la plus sévère des vertus religieuses, le jeune homme avait spécialement horreur du mensonge; après avoir offert sa vie et son cœur à Marguerite, il lui faisait donc encore le sacrifice de sa conscience.

— Adieu, monsieur, lui dit Balthazar, je vous croyais plus de confiance dans un homme qui vous voyait avec des yeux de père.

Après avoir échangé avec Marguerite un déplorable regard, Emmanuel fut reconduit par Martha qui ferma la porte de la rue. Au moment où le père et la fille furent bien seuls, Claës dit à sa fille. — Tu m'aimes, n'est-ce pas?

— Ne prenez pas de détours, mon père. Vous voulez cette somme, vous ne l'aurez point.

Elle se mit à rassembler les ducats, son père l'aida silencieusement à les ramasser et à vérifier la somme qu'elle avait semée, et Marguerite le laissa faire sans lui témoigner la moindre défiance. Les deux mille ducats remis en pile, Balthazar dit d'un air désespéré : — Marguerite, il me faut cet or!

— Ce serait un vol si vous le preniez, répondit-elle froidement. Écoutez, mon père : il vaut mieux nous tuer d'un seul coup, que de nous faire souffrir mille morts chaque jour. Voyez, qui de vous, qui de nous doit succomber.

— Vous aurez donc assassiné votre père, reprit-il.

— Nous aurons vengé notre mère, dit-elle en montrant la place où madame Claës était morte.

— Ma fille, si tu savais ce dont il s'agit, tu ne me dirais pas de telles paroles. Écoute, je vais t'expliquer le problème... Mais tu ne me comprendras pas! s'écria-t-il avec désespoir. Enfin,

donne! Crois une fois en ton père. Oui, je sais que
j'ai fait de la peine à ta mère; que j'ai dissipé,
pour employer le mot des ignorants, ma fortune
et dilapidé la vôtre; que vous travaillez tous pour
ce que tu nommes une folie; mais, mon ange, ma
bien-aimée, mon amour, ma Marguerite, écoute-
moi donc! Si je ne réussis pas, je me donne à toi,
je t'obéirai comme tu devrais, toi, m'obéir; je
ferai tes volontés, je te remettrai la conduite de
ma fortune, je ne serai plus le tuteur de mes
enfants, je me dépouillerai de toute autorité. Je
le jure par ta mère, dit-il en versant des larmes.
Marguerite détourna la tête pour ne pas voir
cette figure en pleurs, et Claës se jeta aux genoux
de sa fille en croyant qu'elle allait céder. —
Marguerite, Marguerite! Donne, donne! Que sont
soixante mille francs [64] pour éviter des remords
éternels! Vois-tu, je mourrai, ceci me tuera.
Écoute-moi! Ma parole sera sacrée. Si j'échoue, je
renonce à mes travaux, je quitterai la Flandre, la
France même, si tu l'exiges, et j'irai travailler
comme un manœuvre afin de refaire sou à sou
ma fortune et rapporter un jour à mes enfants ce
que la science leur aura pris. Marguerite voulait
relever son père, mais il persistait à rester à
genoux, et il ajouta en pleurant : — Sois une
dernière fois tendre et dévouée? Si je ne réussis
pas, je te donnerai moi-même raison dans tes
duretés. Tu m'appelleras vieux fou! Tu me
nommeras mauvais père! Enfin tu me diras que
je suis un ignorant! Moi, quand j'entendrai ces
paroles, je te baiserai les mains. Tu pourras me

battre, si tu le veux; et quand tu me frapperas, je te bénirai comme la meilleure des filles en me souvenant que tu m'as donné ton sang!

— S'il ne s'agissait que de mon sang, je vous le rendrais, s'écria-t-elle, mais puis-je laisser égorger par la science mon frère et ma sœur? non! Cessez, cessez, dit-elle en essuyant ses larmes et repoussant les mains caressantes de son père.

— Soixante mille francs et deux mois, dit-il en se levant avec rage, il ne me faut plus que cela; mais ma fille se met entre la gloire, entre la richesse et moi. Sois maudite! ajouta-t-il. Tu n'es ni fille, ni femme, tu n'as pas de cœur, tu ne seras ni une mère, ni une épouse! ajouta-t-il. Laisse-moi prendre! dis, ma chère petite, mon enfant chérie, je t'adorerai, ajouta-t-il en avançant la main sur l'or par un mouvement d'atroce énergie.

— Je suis sans défense contre la force, mais Dieu et le grand Claës nous voient! dit Marguerite en montrant le portrait.

— Eh! bien, essaie de vivre couverte du sang de ton père, cria Balthazar en lui jetant un regard d'horreur. Il se leva, contempla le parloir et sortit lentement. En arrivant à la porte, il se retourna comme eût fait un mendiant et interrogea sa fille par un geste auquel Marguerite répondit en faisant un signe de tête négatif.

— Adieu, ma fille, dit-il avec douceur, tâchez de vivre heureuse.

Quand il eut disparu, Marguerite resta dans une stupeur qui eut pour effet de l'isoler de la

terre, elle n'était plus dans le parloir, elle ne
sentait plus son corps, elle avait des ailes, et
volait dans les espaces du monde moral où tout
est immense, où la pensée rapproche et les
distances et les temps, où quelque main divine
relève la toile étendue sur l'avenir. Il lui sembla
qu'il s'écoulait des jours entiers entre chacun des
pas que faisait son père en montant l'escalier;
puis elle eut un frisson d'horreur au moment où
elle l'entendit entrer dans sa chambre. Guidée
par un pressentiment qui répandit dans son âme
la poignante clarté d'un éclair, elle franchit les
escaliers sans lumière, sans bruit, avec la vélocité
d'une flèche, et vit son père qui s'ajustait le front
avec un pistolet.

— Prenez tout, lui cria-t-elle en s'élançant
vers lui.

Elle tomba sur un fauteuil. Balthazar la
voyant pâle, se mit à pleurer comme pleurent les
vieillards; il redevint enfant, il la baisa au front,
lui dit des paroles sans suite, il était près de
sauter de joie, et semblait vouloir jouer avec elle
comme un amant joue avec sa maîtresse après en
avoir obtenu le bonheur.

— Assez! assez, mon père, dit-elle, songez à
votre promesse! Si vous ne réussissez pas, vous
m'obéirez!

— Oui.

— O ma mère, dit-elle en se tournant vers la
chambre de madame Claës, vous auriez tout
donné, n'est-ce pas?

— Dors en paix, dit Balthazar, tu es une bonne fille.

— Dormir! dit-elle, je n'ai plus les nuits de ma jeunesse; vous me vieillissez, mon père, comme vous avez lentement flétri le cœur de ma mère.

— Pauvre enfant, je voudrais te rassurer en t'expliquant les effets de la magnifique expérience que je viens d'imaginer, tu comprendrais...

— Je ne comprends que notre ruine, dit-elle en s'en allant.

Le lendemain matin, qui était un jour de congé, Emmanuel de Solis amena Jean.

— Eh bien? dit-il avec tristesse en abordant Marguerite.

— J'ai cédé, répondit-elle.

— Ma chère vie, dit-il avec un mouvement de joie mélancolique, si vous aviez résisté, je vous eusse admirée; mais faible, je vous adore!

— Pauvre, pauvre Emmanuel, que nous restera-t-il?

— Laissez-moi faire, s'écria le jeune homme d'un air radieux, nous nous aimons, tout ira bien!

Quelques mois s'écoulèrent dans une tranquillité parfaite. Monsieur de Solis fit comprendre à Marguerite que ses chétives économies ne constitueraient jamais une fortune, et lui conseilla de vivre à l'aise en prenant, pour maintenir l'abondance au logis, l'argent qui restait sur la somme de laquelle il avait été le dépositaire. Pendant ce temps, Marguerite fut livrée aux anxiétés qui jadis avaient agité sa mère en semblable occurrence. Quelque incrédule qu'elle pût être, elle en

était arrivée à espérer dans le génie de son père.
Par un phénomène inexplicable, beaucoup de
gens ont l'espérance sans avoir la foi. L'espérance
est la fleur du désir, la foi est le fruit de la
certitude. Marguerite se disait : — « Si mon père
réussit, nous serons heureux! » Claës et Lemulquinier seuls disaient : — « Nous réussirons! »
Malheureusement, de jour en jour, le visage de
cet homme s'attrista. Quand il venait dîner, il
n'osait parfois regarder sa fille et parfois il lui
jetait aussi des regards de triomphe. Marguerite
employa ses soirées à se faire expliquer par le
jeune de Solis plusieurs difficultés légales. Elle
accabla son père de questions sur leurs relations
de famille. Enfin elle acheva son éducation virile,
elle se préparait évidemment à exécuter le plan
qu'elle méditait si son père succombait encore
une fois dans son duel avec l'*Inconnu* (X).

Au commencement du mois de juillet, Balthazar passa toute une journée assis sur le banc de
son jardin, plongé dans une méditation triste. Il
regarda plusieurs fois le tertre dénué de tulipes,
les fenêtres de la chambre de sa femme; il
frémissait sans doute en songeant à tout ce que
sa lutte lui avait coûté : ses mouvements attestaient des pensées en dehors de la science.
Marguerite vint s'asseoir et travailler près de lui
quelques moments avant le dîner.

— Eh bien! mon père, vous n'avez pas réussi.

— Non, mon enfant.

— Ah! dit Marguerite d'une voix douce, je ne
vous adresserai pas le plus léger reproche, nous

sommes également coupables. Je réclamerai
seulement l'exécution de votre parole, elle doit
être sacrée, vous êtes un Claës. Vos enfants vous
entoureront d'amour et de respect; mais d'aujourd'hui vous m'appartenez, et me devez obéissance. Soyez sans inquiétude, mon règne sera
doux, et je travaillerai même à le faire promptement finir. J'emmène Martha, je vous quitte
pour un mois environ, et pour m'occuper de vous,
car, dit-elle en le baisant au front, vous êtes mon
enfant. Demain, Félicie conduira donc la maison.
La pauvre enfant n'a que dix-sept ans, elle ne
saurait pas vous résister; soyez généreux, ne lui
demandez pas un sou, car elle n'aura que ce qu'il
lui faut strictement pour les dépenses de la
maison. Ayez du courage, renoncez pendant deux
ou trois années à vos travaux et à vos pensées. Le
problème mûrira, je vous aurai amassé l'argent
nécessaire pour le résoudre et vous le résoudrez.
Eh bien! votre reine n'est-elle pas clémente,
dites?

— Tout n'est donc pas perdu, dit le vieillard.

— Non, si vous êtes fidèle à votre parole.

— Je vous obéirai, ma fille, répondit Claës
avec une émotion profonde.

Le lendemain, monsieur Conyncks de Cambrai
vint chercher sa petite-nièce. Il était en voiture
de voyage, et ne voulut rester chez son cousin
que le temps nécessaire à Marguerite et à Martha
pour faire leurs apprêts. Monsieur Claës reçut son
cousin avec affabilité, mais il était visiblement
triste et humilié. Le vieux Conyncks devina les

pensées de Balthazar, et, en déjeunant, il lui dit
avec une grosse franchise : — J'ai quelques-uns
de vos tableaux, cousin, j'ai le goût des beaux
tableaux, c'est une passion ruineuse; mais, nous
avons tous notre folie...

— Cher oncle! dit Marguerite.

— Vous passez pour être ruiné, cousin, mais
un Claës a toujours des trésors là, dit-il en se
frappant le front. Et là, n'est-ce pas? ajouta-t-il
en montrant son cœur. Aussi compté-je sur vous!
J'ai trouvé dans mon escarcelle quelques écus
que j'ai mis à votre service.

— Ah! s'écria Balthazar, je vous rendrai des
trésors...

— Les seuls trésors que nous possédions en
Flandre, cousin, c'est la patience et le travail,
répondit sévèrement Conyncks. Notre ancien a
ces deux mots gravés sur le front, dit-il en lui
montrant le portrait du président Van Claës.

Marguerite embrassa son père, lui dit adieu, fit
ses recommandations à Josette, à Félicie, et
partit en poste pour Paris. Le grand-oncle
devenu veuf n'avait qu'une fille de douze ans et
possédait une immense fortune, il n'était donc
pas impossible qu'il voulût se marier; aussi les
habitants de Douai crurent-ils que mademoiselle
Claës épousait son grand-oncle. Le bruit de ce
riche mariage ramena Pierquin le notaire chez les
Claës. Il s'était fait de grands changements dans
les idées de cet excellent calculateur. Depuis deux
ans, la société de la ville s'était divisée en deux
camps ennemis. La noblesse avait formé un

premier cercle, et la bourgeoisie un second, naturellement fort hostile au premier. Cette séparation subite qui eut lieu dans toute la France et la partagea en deux nations ennemies, dont les irritations jalouses allèrent en croissant, fut une des principales raisons qui firent adopter la révolution de juillet 1830 en province. Entre ces deux sociétés, dont l'une était ultra-monarchique et l'autre ultra-libérale, se trouvaient les fonctionnaires admis, suivant leur importance, dans l'un et dans l'autre monde, et qui, au moment de la chute du pouvoir légitime, furent neutres. Au commencement de la lutte entre la noblesse et la bourgeoisie, les cafés royalistes contractèrent une splendeur inouïe, et rivalisèrent si brillamment avec les cafés libéraux que ces sortes de fêtes gastronomiques coûtèrent, dit-on, la vie à plusieurs personnages qui, semblables à des mortiers mal fondus, ne purent résister à ces exercices. Naturellement, les deux sociétés devinrent exclusives et s'épurèrent. Quoique fort riche pour un homme de province, Pierquin fut exclu des cercles aristocratiques, et refoulé dans ceux de la bourgeoisie. Son amour-propre eut beaucoup à souffrir des échecs successifs qu'il reçut en se voyant insensiblement éconduit par les gens avec lesquels il frayait naguère. Il atteignait l'âge de quarante ans, seule époque de la vie où les hommes qui se destinent au mariage puissent encore épouser des personnes jeunes. Les partis auxquels il pouvait prétendre appartenaient à la bourgeoisie, et son ambition tendait à rester dans

le haut monde, où devait l'introduire une belle
alliance. L'isolement dans lequel vivait la famille
Claës l'avait rendue étrangère à ce mouvement
social. Quoique Claës appartînt à la vieille aristo-
cratie de la province, il était vraisemblable que
ses préoccupations l'empêchaient d'obéir aux
antipathies créées par ce nouveau classement de
personnes. Quelque pauvre qu'elle pût être, une
demoiselle Claës apportait à son mari cette
fortune de vanité que souhaitent tous les parvenus. Pierquin revint donc chez les Claës avec une
secrète intention de faire les sacrifices nécessaires
pour arriver à la conclusion d'un mariage qui
réalisait désormais toutes ses ambitions. Il tint
compagnie à Balthazar et à Félicie pendant
l'absence de Marguerite, mais il reconnut tardivement un concurrent redoutable dans Emmanuel
de Solis. La succession du défunt abbé passait
pour être considérable; et, aux yeux d'un homme
qui chiffrait naïvement toutes les choses de la
vie, le jeune héritier paraissait plus puissant par
son argent que par les séductions du cœur dont
ne s'inquiétait jamais Pierquin. Cette fortune
rendait au nom de Solis toute sa valeur. L'or et la
noblesse étaient comme deux lustres qui, s'éclai-
rant l'un par l'autre, redoublaient d'éclat. L'affection sincère que le jeune proviseur témoignait
à Félicie, qu'il traitait comme une sœur, excita
l'émulation du notaire. Il essaya d'éclipser
Emmanuel en mêlant le jargon à la mode et les
expressions d'une galanterie superficielle aux airs
rêveurs, aux élégies soucieuses qui allaient si bien

à sa physionomie. En se disant désenchanté de tout au monde, il tournait les yeux vers Félicie de manière à lui faire croire qu'elle seule pourrait le réconcilier avec la vie. Félicie, à qui pour la première fois un homme adressait des compliments, écouta ce langage toujours si doux, même quand il est mensonger; elle prit le vide pour de la profondeur, et, dans le besoin qui l'oppressait de fixer les sentiments vagues dont surabondait son cœur, elle s'occupa de son cousin. Jalouse, à son insu peut-être, des attentions amoureuses qu'Emmanuel prodiguait à sa sœur, elle voulait sans doute se voir, comme elle, l'objet des regards, des pensées et des soins d'un homme. Pierquin démêla facilement la préférence que Félicie lui accordait sur Emmanuel, et ce fut pour lui une raison de persister dans ses efforts, en sorte qu'il s'engagea plus qu'il ne le voulait. Emmanuel surveilla les commencements de cette passion fausse peut-être chez le notaire, naïve chez Félicie dont l'avenir était en jeu. Il s'ensuivit, entre la cousine et le cousin, quelques causeries douces, quelques mots dits à voix basse en arrière d'Emmanuel, enfin de ces petites tromperies qui donnent à un regard, à une parole une expression dont la douceur insidieuse peut causer d'innocentes erreurs. A la faveur du commerce que Pierquin entretenait avec Félicie, il essaya de pénétrer le secret du voyage entrepris par Marguerite, afin de savoir s'il s'agissait de mariage et s'il devait renoncer à ses espérances; mais, malgré sa grosse finesse, ni Balthazar ni

Félicie ne purent lui donner aucune lumière, par la raison qu'ils ne savaient rien des projets de Marguerite qui, en prenant le pouvoir, semblait en avoir suivi les maximes en taisant ses projets. La morne tristesse de Balthazar et son affaissement rendaient les soirées difficiles à passer. Quoique Emmanuel eût réussi à faire jouer le chimiste au trictrac, Balthazar y était distrait; et la plupart du temps cet homme, si grand par son intelligence, semblait stupide. Déchu de ses espérances, humilié d'avoir dévoré trois fortunes, joueur sans argent, il pliait sous le poids de ses ruines, sous le fardeau de ses espérances moins détruites que trompées. Cet homme de génie, muselé par la nécessité, se condamnant lui-même, offrait un spectacle vraiment tragique qui eût touché l'homme le plus insensible. Pierquin lui-même ne contemplait pas sans un sentiment de respect ce lion en cage, dont les yeux pleins d'une puissance refoulée étaient devenus calmes à force de tristesse, ternes à force de lumière; dont les regards demandaient une aumône que la bouche n'osait proférer. Parfois un éclair passait sur cette face desséchée qui se ranimait par la conception d'une nouvelle expérience; puis, si, en contemplant le parloir, les yeux de Balthazar s'arrêtaient à la place où sa femme avait expiré, de légers pleurs roulaient comme d'ardents grains de sable dans le désert de ses prunelles que la pensée faisait immenses, et sa tête retombait sur sa poitrine. Il avait soulevé le monde comme un Titan, et le monde revenait plus pesant sur sa

poitrine. Cette gigantesque douleur, si virilement
contenue, agissait sur Pierquin et sur Emmanuel
qui, parfois, se sentaient assez émus pour vouloir
offrir à cet homme la somme nécessaire à quelque
série d'expériences; tant sont communicatives les
convictions du génie! Tous deux concevaient
comment madame Claës et Marguerite avaient pu
jeter des millions dans ce gouffre; mais la raison
arrêtait promptement les élans du cœur; et leurs
émotions se traduisaient par des consolations qui
aigrissaient encore les peines de ce Titan foudroyé. Claës ne parlait point de sa fille aînée, et
ne s'inquiétait ni de son absence, ni du silence
qu'elle gardait en n'écrivant ni à lui, ni à Félicie.
Quand Solis et Pierquin lui en demandaient des
nouvelles, il paraissait affecté désagréablement.
Pressentait-il que Marguerite agissait contre lui?
Se trouvait-il humilié d'avoir résigné les droits
majestueux de la paternité à son enfant? En
était-il venu à moins l'aimer parce qu'elle allait
être le père, et lui l'enfant? Peut-être y avait-il
beaucoup de ces raisons et beaucoup de ces
sentiments inexprimables qui passent comme des
nuages en l'âme, dans la disgrâce muette qu'il
faisait peser sur Marguerite. Quelque grands que
puissent être les grands hommes connus ou
inconnus, heureux ou malheureux dans leurs
tentatives, ils ont des petitesses par lesquelles ils
tiennent à l'humanité. Par un double malheur, ils
ne souffrent pas moins de leurs qualités que de
leurs défauts; et peut-être Balthazar avait-il à se
familiariser avec les douleurs de ses vanités

blessées. La vie qu'il menait et les soirées
pendant lesquelles ces quatre personnes se trouvèrent réunies en l'absence de Marguerite furent
donc une vie et des soirées empreintes de
tristesse, remplies d'appréhensions vagues. Ce fut
des jours infertiles comme des landes desséchées,
où néanmoins ils glanaient quelques fleurs, rares
consolations. L'atmosphère leur semblait bru-
meuse en l'absence de la fille aînée, devenue
l'âme, l'espoir et la force de cette famille. Deux
mois se passèrent ainsi, pendant lesquels Balthazar attendit patiemment sa fille. Marguerite fut
ramenée à Douai par son oncle, qui resta au logis
au lieu de retourner à Cambrai, sans doute pour y
appuyer de son autorité quelque coup d'état
médité par sa nièce. Ce fut une petite fête de
famille que le retour de Marguerite. Le notaire et
monsieur de Solis avaient été invités à dîner par
Félicie et par Balthazar. Quand la voiture de
voyage s'arrêta devant la porte de la maison, ces
quatre personnes vinrent y recevoir les voyageurs
avec de grandes démonstrations de joie. Marguerite parut heureuse de revoir les foyers paternels,
ses yeux s'emplirent de larmes quand elle tra-
versa la cour pour arriver au parloir. En embrassant son père, ses caresses de jeune fille ne furent
pas néanmoins sans arrière-pensée, elle rougissait
comme une épouse coupable qui ne sait pas
feindre; mais ses regards reprirent leur pureté
quand elle regarda monsieur de Solis, en qui elle
semblait puiser la force d'achever l'entreprise
qu'elle avait secrètement formée. Pendant le

dîner, malgré l'allégresse qui animait les physio-
nomies et les paroles, le père et la fille s'exami-
nèrent avec défiance et curiosité. Balthazar ne fit
à Marguerite aucune question sur son séjour à
Paris, sans doute par dignité paternelle. Emmanuel de Solis imita cette réserve. Mais Pierquin,
qui était habitué à connaître tous les secrets de
famille, dit à Marguerite en couvrant sa curiosité
sous une fausse bonhomie : — Eh! bien, chère
cousine, vous avez vu Paris, les spectacles...

— Je n'ai rien vu à Paris, répondit-elle, je n'y
suis pas allée pour me divertir. Les jours s'y sont
tristement écoulés pour moi, j'étais trop impa-
tiente de revoir Douai.

— Si je ne m'étais pas fâché, elle ne serait pas
venue à l'Opéra, où d'ailleurs elle s'est ennuyée!
dit monsieur Conyncks.

La soirée fut pénible, chacun était gêné,
souriait mal ou s'efforçait de témoigner cette
gaieté de commande sous laquelle se cachent de
réelles anxiétés. Marguerite et Balthazar étaient
en proie à de sourdes et cruelles appréhensions
qui réagissaient sur les cœurs. Plus la soirée
s'avançait, plus la contenance du père et de la
fille s'altérait. Parfois Marguerite essayait de
sourire, mais ses gestes, ses regards, le son de sa
voix trahissaient une vive inquiétude. Messieurs
Conyncks et de Solis semblaient connaître la
cause des secrets mouvements qui agitaient cette
noble fille, et paraissaient l'encourager par des
œillades expressives. Blessé d'avoir été mis en
dehors d'une résolution et de démarches accom-

plies pour lui, Balthazar se séparait insensiblement de ses enfants et de ses amis, en affectant
de garder le silence. Marguerite allait sans doute
lui découvrir ce qu'elle avait décidé de lui. Pour
un homme grand, pour un père, cette situation
était intolérable. Parvenu à un âge où l'on ne
dissimule rien au milieu de ses enfants, où
l'étendue des idées donne de la force aux sentiments, il devenait donc de plus en plus grave,
songeur et chagrin, en voyant s'approcher le
moment de sa mort civile. Cette soirée renfermait
une de ces crises de la vie intérieure qui ne
peuvent s'expliquer que par des images. Les
nuages et la foudre s'amoncelaient au ciel, l'on
riait dans la campagne; chacun avait chaud,
sentait l'orage, levait la tête et continuait sa
route. Monsieur Conyncks, le premier, alla se
coucher et fut conduit à sa chambre par Balthazar. Pendant son absence, Pierquin et monsieur
de Solis s'en allèrent. Marguerite fit un adieu
plein d'affection au notaire, elle ne dit rien à
Emmanuel, mais elle lui pressa la main en lui
jetant un regard humide. Elle renvoya Félicie, et
quand Claës revint au parloir, il y trouva sa fille
seule.

— Mon bon père, lui dit-elle d'une voix
tremblante, il a fallu les circonstances graves
où nous sommes pour me faire quitter la
maison; mais, après bien des angoisses et après
avoir surmonté des difficultés inouïes, j'y reviens
avec quelques chances de salut pour nous tous.
Grâce à votre nom, à l'influence de notre oncle et

aux protections de monsieur de Solis, nous avons obtenu, pour vous, une place de receveur des finances en Bretagne; elle vaut, dit-on, dix-huit à vingt mille francs par an. Notre oncle a fait le cautionnement. — Voici votre nomination, dit-elle en tirant une lettre de son sac. Votre séjour ici, pendant nos années de privations et de sacrifices, serait intolérable. Notre père doit rester dans une situation au moins égale à celle où il a toujours vécu. Je ne vous demanderai rien sur vos revenus, vous les emploierez comme bon vous semblera. Je vous supplie seulement de songer que nous n'avons pas un sou de rente, et que nous vivrons tous avec ce que Gabriel [65] nous donnera sur ses revenus. La ville ne saura rien de cette vie claustrale. Si vous étiez chez vous, vous seriez un obstacle aux moyens que nous emploierons, ma sœur et moi, pour tâcher d'y rétablir l'aisance. Est-ce abuser de l'autorité que vous m'avez donnée que de vous mettre dans une position à refaire vous-même votre fortune? dans quelques années, si vous le voulez, vous serez Receveur-général.

— Ainsi, Marguerite, dit doucement Balthazar, tu me chasses de ma maison.

— Je ne mérite pas un reproche si dur, répondit la fille en comprimant les mouvements tumultueux de son cœur. Vous reviendrez parmi nous lorsque vous pourrez habiter votre ville natale comme il vous convient d'y paraître. D'ailleurs, mon père, n'ai-je point votre parole? reprit-elle froidement. Vous devez m'obéir. Mon oncle est resté pour vous emmener en Bretagne, afin que vous ne fissiez pas seul le voyage.

— Je n'irai pas, s'écria Balthazar en se levant, je n'ai besoin du secours de personne pour rétablir ma fortune et payer ce que je dois à mes enfants.

— Ce sera mieux, reprit Marguerite sans s'émouvoir. Je vous prierai de réfléchir à notre situation respective que je vais vous expliquer en peu de mots. Si vous restez dans cette maison, vos enfants en sortiront, afin de vous en laisser le maître.

— Marguerite! cria Balthazar.

— Puis, dit-elle en continuant sans vouloir remarquer l'irritation de son père, il faut instruire le ministre de votre refus, si vous n'acceptez pas une place lucrative et honorable que, malgré nos démarches et nos protections, nous n'aurions pas eue sans quelques billets de mille francs adroitement mis par mon oncle dans le gant d'une dame...

— Me quitter!

— Ou vous nous quitterez ou nous vous fuirons, dit-elle. Si j'étais votre seule enfant, j'imiterais ma mère, sans murmurer contre le sort que vous me feriez. Mais ma sœur et mes deux frères ne périront pas de faim ou de désespoir auprès de vous; je l'ai promis à celle qui mourut là, dit-elle en montrant la place du lit de sa mère. Nous vous avons caché nos douleurs, nous avons souffert en silence, aujourd'hui nos forces se sont usées. Nous ne sommes pas au bord d'un abîme, nous sommes au fond, mon père! Pour nous en tirer, il ne nous faut pas seulement du courage, il faut encore que nos efforts ne soient pas incessamment déjoués par les caprices d'une passion...

— Mes chers enfants! s'écria Balthazar, en saisissant la main de Marguerite, je vous aiderai, je travaillerai, je...

— En voici les moyens, répondit-elle en lui tendant la lettre ministérielle.

— Mais, mon ange, le moyen que tu m'offres pour refaire ma fortune est trop lent! Tu me fais perdre le fruit de dix années de travaux, et les sommes énormes que représente mon laboratoire. Là, dit-il en indiquant le grenier, sont toutes nos ressources.

Marguerite marcha vers la porte en disant : — Mon père, vous choisirez!

— Ah! ma fille, vous êtes bien dure! répondit-il en s'asseyant dans un fauteuil et la laissant partir.

Le lendemain matin, Marguerite apprit par Lemulquinier que monsieur Claës était sorti. Cette simple annonce la fit pâlir, et sa contenance fut si cruellement significative, que le vieux valet lui dit : — Soyez tranquille, mademoiselle, monsieur a dit qu'il serait revenu à onze heures pour déjeuner. Il ne s'est pas couché. A deux heures du matin, il était encore debout dans le parloir, à regarder par les fenêtres les toits du laboratoire. J'attendais dans la cuisine, je le voyais, il pleurait, il a du chagrin. Voici ce fameux mois de

juillet pendant lequel le soleil est capable de nous
enrichir tous, et si vous vouliez...

— Assez! dit Marguerite en devinant toutes
les pensées qui avaient dû assaillir son père.

Il s'était en effet accompli chez Balthazar ce
phénomène qui s'empare de toutes les personnes
sédentaires, sa vie dépendait pour ainsi dire des
lieux avec lesquels il s'était identifié, sa pensée
mariée à son laboratoire et à sa maison les lui
rendait indispensables, comme l'est la Bourse au
joueur pour qui les jours fériés sont des jours
perdus. Là étaient ses espérances, là descendait
du ciel la seule atmosphère où ses poumons
pouvaient puiser l'air vital. Cette alliance des
lieux et des choses entre les hommes, si puissante
chez les natures faibles, devient presque tyrannique chez les gens de science et d'étude. Quitter
sa maison, c'était, pour Balthazar, renoncer à la
science, à son problème, c'était mourir. Marguerite fut en proie à une extrême agitation jusqu'au
moment du déjeuner. La scène qui avait porté
Balthazar à vouloir se tuer lui était revenue à la
mémoire, et elle craignit de voir se dénouer
tragiquement la situation désespérée où se trouvait son père. Elle allait et venait dans le parloir,
en tressaillant chaque fois que la sonnette de la
porte retentissait. Enfin, Balthazar revint. Pendant qu'il traversait la cour, Marguerite, qui
étudia sa figure avec inquiétude, n'y vit que
l'expression d'une douleur orageuse. Quand il
entra dans le parloir, elle s'avança vers lui pour
lui souhaiter le bonjour; il la saisit affectueuse-

ment par la taille, l'appuya sur son cœur, la baisa
au front et lui dit à l'oreille : — Je suis allé
demander mon passeport. Le son de la voix, le
regard résigné, le mouvement de son père, tout
écrasa le cœur de la pauvre fille qui détourna la
tête pour ne point laisser voir ses larmes; mais ne
pouvant les réprimer, elle alla dans le jardin, et
revint après y avoir pleuré à son aise. Pendant le
déjeuner, Balthazar se montra gai comme un
homme qui avait pris son parti.

— Nous allons donc partir pour la Bretagne,
mon oncle, dit-il à monsieur Conyncks. J'ai
toujours eu le désir de voir ce pays-là.

— On y vit à bon marché, répondit le vieil
oncle.

— Mon père nous quitte? s'écria Félicie.

Monsieur de Solis entra, il amenait Jean.

— Vous nous le laisserez aujourd'hui, dit
Balthazar en mettant son fils près de lui, je pars
demain, et je veux lui dire adieu.

Emmanuel regarda Marguerite qui baissa la
tête. Ce fut une journée morne, pendant laquelle
chacun fut triste, et réprima des pensées ou des
pleurs. Ce n'était pas une absence, mais un exil.
Puis tous sentaient instinctivement ce qu'il y
avait d'humiliant pour un père à déclarer ainsi
publiquement ses désastres en acceptant une
place et en quittant sa famille à l'âge de
Balthazar. Lui seul fut aussi grand que Marguerite était ferme, et parut accepter noblement
cette pénitence des fautes que l'emportement du
génie lui avait fait commettre. Quand la soirée

fut passée et que le père et la fille furent seuls,
Balthazar, qui, pendant toute la journée, s'était
montré tendre et affectueux, comme il l'était
durant les beaux jours de sa vie patriarcale,
tendit la main à Marguerite, et lui dit avec une
sorte de tendresse mêlée de désespoir : — Es-tu
contente de ton père?

— Vous êtes digne de celui-là, répondit Marguerite en lui montrant le portrait de Van Claës.

Le lendemain matin, Balthazar suivi de
Lemulquinier monta dans son laboratoire comme
pour faire ses adieux aux espérances qu'il avait
caressées et que ses opérations commencées lui
représentaient vivantes. Le maître et le valet se
jetèrent un regard plein de mélancolie en entrant
dans le grenier qu'ils allaient quitter peut-être
pour toujours. Balthazar contempla ces machines
sur lesquelles sa pensée avait si longtemps plané,
et dont chacune était liée au souvenir d'une
recherche ou d'une expérience. Il ordonna d'un
air triste à Lemulquinier de faire évaporer des
gaz ou des acides dangereux, de séparer des
substances qui auraient pu produire des explosions. Tout en prenant ces soins, il proférait des
regrets amers, comme en exprime un condamné à
mort, avant d'aller à l'échafaud.

— Voici pourtant, dit-il en s'arrêtant devant
une capsule dans laquelle plongeaient les deux
fils d'une pile de Volta, une expérience dont le
résultat devrait être attendu. Si elle réussissait,
affreuse pensée! mes enfants ne chasseraient pas
de sa maison un père qui jetterait des diamants à

leurs pieds. Voilà une combinaison de carbone et de soufre, ajouta-t-il en se parlant à lui-même, dans laquelle le carbone joue un rôle de corps électro-positif; la cristallisation doit commencer au pôle négatif; et, dans le cas de décomposition, le carbone s'y porterait cristallisé...

— Ah! ça se ferait comme ça, dit Lemulquinier en contemplant son maître avec admiration.

— Or, reprit Balthazar après une pause, la combinaison est soumise à l'influence de cette pile qui peut agir...

— Si monsieur veut, je vais en augmenter l'effet...

— Non, non, il faut la laisser telle qu'elle est. Le repos et le temps sont des conditions essentielles à la cristallisation...

— Parbleu, faut qu'elle prenne son temps, cette cristallisation, s'écria le valet de chambre.

— Si la température baisse, le sulfure de carbone se cristallisera, dit Balthazar en continuant d'exprimer par lambeaux les pensées indistinctes d'une méditation complète dans son entendement; mais si l'action de la pile opère dans certaines conditions que j'ignore... Il faudrait surveiller cela... il est possible... Mais à quoi pensé-je? il ne s'agit plus de chimie, mon ami, nous devons aller gérer une recette en Bretagne.

Claës sortit précipitamment, et descendit pour faire un dernier déjeuner de famille auquel assistèrent Pierquin et monsieur de Solis. Balthazar, pressé d'en finir avec son agonie scientifique, dit adieu à ses enfants et monta en voiture avec

son oncle, toute la famille l'accompagna sur le
seuil de la porte. Là, quand Marguerite eut
embrassé son père par une étreinte désespérée, à
laquelle il répondit en lui disant à l'oreille : —
« Tu es une bonne fille, et je ne t'en voudrai
jamais! », elle franchit la cour, se sauva dans le
parloir, s'agenouilla à la place où sa mère était
morte, et fit une ardente prière à Dieu pour lui
demander la force d'accomplir les rudes travaux
de sa nouvelle vie. Elle était déjà fortifiée par
une voix intérieure qui lui avait jeté dans le cœur
les applaudissements des anges et les remerciements de sa mère, quand sa sœur, son frère,
Emmanuel et Pierquin rentrèrent après avoir
regardé la calèche jusqu'à ce qu'ils ne la vissent
plus.

— Maintenant, mademoiselle, qu'allez-vous
faire? lui dit Pierquin.

— Sauver la maison, répondit-elle avec simplicité. Nous possédons près de treize cents arpents
à Waignies. Mon intention est de les faire
défricher, les partager en trois fermes, construire
les bâtiments nécessaires à leur exploitation, les
louer; et je crois qu'en quelques années, avec
beaucoup d'économie et de patience, chacun de
nous, dit-elle en montrant sa sœur et son frère,
aura une ferme de quatre cents et quelques
arpents qui pourra valoir, un jour, près de quinze
mille francs de rente. Mon frère Gabriel [66] gardera
pour sa part cette maison et ce qu'il possède sur
le Grand-Livre. Puis nous rendrons un jour à
notre père sa fortune dégagée de toute obligation

en consacrant nos revenus à l'acquittement de ses dettes.

— Mais, chère cousine, dit le notaire stupéfait de cette entente des affaires et de la froide raison de Marguerite, il vous faut plus de deux cent mille francs pour défricher vos terrains, bâtir vos fermes et acheter des bestiaux. Où prendrez-vous cette somme?

— Là commencent mes embarras, dit-elle en regardant alternativement le notaire et monsieur de Solis, je n'ose les demander à mon oncle qui a déjà fait le cautionnement de mon père!

— Vous avez des amis! s'écria Pierquin en voyant tout à coup que les demoiselles Claës *seraient encore des filles de plus de cinq cent mille francs.*

Emmanuel de Solis regarda Marguerite avec attendrissement; mais, malheureusement pour lui, Pierquin resta notaire au milieu de son enthousiasme et reprit ainsi : — Moi, je vous les offre, ces deux cent mille francs!

Emmanuel et Marguerite se consultèrent par un regard qui fut un trait de lumière pour Pierquin. Félicie rougit excessivement, tant elle était heureuse de trouver son cousin aussi généreux qu'elle le souhaitait. Elle regarda sa sœur qui, tout à coup, devina que pendant l'absence qu'elle avait faite, la pauvre fille s'était laissé prendre à quelques banales galanteries de Pierquin.

— Vous ne me paierez que cinq pour cent d'intérêt, dit-il. Vous me rembourserez quand

vous voudrez, et vous me donnerez une hypothèque sur vos terrains. Mais soyez tranquille,
vous n'aurez que les déboursés à payer pour tous
vos contrats, je vous trouverai de bons fermiers,
et ferai vos affaires gratuitement, afin de vous
aider en bon parent.

Emmanuel fit un signe à Marguerite pour
l'engager à refuser; mais elle était trop occupée à
étudier les changements qui nuançaient la
physionomie de sa sœur pour s'en apercevoir.
Après une pause, elle regarda le notaire d'un air
ironique et lui dit d'elle-même, à la grande joie de
monsieur de Solis : — Vous êtes un bien bon
parent, je n'attendais pas moins de vous; mais
l'intérêt à cinq pour cent retarderait trop notre
libération, j'attendrai la majorité de mon frère et
nous vendrons ses rentes.

Pierquin se mordit les lèvres, Emmanuel se mit
à sourire, doucement.

— Félicie, ma chère enfant, reconduis Jean au
collège, Martha t'accompagnera, dit Marguerite
en montrant son frère. — Jean, mon ange, sois
bien sage, ne déchire pas tes habits, nous ne
sommes pas assez riches pour te les renouveler
aussi souvent que nous le faisions! Allons, va,
mon petit, étudie bien.

Félicie sortit avec son frère.

— Mon cousin, dit Marguerite à Pierquin, et
vous, monsieur, dit-elle à monsieur de Solis, vous
êtes sans doute venus voir mon père pendant
mon absence, je vous remercie de ces preuves
d'amitié. Vous ne ferez sans doute pas moins

pour deux pauvres filles qui vont avoir besoin de
conseils. Entendons-nous à ce sujet?... Quand je
serai en ville, je vous recevrai toujours avec le
plus grand plaisir; mais quand Félicie sera seule
ici avec Josette et Martha, je n'ai pas besoin de
vous dire qu'elle ne doit voir personne, fût-ce un
vieil ami, et le plus dévoué de nos parents. Dans
les circonstances où nous nous trouvons, notre
conduite doit être d'une irréprochable sévérité.
Nous voici donc pour longtemps vouées au
travail et à la solitude.

Le silence régna pendant quelques instants.
Emmanuel, abîmé dans la contemplation de la
tête de Marguerite, semblait muet, Pierquin ne
savait que dire. Le notaire prit congé de sa
cousine, en éprouvant un mouvement de rage
contre lui-même : il avait deviné tout à coup que
Marguerite aimait Emmanuel, et qu'il venait de
se conduire en vrai sot.

— Ah! çà, Pierquin, mon ami, se dit-il en
s'apostrophant lui-même dans la rue, un homme
qui te dirait que tu es un grand animal aurait
raison. Suis-je bête? J'ai douze mille livres de
rente, en dehors de ma charge, sans compter la
succession de mon oncle Des Racquets, de qui je
suis le seul héritier, et qui me doublera ma
fortune un jour ou l'autre (enfin, je ne lui
souhaite pas de mourir, il est économe!)... et j'ai
l'infamie de demander des intérêts à mademoiselle Claës! Je suis sûr qu'à eux deux ils se
moquent maintenant de moi. Je ne dois plus
penser à Marguerite! Non. Après tout, Félicie est

une douce et bonne petite créature qui me
convient mieux. Marguerite a un caractère de fer,
elle voudrait me dominer, et elle me dominerait!
Allons, montrons-nous généreux, ne soyons pas
tant notaire, je ne peux donc pas secouer ce
harnais-là? Sac à papier, je vais me mettre à
aimer Félicie, et je ne bouge pas de ce sentiment-
là! Fourche [67]! elle aura une ferme de quatre
cent trente arpents, qui, dans un temps donné,
vaudra entre quinze et vingt mille livres de rente,
car les terrains de Waignies sont bons. Que mon
oncle Des Racquets meure, pauvre bonhomme! je
vends mon étude et je suis un homme de cin-
quan-te-mil-le-li-vres-de-ren-te. Ma femme est
une Claës, je suis allié à des maisons considérables. Diantre, nous verrons si les Courteville,
les Magalhens, les Savaron de Savarus refuseront
de venir chez un Pierquin-Claës-Molina-Nourho.
Je serai maire de Douai, j'aurai la croix, je puis
être député, j'arrive à tout. Ha çà! Pierquin, mon
garçon, tiens-toi là, ne faisons plus de sottises,
d'autant que, ma parole d'honneur, Félicie...
mademoiselle Félicie Van Claës, elle t'aime.

Quand les deux amants furent seuls, Emmanuel tendit une main à Marguerite qui ne put
s'empêcher d'y mettre sa main droite. Ils se
levèrent par un mouvement unanime en se
dirigeant vers leur banc dans le jardin; mais au
milieu du parloir, l'amant ne put résister à sa
joie, et d'une voix que l'émotion rendit tremblante, il dit à Marguerite : — J'ai trois cent
mille francs à vous!...

— Comment, s'écria-t-elle, ma pauvre mère vous aurait encore confié?... Non. Quoi?

— Oh! ma Marguerite, ce qui est à moi n'est-il pas à vous? N'est-ce pas vous qui la première avez dit *nous?*

— Cher Emmanuel, dit-elle en pressant la main qu'elle tenait toujours; et, au lieu d'aller au jardin, elle se jeta dans la bergère.

— N'est-ce pas à moi de vous remercier, dit-il avec sa voix d'amour, puisque vous acceptez?

— Ce moment, dit-elle, mon cher bien-aimé, efface bien des douleurs, et rapproche un heureux avenir! Oui, j'accepte ta fortune, reprit-elle en laissant errer sur ses lèvres un sourire d'ange, je sais le moyen de la faire mienne. Elle regarda le portrait de Van Claës comme pour avoir un témoin. Le jeune homme qui suivait les regards de Marguerite ne lui vit pas tirer de son doigt une bague de jeune fille, et ne s'aperçut de ce geste qu'au moment où il entendit ces paroles : — Au milieu de nos profondes misères, il surgit un bonheur. Mon père me laisse, par insouciance, la libre disposition de moi-même, dit-elle en tendant la bague, prends, Emmanuel? Ma mère te chérissait, elle t'aurait choisi.

Les larmes vinrent aux yeux d'Emmanuel, il pâlit, tomba sur ses genoux, et dit à Marguerite en lui donnant un anneau qu'il portait toujours : — Voilà l'alliance de ma mère! Ma Marguerite, reprit-il en baisant la bague, n'aurai-je donc d'autre gage que ceci!

Elle se baissa pour apporter son front aux lèvres d'Emmanuel.

— Hélas! mon pauvre aimé, ne faisons-nous pas là quelque chose de mal? dit-elle tout émue, car nous attendrons longtemps.

— Mon oncle disait que l'adoration était le pain quotidien de la patience, en parlant du chrétien qui aime Dieu. Je puis t'aimer ainsi, je t'ai, depuis longtemps, confondue avec le Seigneur de toutes choses : je suis à toi, comme je suis à lui.

Ils restèrent pendant quelques moments en proie à la plus douce exaltation. Ce fut la sincère et calme effusion d'un sentiment qui, semblable à une source trop pleine, débordait par de petites vagues incessantes. Les événements qui séparaient ces deux amants étaient un sujet de mélancolie qui rendit leur bonheur plus vif, en lui donnant quelque chose d'aigu comme la douleur; Félicie revint trop tôt pour eux. Emmanuel, éclairé par le tact délicieux qui fait tout deviner en amour, laissa les deux sœurs seules, après avoir échangé avec Marguerite un regard où elle put voir tout ce que lui coûtait cette discrétion, car il y exprima combien il était avide de ce bonheur désiré si longtemps, et qui venait d'être consacré par les fiançailles du cœur.

— Viens ici, petite sœur, dit Marguerite en prenant Félicie par le cou. Puis, la ramenant dans le jardin, elles allèrent s'asseoir sur le banc auquel chaque génération avait confié ses paroles d'amour, ses soupirs de douleur, ses méditations

et ses projets. Malgré le ton joyeux et l'aimable
finesse du sourire de sa sœur, Félicie éprouvait
une émotion qui ressemblait à un mouvement de
peur, Marguerite lui prit la main et la sentit
trembler.

— Mademoiselle Félicie, dit l'aînée en s'appro-
chant de l'oreille de sa sœur, je lis dans votre
âme. Pierquin est venu souvent pendant mon
absence, il est venu tous les soirs, il vous a dit de
douces paroles, et vous les avez écoutées. Félicie
rougit. — Ne t'en défends pas, mon ange, reprit
Marguerite, il est si naturel d'aimer! Peut-être ta
chère âme changera-t-elle un peu la nature du
cousin, il est égoïste, intéressé, mais c'est un
honnête homme; et sans doute ses défauts
serviront à ton bonheur. Il t'aimera comme la
plus jolie de ses propriétés, tu feras partie de ses
affaires. Pardonne-moi ce mot, chère amie? Tu le
corrigeras des mauvaises habitudes qu'il a prises
de ne voir partout que des intérêts, en lui
apprenant les affaires du cœur. Félicie ne put
embrasser sa sœur. — D'ailleurs, reprit Marguerite, il a de la fortune. Sa famille est de la plus
haute et de la plus ancienne bourgeoisie. Mais
serait-ce donc moi qui m'opposerais à ton bonheur si tu veux le trouver dans une condition
médiocre?...

Félicie laissa échapper ces mots : — Chère
sœur!

— Oh! oui, tu peux te confier à moi, s'écria
Marguerite. Quoi de plus naturel que de nous dire
nos secrets.

Ce mot plein d'âme détermina l'une de ces causeries délicieuses où les jeunes filles se disent tout. Quand Marguerite, que l'amour avait faite experte, eut reconnu l'état du cœur de Félicie, elle finit en lui disant : — Hé bien, ma chère enfant, assurons-nous que le cousin t'aime véritablement ; et... alors...

— Laisse-moi faire, répondit Félicie en riant, j'ai mes modèles.

— Folle ! dit Marguerite en la baisant au front.

Quoique Pierquin appartînt à cette classe d'hommes qui dans le mariage voient des obligations, l'exécution des lois sociales et un mode pour la transmission des propriétés ; qu'il lui fût indifférent d'épouser ou Félicie ou Marguerite, si l'une ou l'autre avaient le même nom et la même dot ; il s'aperçut néanmoins que toutes deux étaient, suivant une de ses expressions, des *filles romanesques et sentimentales*, deux adjectifs que les gens sans cœur emploient pour se moquer des dons que la nature sème d'une main parcimonieuse à travers les sillons de l'humanité ; le notaire se dit sans doute qu'il fallait hurler avec les loups ; et, le lendemain, il vint voir Marguerite, il l'emmena mystérieusement dans le petit jardin, et se mit à parler sentiment, puisque c'était une des clauses du contrat primitif qui devait précéder, dans les lois du monde, le contrat notarié.

— Chère cousine, lui dit-il, nous n'avons pas toujours été du même avis sur les moyens à prendre pour arriver à la conclusion heureuse de vos affaires; mais vous devez reconnaître aujourd'hui que j'ai toujours été guidé par un grand désir de vous être utile. Hé! bien, hier j'ai gâté mes offres par une fatale habitude que nous donne *l'esprit notaire,* comprenez-vous?... Mon cœur n'était pas complice de ma sottise. Je vous ai bien aimée; mais nous avons une certaine perspicacité, nous autres, et je me suis aperçu que je ne vous plaisais pas. C'est ma faute! Un autre a été plus adroit que moi. Hé bien! je viens vous avouer tout *bonifacement* [68] que j'éprouve un amour réel pour votre sœur Félicie. Traitez-moi donc comme un frère? Puisez dans ma bourse, prenez à même! Allez, plus vous prendrez, plus vous me prouverez d'amitié. Je suis tout à vous, *sans intérêt,* entendez-vous? Ni à douze, ni à un quart pour cent. Que je sois trouvé digne de Félicie et je serai content. Pardonnez-moi mes défauts, ils ne viennent que de la pratique des affaires, le cœur est bon, et je me jetterais dans la Scarpe plutôt que de ne pas rendre ma femme heureuse.

— Voilà qui est bien, cousin! dit Marguerite, mais ma sœur dépend d'elle et de notre père...

— Je sais cela, ma chère cousine, dit le notaire, mais vous êtes la mère de toute la famille, et je n'ai rien plus *à cœur* que de vous rendre juge du *mien.*

Cette façon de parler peint assez bien l'esprit de l'honnête notaire. Plus tard, Pierquin devint célèbre par sa réponse au commandant du camp de Saint-Omer qui l'avait prié d'assister à une fête militaire, et qui fut ainsi conçue : *Monsieur*

Pierquin-Claës de Molina-Nourho, maire de la ville de Douai, chevalier de la Légion d'Honneur, aura celui [69] *de se rendre, etc.*

Marguerite accepta l'assistance du notaire, mais seulement dans tout ce qui concernait sa profession, afin de ne compromettre en rien ni sa dignité de femme, ni l'avenir de sa sœur, ni les déterminations de son père. Ce jour même elle confia sa sœur à la garde de Josette et de Martha, qui se vouèrent corps et âme à leur jeune maîtresse, en en secondant les plans d'économie. Marguerite partit aussitôt pour Waignies où elle commença ses opérations qui furent savamment dirigées par Pierquin. Le dévouement s'était chiffré dans l'esprit du notaire comme une excellente spéculation, ses soins, ses peines furent alors en quelque sorte une mise de fonds qu'il ne voulut point épargner. D'abord, il tenta d'éviter à Marguerite la peine de faire défricher et de labourer les terres destinées aux fermes. Il avisa trois jeunes fils de fermiers riches qui désiraient s'établir, il les séduisit par la perspective que leur offrait la richesse de ces terrains, et réussit à leur faire prendre à bail les trois fermes qui allaient être construites. Moyennant l'abandon du prix de la ferme pendant trois ans, les fermiers s'engagèrent à en donner dix mille francs de loyer à la quatrième année, douze mille à la sixième, et quinze mille pendant le reste du bail; à creuser les fossés, faire les plantations et acheter les bestiaux. Pendant que les fermes se bâtirent, les fermiers vinrent défricher leurs terres. Quatre ans

après le départ de Balthazar, Marguerite avait
déjà presque rétabli la fortune de son frère et de
sa sœur. Deux cent mille francs suffirent à payer
toutes les constructions. Ni les secours, ni les
conseils ne manquèrent à cette courageuse fille
dont la conduite excitait l'admiration de la ville.
Marguerite surveilla ses bâtisses, l'exécution de
ses marchés et de ses baux avec ce bon sens, cette
activité, cette constance que savent déployer les
femmes quand elles sont animées par un grand
sentiment. Dès la cinquième année, elle put
consacrer trente mille francs de revenu que
donnèrent les fermes, les rentes de son frère et le
produit des biens paternels, à l'acquittement des
capitaux hypothéqués, et à la réparation des
dommages que la passion de Balthazar avait faits
dans sa maison. L'amortissement devait donc
aller rapidement par la décroissance des intérêts.
Emmanuel de Solis offrit d'ailleurs à Marguerite
les cent mille francs qui lui restaient sur la
succession de son oncle, et qu'elle n'avait pas
employés, en y joignant une vingtaine de mille
francs de ses économies, en sorte que, dès la
troisième année de sa gestion, elle put acquitter
une assez forte somme de dettes. Cette vie de
courage, de privations et de dévouement ne se
démentit point durant cinq années; mais tout fut
d'ailleurs succès et réussite, sous l'administration
et l'influence de Marguerite.

Devenu ingénieur des ponts-et-chaussées,
Gabriel aidé par son grand-oncle fit une rapide
fortune dans l'entreprise d'un canal qu'il cons-

truisit [70], et sut plaire à sa cousine mademoiselle
Conyncks, que son père adorait et l'une des plus
riches héritières des deux Flandres. En 1824, les
biens de Claës se trouvèrent libres, et la maison
de la rue de Paris avait réparé ses pertes.
Pierquin demanda positivement la main de Félicie à Balthazar, de même que monsieur de Solis
sollicita celle de Marguerite.

Au commencement du mois de janvier 1825,
Marguerite et monsieur Conyncks partirent pour
aller chercher le père exilé de qui chacun désirait
vivement le retour, et qui donna sa démission
afin de rester au milieu de sa famille dont le
bonheur allait recevoir sa sanction. En l'absence
de Marguerite, qui souvent avait exprimé le
regret de ne pouvoir remplir les cadres vides de la
galerie et des appartements de réception, pour le
jour où son père reprendrait sa maison, Pierquin
et monsieur de Solis complotèrent avec Félicie de
préparer à Marguerite une surprise qui ferait
participer en quelque sorte la sœur cadette à la
restauration de la maison Claës. Tous deux
avaient acheté à Félicie plusieurs beaux tableaux
qu'ils lui offrirent pour décorer la galerie. Monsieur Conyncks avait eu la même idée. Voulant
témoigner à Marguerite la satisfaction que lui
causait sa noble conduite et son dévouement à
remplir le mandat que lui avait légué sa mère, il
avait pris des mesures pour qu'on apportât une
cinquantaine de ses plus belles toiles et quelques-
unes de celles que Balthazar avait jadis vendues,
en sorte que la galerie Claës fut entièrement

remeublée. Marguerite était déjà venue plusieurs
fois voir son père, accompagnée de sa sœur, ou de
Jean; chaque fois, elle l'avait trouvé progressive-
ment plus changé; mais depuis sa dernière visite,
la vieillesse s'était manifestée chez Balthazar par
d'effrayants symptômes à la gravité desquels
contribuait sans doute la parcimonie avec
laquelle il vivait afin de pouvoir employer la plus
grande partie de ses appointements à faire des
expériences qui trompaient toujours son espoir.
Quoiqu'il ne fût âgé que de soixante-cinq ans, il
avait l'apparence d'un octogénaire. Ses yeux
s'étaient profondément enfoncés dans leurs
orbites, ses sourcils avaient blanchi, quelques
cheveux lui garnissaient à peine la nuque; il
laissait croître sa barbe qu'il coupait avec des
ciseaux quand elle le gênait; il était courbé
comme un vieux vigneron; puis le désordre de ses
vêtements avait repris un caractère de misère que
la décrépitude rendait hideux. Quoiqu'une pensée
forte animât ce grand visage dont les traits ne se
voyaient plus sous les rides, la fixité du regard,
un air désespéré, une constante inquiétude y
gravaient les diagnostics de la démence, ou plutôt
de toutes les démences ensemble. Tantôt il y
apparaissait un espoir qui donnait à Balthazar
l'expression du monomane; tantôt l'impatience
de ne pas deviner un secret qui se présentait à lui
comme un feu follet y mettait les symptômes de
la fureur; puis tout à coup un rire éclatant
trahissait la folie, enfin la plupart du temps
l'abattement le plus complet résumait toutes les

nuances de sa passion par la froide mélancolie de
l'idiot. Quelque fugaces et imperceptibles que
fussent ces expressions pour des étrangers, elles
étaient malheureusement trop sensibles pour
ceux qui connaissaient un Claës sublime de
bonté, grand par le cœur, beau de visage et
duquel il n'existait que de rares vestiges. Vieilli,
lassé comme son maître par de constants travaux, Lemulquinier n'avait pas eu à subir comme
lui les fatigues de la pensée ; aussi sa physionomie
offrait-elle un singulier mélange d'inquiétude et
d'admiration pour son maître, auquel il était
facile de se méprendre : quoiqu'il écoutât sa
moindre parole avec respect, qu'il suivît ses
moindres mouvements avec une sorte de tendresse, il avait soin du savant comme une mère a
soin d'un enfant ; souvent il pouvait avoir l'air de
le protéger, parce qu'il le protégeait véritablement dans les vulgaires nécessités de la vie
auxquelles Balthazar ne pensait jamais. Ces deux
vieillards enveloppés par une idée, confiants dans
la réalité de leur espoir, agités par le même
souffle, l'un représentant l'enveloppe et l'autre
l'âme de leur existence commune, formaient un
spectacle à la fois horrible et attendrissant.
Lorsque Marguerite et monsieur Conyncks arrivèrent, ils trouvèrent Claës établi dans une
auberge, son successeur ne s'était pas fait
attendre et avait déjà pris possession de la place.

A travers les préoccupations de la science, un
désir de revoir sa patrie, sa maison, sa famille
agitait Balthazar ; la lettre de sa fille lui avait

annoncé des événements heureux; il songeait à
couronner sa carrière par une série d'expériences
qui devaient le mener enfin à la découverte de son
problème, il attendait donc Marguerite avec une
excessive impatience. La fille se jeta dans les bras
de son père en pleurant de joie. Cette fois, elle
venait chercher la récompense d'une vie douloureuse et le pardon de sa gloire domestique. Elle se
sentait criminelle à la manière des grands
hommes qui violent les libertés pour sauver la
patrie. Mais en contemplant son père, elle frémit
en reconnaissant les changements qui, depuis sa
dernière visite, s'étaient opérés en lui. Conyncks
partagea le secret effroi de sa nièce, et insista
pour emmener au plus tôt son cousin à Douai où
l'influence de la patrie pouvait le rendre à la
raison, à la santé, en le rendant à la vie heureuse
du foyer domestique. Après les premières effu-
sions de cœur qui furent plus vives de la part de
Balthazar que Marguerite ne le croyait, il eut
pour elle des attentions singulières; il témoigna le
regret de la recevoir dans une mauvaise chambre
d'auberge, il s'informa de ses goûts, il lui
demanda ce qu'elle voulait pour ses repas avec
les soins empressés d'un amant; il eut enfin les
manières d'un coupable qui veut s'assurer de son
juge. Marguerite connaissait si bien son père
qu'elle devina le motif de cette tendresse, en
supposant qu'il pouvait avoir en ville quelques
dettes desquelles il voulait s'acquitter avant son
départ. Elle observa pendant quelque temps son
père, et vit alors le cœur humain à nu. Balthazar

s'était rapetissé. Le sentiment de son abaissement, l'isolement dans lequel le mettait la
science, l'avait rendu timide et enfant dans
toutes les questions étrangères à ses occupations
favorites; sa fille aînée lui imposait, le souvenir
de son dévouement passé, de la force qu'elle avait
déployée, la conscience du pouvoir qu'il lui avait
laissé prendre, la fortune dont elle disposait et les
sentiments indéfinissables qui s'étaient emparés
de lui, depuis le jour où il avait abdiqué sa
paternité déjà compromise, la lui avaient sans
doute grandie de jour en jour. Conyncks semblait
n'être rien aux yeux de Balthazar, il ne voyait
que sa fille et ne pensait qu'à elle en paraissant la
redouter comme certains maris faibles redoutent
la femme supérieure qui les a subjugués; lorsqu'il
levait les yeux sur elle, Marguerite y surprenait
avec douleur une expression de crainte, semblable à celle d'un enfant qui se sent fautif. La
noble fille ne savait comment concilier la majestueuse et terrible expression de ce crâne dévasté
par la science et par les travaux, avec le sourire
puéril, avec la servilité naïve qui se peignaient
sur les lèvres et la physionomie de Balthazar.
Elle fut blessée du contraste que présentaient
cette grandeur et cette petitesse, et se promit
d'employer son influence à faire reconquérir à son
père toute sa dignité, pour le jour solennel où il
allait reparaître au sein de sa famille. D'abord,
elle saisit un moment où ils se trouvèrent seuls
pour lui dire à l'oreille : — Devez-vous quelque
chose ici?

Balthazar rougit et répondit d'un air embarrassé : — Je ne sais pas, mais Lemulquinier te le dira. Ce brave garçon est plus au fait de mes affaires que je ne le suis moi-même.

Marguerite sonna le valet de chambre, et quand il vint, elle étudia presque involontairement la physionomie des deux vieillards.

— Monsieur désire quelque chose? demanda Lemulquinier.

Marguerite, qui était tout orgueil et noblesse, eut un serrement de cœur, en s'apercevant au ton et au maintien du valet, qu'il s'était établi quelque familiarité mauvaise entre son père et le compagnon de ses travaux.

— Mon père ne peut donc pas faire sans vous le compte de ce qu'il doit ici? dit Marguerite.

— Monsieur, reprit Lemulquinier, doit...

A ces mots, Balthazar fit à son valet de chambre un signe d'intelligence que Marguerite surprit et qui l'humilia.

— Dites-moi tout ce que doit mon père, s'écria-t-elle.

— Ici, monsieur doit un millier d'écus à un apothicaire qui tient l'épicerie en gros, et qui nous a fourni des potasses caustiques, du plomb, du zinc, et des réactifs.

— Est-ce tout? dit Marguerite.

Balthazar réitéra un signe affirmatif à Lemulquinier qui, fasciné par son maître, répondit : — Oui, mademoiselle.

— Hé bien! reprit-elle, je vais vous les remettre.

Balthazar embrassa joyeusement sa fille en lui disant : — Tu es un ange pour moi, mon enfant.

Et il respira plus à l'aise, en la regardant d'un œil moins triste, mais, malgré cette joie, Marguerite aperçut facilement sur son visage les signes d'une profonde inquiétude, et jugea que ces mille écus constituaient seulement les dettes criardes du laboratoire.

— Soyez franc, mon père, dit-elle en se laissant asseoir sur ses genoux par lui, vous devez encore quelque chose? Avouez-moi tout, revenez dans votre maison sans conserver un principe de crainte au milieu de la joie générale.

— Ma chère Marguerite, dit-il en lui prenant les mains et les lui baisant avec une grâce qui semblait être un souvenir de sa jeunesse, tu me gronderas...

— Non, dit-elle.

— Vrai, répondit-il en laissant échapper un geste de joie enfantine, je puis donc tout te dire, tu paieras...

— Oui, dit-elle en réprimant des larmes qui lui venaient aux yeux.

— Hé bien! je dois... Oh! je n'ose pas...

— Mais dites donc, mon père!

— C'est considérable, reprit-il.

Elle joignit les mains par un mouvement de désespoir.

— Je dois trente mille francs à messieurs Protez et Chiffreville.

— Trente mille francs, dit-elle, sont mes économies, mais j'ai du plaisir à vous les offrir, ajouta-t-elle en lui baisant le front avec respect.

Il se leva, prit sa fille dans ses bras, et tourna tout autour de sa chambre en la faisant sauter comme un enfant; puis, il la remit sur le fauteuil où elle était, en s'écriant : — Ma chère enfant, tu es un trésor d'amour! Je ne vivais plus. Les Chiffreville m'ont écrit trois lettres menaçantes et voulaient me poursuivre, moi qui leur ai fait faire une fortune.

— Mon père, dit Marguerite avec un accent de désespoir, vous cherchez donc toujours?

— Toujours, dit-il avec un sourire de fou. Je trouverai, va!... Si tu savais où nous en sommes.

— Qui, nous?...

— Je parle de Mulquinier, il a fini par me comprendre, il m'aide bien. Pauvre garçon, il m'est si dévoué!

Conyncks interrompit la conversation en entrant, Marguerite fit signe à son père de se taire en craignant qu'il ne se déconsidérât aux yeux de leur oncle. Elle était épouvantée des ravages que la préoccupation [71] avait faits dans cette grande intelligence absorbée dans la recherche d'un problème peut-être insoluble. Balthazar, qui ne voyait sans doute rien au-delà de ses fourneaux, ne devinait même pas la libération de sa fortune. Le lendemain, ils partirent pour la Flandre. Le voyage fut assez long pour que Marguerite pût acquérir de confuses lumières sur la situation dans laquelle se trouvaient son père et Lemulquinier. Le valet avait-il sur le maître cet ascendant que savent prendre sur les plus

grands esprits les gens sans éducation qui se
sentent nécessaires, et qui, de concession en
concession, savent marcher vers la domination
avec la persistance que donne une idée fixe? Ou
bien le maître avait-il contracté pour son valet
cette espèce d'affection qui naît de l'habitude, et
semblable à celle qu'un ouvrier a pour son outil
créateur, que l'Arabe a pour son coursier libéra-
teur? Marguerite épia quelques faits pour se
décider, en se proposant de soustraire Balthazar
à un joug humiliant, s'il était réel. En passant à
Paris, elle y resta durant quelques jours pour y
acquitter les dettes de son père, et prier les fabricants de produits chimiques de ne rien envoyer à
Douai sans l'avoir prévenue à l'avance des demandes que leur ferait Claës. Elle obtint de son
père qu'il changeât de costume et reprît les habitudes de toilette convenables à un homme de son
rang. Cette restauration corporelle rendit à Balthazar une sorte de dignité physique qui fut de bon
augure pour un changement d'idées. Bientôt sa
fille, heureuse par avance de toutes les surprises
qui attendaient son père dans sa propre maison,
repartit pour Douai.

A trois lieues de cette ville, Balthazar trouva
sa fille Félicie à cheval, escortée par ses deux
frères, par Emmanuel, par Pierquin et par les
intimes amis des trois familles. Le voyage avait
nécessairement distrait le chimiste de ses pensées
habituelles, l'aspect de la Flandre avait agi sur
son cœur; aussi quand il aperçut le joyeux
cortège que lui formaient et sa famille et ses

amis, éprouva-t-il des émotions si vives que ses
yeux devinrent humides, sa voix trembla, ses
paupières rougirent, et il embrassa si passionné-
ment ses enfants sans pouvoir les quitter, que les
spectateurs de cette scène furent émus aux
larmes. Lorsqu'il revit sa maison, il pâlit, sauta
hors de la voiture de voyage avec l'agilité d'un
jeune homme, respira l'air de la cour avec délices,
et se mit à regarder les moindres détails avec un
plaisir qui débordait dans ses gestes; il se
redressa, et sa physionomie redevint jeune.
Quand il entra dans le parloir, il eut des pleurs
aux yeux en y voyant par l'exactitude avec
laquelle sa fille avait reproduit ses anciens
flambeaux d'argent vendus, que les désastres
devaient être entièrement réparés. Un déjeuner
splendide était servi dans la salle à manger, dont
les dressoirs avaient été remplis de curiosités et
d'argenterie d'une valeur au moins égale à celle
des pièces qui s'y trouvaient jadis. Quoique ce
repas de famille durât longtemps, il suffit à peine
aux récits que Balthazar exigeait de chacun de
ses enfants. La secousse imprimée à son moral
par ce retour lui fit épouser le bonheur de sa
famille, et il s'en montra bien le père. Ses
manières reprirent leur ancienne noblesse. Dans
le premier moment, il fut tout à la jouissance de
la possession, sans se demander compte des
moyens par lesquels il recouvrait tout ce qu'il
avait perdu. Sa joie fut donc entière et pleine. Le
déjeuner fini, les quatre enfants, le père et
Pierquin le notaire passèrent dans le parloir où

Balthazar ne vit pas sans inquiétude des papiers timbrés qu'un clerc avait apportés sur une table devant laquelle il se tenait, comme pour assister son patron. Les enfants s'assirent, et Balthazar étonné resta debout devant la cheminée.

— Ceci, dit Pierquin, est le compte de tutelle que rend monsieur Claës à ses enfants. Quoique ce ne soit pas très amusant, ajouta-t-il en riant à la façon des notaires qui prennent assez généralement un ton plaisant pour parler des affaires les plus sérieuses, il faut absolument que vous l'écoutiez.

Quoique les circonstances justifiassent cette phrase, monsieur Claës, à qui sa conscience rappelait le passé de sa vie, l'accepta comme un reproche et fronça les sourcils. Le clerc commença la lecture. L'étonnement de Balthazar alla croissant à mesure que cet acte se déroulait. Il y était établi d'abord que la fortune de sa femme montait, au moment du décès, à seize cent mille francs environ, et la conclusion de cette reddition de compte fournissait clairement à chacun de ses enfants une part entière, comme aurait pu la gérer un bon et soigneux père de famille. Il en résultait que la maison était libre de toute hypothèque, que Balthazar était chez lui, et que ses biens ruraux étaient également dégagés. Lorsque les divers actes furent signés, Pierquin présenta les quittances des sommes jadis empruntées et les mainlevées des inscriptions qui pesaient sur les propriétés. En ce moment, Balthazar, qui recouvrait à la fois l'honneur de l'homme, la vie du père, la considération du citoyen, tomba dans un fauteuil; il chercha Marguerite qui par une de ces sublimes délicatesses de femmes s'était absentée pendant cette lecture, afin de voir si toutes ses intentions avaient été bien remplies pour la fête. Chacun des membres de la famille comprit la pensée du vieillard au moment où ses yeux faiblement humides demandaient sa fille que tous voyaient en ce moment par les yeux de l'âme, comme un ange de force et de lumière. Jean [72] alla chercher Marguerite. En entendant le pas de sa fille, Balthazar courut la serrer dans ses bras.

— Mon père, lui dit-elle au pied de l'escalier où le vieillard la saisit pour l'étreindre, je vous en supplie, ne diminuez en rien votre sainte autorité. Remerciez-moi, devant toute la famille, d'avoir bien accompli vos intentions, et soyez ainsi le seul auteur du bien qui a pu se faire ici.

Balthazar leva les yeux au ciel, regarda sa fille, se croisa les bras, et dit après une pause pendant laquelle son visage reprit une expression que ses enfants ne lui avaient pas vue depuis dix ans : — Que n'es-tu là, Pépita, pour admirer notre enfant! Il serra Marguerite avec force, sans pouvoir prononcer une parole, et rentra. — Mes enfants, dit-il avec cette noblesse de maintien qui en faisait autrefois un des hommes les plus imposants, nous devons tous des remerciements et de la reconnaissance à ma fille Marguerite, pour la sagesse et le courage avec lesquels elle a rempli mes intentions, exécuté mes plans, lorsque, trop absorbé par mes travaux, je lui ai remis les rênes de notre administration domestique.

— Ah! maintenant, nous allons lire les contrats de mariage, dit Pierquin en regardant l'heure. Mais ces actes-là ne me regardent pas, attendu que la loi me défend d'instrumenter pour mes parents et pour moi. Monsieur Raparlier l'oncle va venir.

En ce moment, les amis de la famille invités au dîner que l'on donnait pour fêter le retour de monsieur Claës et célébrer la signature des contrats, arrivèrent successivement, pendant que les gens apportèrent les cadeaux de noces. L'assemblée s'augmenta promptement et devint aussi imposante par la qualité des personnes qu'elle était belle par la richesse des toilettes. Les trois familles qui s'unissaient par le bonheur de leurs enfants avaient voulu rivaliser de splendeur. En un moment le parloir fut plein des gracieux présents qui se font aux fiancés. L'or ruisselait et pétillait. Les étoffes dépliées, les châles de cachemire, les colliers, les parures excitaient une joie si vraie chez ceux qui les donnaient et chez celles qui les recevaient, cette joie enfantine à demi se peignait si bien sur tous les visages, que la valeur de ces présents magnifiques était oubliée par les indifférents, assez souvent occupés à la calculer par curiosité. Bientôt commença le cérémonial usité dans la famille Claës pour ces solennités. Le père et la mère devaient seuls être assis, et les assistants demeuraient debout devant eux à

distance. A gauche du parloir et du côté du
jardin se placèrent Gabriel Claës et mademoiselle
Conyncks, auprès de qui se tinrent monsieur de
Solis et Marguerite, sa sœur et Pierquin. A
quelques pas de ces trois couples, Balthazar et
Conyncks, les seuls de l'assemblée qui fussent
assis, prirent place chacun dans un fauteuil, près
du notaire qui remplaçait Pierquin. Jean était
debout derrière son père. Une vingtaine de
femmes élégamment mises et quelques hommes,
tous choisis parmi les plus proches parents des
Pierquin, des Conyncks et des Claës, le maire de
Douai qui devait marier les époux, les douze
témoins pris parmi les amis les plus dévoués des
trois familles, et dont faisait partie le premier
président de la cour royale, tous, jusqu'au curé
de Saint-Pierre, restèrent debout en formant, du
côté de la cour, un cercle imposant. Cet hommage
rendu par toute cette assemblée à la paternité
qui, dans cet instant, rayonnait d'une majesté
royale, imprimait à cette scène une couleur
antique. Ce fut le seul moment pendant lequel,
depuis seize ans, Balthazar oublia la recherche de
l'absolu. Monsieur Raparlier, le notaire, alla
demander à Marguerite et à sa sœur si toutes les
personnes invitées à la signature et au dîner qui
devait la suivre étaient arrivées; et, sur leur
réponse affirmative, il revint prendre le contrat
de mariage de Marguerite et de monsieur de Solis,
qui devait être lu le premier, quand tout à coup
la porte du parloir s'ouvrit, et Lemulquinier se
montra le visage flamboyant de joie.

— Monsieur, monsieur!

Balthazar jeta sur Marguerite un regard de désespoir, lui fit un signe et l'emmena dans le jardin. Aussitôt le trouble se mit dans l'assemblée.

— Je n'osais pas te le dire, mon enfant, dit le père à sa fille; mais puisque tu as tant fait pour moi, tu me sauveras de ce dernier malheur. Lemulquinier m'a prêté, pour une dernière expérience qui n'a pas réussi, vingt mille francs, le fruit de ses économies. Le malheureux vient sans doute me les redemander en apprenant que je suis redevenu riche, donne-les-lui sur-le-champ. Ah! mon ange, tu lui dois ton père, car lui seul me consolait dans mes désastres, lui seul encore a foi en moi. Certes, sans lui je serais mort...

— Monsieur, monsieur! criait Lemulquinier.

— Eh bien? dit Balthazar en se retournant.

— Un diamant!

Claës sauta dans le parloir en apercevant un diamant dans la main de son valet de chambre qui lui dit tout bas : — Je suis allé au laboratoire.

Le chimiste, qui avait tout oublié, jeta un regard sur le vieux Flamand, et ce regard ne pouvait se traduire que par ces mots : *Tu es allé le premier au laboratoire!*

— Et, dit le valet en continuant, j'ai trouvé ce diamant dans la capsule qui communiquait avec cette pile que nous avions laissée en train de faire des siennes, et elle en a fait, monsieur! ajouta-t-il en montrant un diamant blanc de forme octaé-

drique dont l'éclat attirait les regards étonnés de
toute l'assemblée.

— Mes enfants, mes amis, dit Balthazar,
pardonnez à mon vieux serviteur, pardonnez-
moi. Ceci va me rendre fou. Un hasard de sept
années a produit, sans moi, une découverte que je
cherche depuis seize ans. Comment? je n'en sais
rien. Oui, j'avais laissé du sulfure de carbone sous
l'influence d'une pile de Volta dont l'action aurait
dû être surveillée tous les jours. Eh bien!
pendant mon absence, le pouvoir de Dieu a éclaté
dans mon laboratoire sans que j'aie pu constater
ses effets, progressifs, bien entendu! Cela n'est-il
pas affreux? Maudit exil! Maudit hasard! Hélas!
si j'avais épié cette longue, cette lente, cette
subite, je ne sais comment dire, cristallisation,
transformation, enfin ce miracle, eh bien! mes
enfants seraient plus riches encore. Quoique ce ne
soit pas la solution du problème que je cherche,
au moins les premiers rayons de ma gloire
auraient lui sur mon pays, et ce moment que nos
affections satisfaites rendent si ardent de bonheur serait encore échauffé par le soleil de la
science.

Chacun gardait le silence devant cet homme.
Les paroles sans suite qui lui furent arrachées par
la douleur furent trop vraies pour n'être pas
sublimes.

Tout à coup, Balthazar refoula son désespoir
au fond de lui-même, jeta sur l'assemblée un
regard majestueux qui brilla dans les âmes, prit
le diamant, et l'offrit à Marguerite en s'écriant :

— Il t'appartient, mon ange. Puis il renvoya Lemulquinier par un geste, et dit au notaire : — Continuons.

Ce mot excita dans l'assemblée le frissonnement que, dans certains rôles, Talma causait aux masses attentives. Balthazar s'était assis en se disant à voix basse : — Je ne dois être que père aujourd'hui. Marguerite entendit le mot, s'avança, saisit la main de son père et la baisa respectueusement.

— Jamais homme n'a été si grand, dit Emmanuel quand sa prétendue revint près de lui, jamais homme n'a été si puissant, tout autre en deviendrait fou.

Les trois contrats lus et signés, chacun s'empressa de questionner Balthazar sur la manière dont s'était formé ce diamant, mais il ne pouvait rien répondre sur un accident si étrange. Il regarda son grenier, et le montra par un geste de rage.

— Oui, la puissance effrayante due au mouvement de la matière enflammée qui sans doute a fait les métaux, les diamants, dit-il, s'est manifestée là pendant un moment, par hasard.

— Ce hasard est sans doute bien naturel, dit un de ces gens qui veulent expliquer tout, le bonhomme aura oublié quelque diamant véritable. C'est autant de sauvé sur ceux qu'il a brûlés.

— Oublions cela, dit Balthazar à ses amis, je vous prie de ne pas m'en parler aujourd'hui.

Marguerite prit le bras de son père pour se

rendre dans les appartements de la maison de
devant où l'attendait une somptueuse fête. Quand
il entra dans la galerie après tous ses hôtes, il
la vit meublée de tableaux et remplie de fleurs
rares.

— Des tableaux, s'écria-t-il, des tableaux! et
quelques-uns de nos anciens!

Il s'arrêta, son front se rembrunit, il eut un
moment de tristesse, et sentit alors le poids de ses
fautes en mesurant l'étendue de son humiliation
secrète.

— Tout cela est à vous, mon père, dit Marguerite en devinant les sentiments qui agitaient
l'âme de Balthazar.

— Ange que les esprits célestes doivent
applaudir, s'écria-t-il, combien de fois auras-tu
donc donné la vie à ton père?

— Ne conservez plus aucun nuage sur votre
front, ni la moindre pensée triste dans votre
cœur, répondit-elle, et vous m'aurez récompensée
au-delà de mes espérances. Je viens de penser à
Lemulquinier, mon père chéri, le peu de mots que
vous m'avez dits de lui me le fait estimer, et, je
l'avoue, j'avais mal jugé cet homme; ne pensez
plus à ce que vous lui devez, il restera près de
vous comme un humble ami. Emmanuel possède
environ soixante mille francs d'économie, nous
les donnerons à Lemulquinier. Après vous avoir
si bien servi, cet homme doit être heureux le reste
de ses jours. Ne vous inquiétez pas de nous!
Monsieur de Solis et moi, nous aurons une vie
calme et douce, une vie sans faste; nous pouvons

donc nous passer de cette somme jusqu'à ce que
vous nous la rendiez.

— Ah! ma fille, ne m'abandonne jamais! Sois
toujours la providence de ton père.

En entrant dans les appartements de réception, Balthazar les trouva restaurés et meublés
aussi magnifiquement qu'ils l'étaient autrefois.
Bientôt les convives se rendirent dans la grande
salle à manger du rez-de-chaussée par le grand
escalier, sur chaque marche duquel se trouvaient
des arbres fleuris. Une argenterie merveilleuse de
façon, offerte par Gabriel à son père, séduisit les
regards autant qu'un luxe de table qui parut
inouï aux principaux habitants d'une ville où ce
luxe est traditionnellement à la mode. Les
domestiques de monsieur Conyncks, ceux de
Claës et de Pierquin étaient là pour servir ce
repas somptueux. En se voyant au milieu de
cette table couronnée de parents, d'amis et de
figures sur lesquelles éclatait une joie vive et
sincère, Balthazar, derrière lequel se tenait Lemulquinier, eut une émotion si pénétrante que
chacun se tut, comme on se tait devant les
grandes joies ou les grandes douleurs.

— Chers enfants, s'écria-t-il, vous avez tué le
veau gras pour le retour du père prodigue.

Ce mot par lequel le savant se faisait justice, et
qui empêcha peut-être qu'on ne la lui fît plus
sévère, fut prononcé si noblement que chacun
attendri essuya ses larmes; mais ce fut la dernière
expression de mélancolie, la joie prit insensiblement le caractère bruyant et animé qui signale

les fêtes de famille. Après le dîner, les principaux
habitants de la ville arrivèrent pour le bal qui
s'ouvrit et qui répondit à la splendeur classique
de la maison Claës restaurée. Les trois mariages
se firent promptement et donnèrent lieu à des
fêtes, des bals, des repas qui entraînèrent pour
plusieurs mois le vieux Claës dans le tourbillon
du monde. Son fils aîné alla s'établir à la terre
que possédait près de Cambrai Conyncks, qui ne
voulait jamais se séparer de sa fille. Madame
Pierquin dut également quitter la maison paternelle, pour faire les honneurs de l'hôtel que
Pierquin avait fait bâtir, et où il voulait vivre
noblement, car sa charge était vendue, et son
oncle Des Racquets venait de mourir en lui
laissant des trésors lentement économisés. Jean
partit pour Paris, où il devait achever son
éducation.

Les Solis restèrent donc seuls près de leur père,
qui leur abandonna le quartier de derrière, en se
logeant au second étage de la maison de devant.
Marguerite continua de veiller au bonheur matériel de Balthazar, et fut aidée dans cette douce
tâche par Emmanuel. Cette noble fille reçut par
les mains de l'amour la couronne la plus enviée,
celle que le bonheur tresse et dont l'éclat est
entretenu par la constance. En effet, jamais
couple n'offrit mieux l'image de cette félicité
complète, avouée, pure, que toutes les femmes
caressent dans leurs rêves. L'union de ces deux
êtres si courageux dans les épreuves de la vie, et
qui s'étaient si saintement aimés, excita dans la

ville une admiration respectueuse. Monsieur de
Solis, nommé depuis longtemps inspecteur général de l'Université, se démit de ses fonctions pour
mieux jouir de son bonheur, et rester à Douai où
chacun rendait si bien hommage à ses talents et à
son caractère que son nom était par avance
promis au scrutin des collèges électoraux, quand
viendrait pour lui l'âge de la députation. Marguerite, qui s'était montrée si forte dans l'adversité,
redevint dans le bonheur une femme douce et
bonne. Claës resta pendant cette année gravement préoccupé sans doute; mais, s'il fit quelques
expériences peu coûteuses et auxquelles ses revenus suffisaient, il parut négliger son laboratoire.
Marguerite, qui reprit les anciennes habitudes de
la maison Claës, donna tous les mois à son père
une fête de famille à laquelle assistaient les
Pierquin et les Conyncks, et reçut la haute
société de la ville à un jour de la semaine où elle
avait un Café qui devint l'un des plus célèbres.
Quoique souvent distrait, Claës assistait à toutes
les assemblées, et redevint si complaisamment
homme du monde pour complaire à sa fille aînée
que ses enfants purent croire qu'il avait renoncé
à chercher la solution de son problème. Trois ans
se passèrent ainsi.

En 1828, un événement favorable à Emmanuel
l'appela en Espagne. Quoiqu'il y eût, entre les
biens de la maison de Solis et lui, trois branches
nombreuses, la fièvre jaune, la vieillesse, l'infé-
condité, tous les caprices de la fortune s'accor-
dèrent pour rendre Emmanuel l'héritier des titres

et des riches substitutions de sa maison, lui, le
dernier. Par un de ces hasards qui ne sont
invraisemblables que dans les livres, la maison de
Solis avait acquis le comté de Nourho. Marguerite ne voulut pas se séparer de son mari qui
devait rester en Espagne aussi longtemps que le
voudraient ses affaires, elle fut d'ailleurs curieuse
de voir le château de Casa-Réal, où sa mère avait
passé son enfance, et la ville de Grenade, berceau
patrimonial de la famille Solis. Elle partit, en
confiant l'administration de la maison au dévouement de Martha, de Josette et de Lemulquinier
qui avait l'habitude de la conduire. Balthazar, à
qui Marguerite avait proposé le voyage en
Espagne, s'y était refusé en alléguant son grand
âge ; mais plusieurs travaux médités depuis longtemps, et qui devaient réaliser ses espérances,
furent la véritable raison de son refus.

Le comte et la comtesse de Solis y Nourho
restèrent en Espagne plus longtemps qu'ils ne le
voulurent. Marguerite y eut un enfant. Ils se
trouvaient au milieu de l'année 1830 à Cadix, où
ils comptaient s'embarquer pour revenir en
France par l'Italie ; mais ils y reçurent une lettre
dans laquelle Félicie apprenait de tristes nouvelles à sa sœur. En dix-huit mois leur père
s'était complètement ruiné. Gabriel et Pierquin
étaient obligés de remettre à Lemulquinier une
somme mensuelle pour subvenir aux dépenses de
la maison. Le vieux domestique avait encore une
fois sacrifié sa fortune à son maître. Balthazar ne
voulait recevoir personne, et n'admettait même

pas ses enfants chez lui. Josette et Martha étaient
mortes. Le cocher, le cuisinier et les autres gens
avaient été successivement renvoyés. Les chevaux et les équipages étaient vendus. Quoique
Lemulquinier gardât le plus profond secret sur les
habitudes de son maître, il était à croire que les
mille francs donnés par mois par Gabriel Claës et
par Pierquin s'employaient en expériences. Le
peu de provisions que le valet de chambre
achetait au marché faisait supposer que ces deux
vieillards se contentaient du strict nécessaire.
Enfin, pour ne pas laisser vendre la maison
paternelle. Gabriel et Pierquin payaient les intérêts des sommes que le vieillard avait empruntées, à leur insu, sur cet immeuble. Aucun de ses
enfants n'avait d'influence sur ce vieillard, qui, à
soixante-dix ans, déployait une énergie extraordinaire pour arriver à faire toutes ses volontés,
même les plus absurdes. Marguerite pouvait
peut-être seule reprendre l'empire qu'elle avait
jadis exercé sur Balthazar, et Félicie suppliait
sa sœur d'arriver promptement; elle craignait
que son père n'eût signé quelques lettres de
change. Gabriel, Conyncks et Pierquin, effrayés
tous de la continuité d'une folie qui avait dévoré
environ sept millions sans résultat, étaient déci-
dés à ne pas payer les dettes de monsieur Claës.
Cette lettre changea les dispositions du voyage de
Marguerite, qui prit le chemin le plus court pour
gagner Douai. Ses économies et sa nouvelle
fortune lui permettaient bien d'éteindre encore
une fois les dettes de son père; mais elle voulait

plus, elle voulait obéir à sa mère en ne laissant
pas descendre au tombeau Balthazar déshonoré.
Certes, elle seule pouvait exercer assez d'ascendant sur ce vieillard pour l'empêcher de continuer son œuvre de ruine, à un âge où l'on ne
devait attendre aucun travail fructueux de ses
facultés affaiblies. Mais elle désirait le gouverner
sans le froisser, afin de ne pas imiter les enfants
de Sophocle, au cas où son père approcherait du
but scientifique auquel il avait tant sacrifié.

Monsieur et madame de Solis atteignirent la
Flandre vers les derniers jours du mois de
septembre 1831, et arrivèrent à Douai dans la
matinée. Marguerite se fit arrêter à sa maison de
la rue de Paris, et la trouva fermée. La sonnette
fut violemment tirée sans que personne répondît.
Un marchand quitta le pas de sa boutique où
l'avait amené le fracas des voitures de monsieur
de Solis et de sa suite. Beaucoup de personnes
étaient aux fenêtres pour jouir du spectacle que
leur offrait le retour d'un ménage aimé dans
toute la ville, et attirées aussi par cette curiosité
vague qui s'attachait aux événements que l'arrivée de Marguerite faisait préjuger dans la maison
Claës. Le marchand dit au valet de chambre du
comte de Solis que le vieux Claës était sorti
depuis environ une heure. Sans doute, monsieur
Lemulquinier promenait son maître sur les remparts. Marguerite envoya chercher un serrurier
pour ouvrir la porte, afin d'éviter la scène que lui
préparait la résistance de son père, si, comme le
lui avait écrit Félicie, il se refusait à l'admettre

chez lui. Pendant ce temps, Emmanuel alla
chercher le vieillard pour lui annoncer l'arrivée
de sa fille, tandis que son valet de chambre
courut prévenir monsieur et madame Pierquin.
En un moment la porte fut ouverte. Marguerite
entra dans le parloir pour y faire mettre ses
bagages, et frissonna de terreur en en voyant les
murailles nues comme si le feu y eût été mis. Les
admirables boiseries sculptées par Van Huysium
et le portrait du Président avaient été vendus,
dit-on, à lord Spencer. La salle à manger était
vide, il ne s'y trouvait plus que deux chaises de
paille et une table commune sur laquelle Marguerite aperçut avec effroi deux assiettes, deux bols,
deux couverts d'argent, et sur un plat les restes
d'un hareng saur que Claës et son valet de
chambre venaient sans doute de partager. En un
instant elle parcourut la maison, dont chaque
pièce lui offrit le désolant spectacle d'une nudité
pareille à celle du parloir et de la salle à manger.
L'idée de l'absolu avait passé partout comme un
incendie. Pour tout mobilier, la chambre de son
père avait un lit, une chaise et une table sur
laquelle était un mauvais chandelier de cuivre où
la veille avait expiré un bout de chandelle de la
plus mauvaise espèce. Le dénuement y était si
complet qu'il ne s'y trouvait plus de rideaux aux
fenêtres. Les moindres objets qui pouvaient avoir
une valeur dans la maison, tout, jusqu'aux
ustensiles de cuisine, avait été vendu. Émue par
la curiosité qui ne nous abandonne même pas
dans le malheur, Marguerite entra chez Lemul-

quinier, dont la chambre était aussi nue que celle
de son maître. Dans le tiroir à demi fermé de la
table, elle aperçut une reconnaissance du Mont-
de-Piété qui attestait que le valet avait mis sa
montre en gage quelques jours auparavant. Elle
courut au laboratoire, et vit cette pièce pleine
d'instruments de science comme par le passé. Elle
se fit ouvrir son appartement, son père y avait
tout respecté.

Au premier coup d'œil qu'elle y jeta, Marguerite fondit en larmes et pardonna tout à son père.
Au milieu de cette fureur dévastatrice, il avait
donc été arrêté par le sentiment paternel et par la
reconnaissance qu'il devait à sa fille! Cette
preuve de tendresse reçue dans un moment où le
désespoir de Marguerite était au comble, détermina l'une de ces réactions morales contre
lesquelles les cœurs les plus froids sont sans force.
Elle descendit au parloir et y attendit l'arrivée de
son père, dans une anxiété que le doute augmentait affreusement. Comment allait-elle le revoir?
Détruit, décrépit, souffrant, affaibli par les
jeûnes qu'il subissait par orgueil? Mais aurait-il
sa raison? Des larmes coulaient de ses yeux sans
qu'elle s'en aperçût en retrouvant ce sanctuaire
dévasté. Les images de toute sa vie, ses efforts,
ses précautions inutiles, son enfance, sa mère
heureuse et malheureuse, tout, jusqu'à la vue de
son petit Joseph qui souriait à ce spectacle de
désolation, lui composait un poème de déchi-
rantes mélancolies. Mais quoiqu'elle prévît des
malheurs, elle ne s'attendait pas au dénouement

qui devait couronner la vie de son père, cette vie
à la fois si grandiose et si misérable. L'état dans
lequel se trouvait monsieur Claës n'était un
secret pour personne. A la honte des hommes, il
ne se rencontrait pas à Douai deux cœurs
généreux qui rendissent honneur à sa **persévé-
rance** d'homme de génie. Pour toute la société,
Balthazar était un homme à interdire, un mauvais père, qui avait mangé six fortunes, des
millions, et qui cherchait la pierre philosophale,
au dix-neuvième siècle, ce siècle éclairé, ce siècle
incrédule, ce siècle, etc. On le calomniait en le
flétrissant du nom d'alchimiste, en lui jetant au
nez ce mot : — Il veut faire de l'or! Que ne
disait-on pas d'éloges à propos de ce siècle, où,
comme dans tous les autres, le talent expire sous
une indifférence aussi brutale que l'était celle des
temps où moururent Dante, Cervantès, Tasse
e tutti quanti. Les peuples comprennent encore plus
tardivement les créations du génie que ne les
comprenaient les rois.

Ces opinions avaient insensiblement filtré de la
haute société douaisienne dans la bourgeoisie, et
de la bourgeoisie dans le bas peuple. Le chimiste
septuagénaire excitait donc un profond sentiment
de pitié chez les gens bien élevés, une curiosité
railleuse dans le peuple, deux expressions grosses
de mépris et de ce *vae victis!* dont sont accablés
les grands hommes par les masses quand elles
les voient misérables. Beaucoup de personnes
venaient devant la maison Claës se montrer la
rosace du grenier où s'était consumé tant d'or et

de charbon. Quand Balthazar passait, il était
indiqué du doigt; souvent, à son aspect, un mot
de raillerie ou de pitié s'échappait des lèvres d'un
homme du peuple ou d'un enfant; mais Lemulquinier avait soin de le lui traduire comme un
éloge, et pouvait le tromper impunément. Si les
yeux de Balthazar avaient conservé cette lucidité
sublime que l'habitude des grandes pensées y
imprime, le sens de l'ouïe s'était affaibli chez lui.
Pour beaucoup de paysans, de gens grossiers et
superstitieux, ce vieillard était donc un sorcier.
La noble, la grande maison Claës s'appelait, dans
les faubourgs et dans les campagnes, la maison
du diable. Il n'y avait pas jusqu'à la figure de
Lemulquinier qui ne prêtât aux croyances ridicules qui s'étaient répandues sur son maître.
Aussi, quand le pauvre vieux ilote allait au
marché chercher les denrées nécessaires à la
subsistance, et qu'il prenait parmi les moins
chères de toutes, n'obtenait-il rien sans recevoir
quelques injures en manière de réjouissance;
heureux même si, souvent, quelques marchandes
superstitieuses ne refusaient pas de lui vendre sa
maigre pitance en craignant de se damner par un
contact avec un suppôt de l'enfer. Les sentiments
de toute cette ville étaient donc généralement
hostiles à ce grand vieillard et à son compagnon.
Le désordre des vêtements de l'un et de l'autre y
prêtait encore, ils allaient vêtus comme ces
pauvres honteux qui conservent un extérieur
décent et qui hésitent à demander l'aumône. Tôt
ou tard ces deux vieilles gens pouvaient être

insultés. Pierquin, sentant combien une injure publique serait déshonorante pour la famille, envoyait toujours, durant les promenades de son beau-père, deux ou trois de ses gens qui l'environnaient à distance avec la mission de le protéger, car la révolution de Juillet n'avait pas contribué à rendre le peuple respectueux.

Par une de ces fatalités qui ne s'expliquent pas, Claës et Lemulquinier, sortis de grand matin, avaient trompé la surveillance secrète de monsieur et madame Pierquin, et se trouvaient seuls en ville. Au retour de leur promenade ils vinrent s'asseoir au soleil, sur un banc de la place Saint-Jacques où passaient quelques enfants pour aller à l'école ou au collège. En apercevant de loin ces deux vieillards sans défense, et dont les visages s'épanouissaient au soleil, les enfants se mirent à en causer. Ordinairement, les causeries d'enfants arrivent bientôt à des rires; du rire, ils en vinrent à des mystifications sans en connaître la cruauté. Sept ou huit des premiers qui arrivèrent se tinrent à distance et se mirent à examiner les deux vieilles figures en retenant des rires étouffés qui attirèrent l'attention de Lemulquinier.

— Tiens, vois-tu celui-là dont la tête est comme un genou?

— Oui.

— Hé bien! il est savant de naissance.

— Papa dit qu'il fait de l'or, dit un autre.

— Par où? C'est-y par là ou par ici? ajouta un troisième en montrant d'un geste goguenard cette partie d'eux-mêmes que les écoliers se montrent si souvent en signe de mépris.

Le plus petit de la bande qui avait son panier plein de provisions, et qui léchait une tartine beurrée, s'avança naïvement vers le banc et dit à Lemulquinier : — C'est-y vrai, monsieur, que vous faites des perles et des diamants?

— Oui, mon petit milicien [73], répondit Lemulquinier en souriant et lui frappant sur la joue, nous t'en donnerons quand tu seras bien savant.

— Ha! monsieur, donnez-m'en aussi, fut une exclamation générale.

Tous les enfants accoururent comme une nuée d'oiseaux et entourèrent les deux chimistes. Balthazar, absorbé dans une méditation d'où il fut tiré par ces cris, fit alors un geste d'étonnement qui causa un rire général.

— Allons, gamins, respect à un grand homme! dit Lemulquinier.

— A la chienlit! crièrent les enfants. Vous êtes des sorciers. — Oui, sorciers, vieux sorciers! sorciers, na!

Lemulquinier se dressa sur ses pieds, et menaça de sa canne les enfants qui s'enfuirent en ramassant de la boue et des pierres. Un ouvrier, qui déjeunait à quelques pas de là, ayant vu Lemulquinier levant sa canne pour faire sauver les enfants, crut qu'il les avait frappés, et les appuya par ce mot terrible : — A bas les sorciers!

Les enfants, se sentant soutenus, lancèrent leurs projectiles qui atteignirent les deux vieillards, au moment où le comte de Solis se

montrait au bout de la place, accompagné des
domestiques de Pierquin. Ils n'arrivèrent pas
assez vite pour empêcher les enfants de couvrir
de boue le grand vieillard et son valet de
chambre. Le coup était porté. Balthazar, dont les
facultés avaient été jusqu'alors conservées par la
chasteté naturelle aux savants chez qui la préoccupation d'une découverte anéantit les passions,
devina, par un phénomène d'intussusception [74],
le secret de cette scène ; son corps décrépit ne
soutint pas la réaction affreuse qu'il éprouva
dans la haute région de ses sentiments, il tomba
frappé d'une attaque de paralysie entre les bras
de Lemulquinier qui le ramena chez lui sur un
brancard, entouré par ses deux gendres et par
leurs gens. Aucune puissance ne put empêcher la
populace de Douai d'escorter le vieillard jusqu'à
la porte de sa maison, où se trouvaient Félicie et
ses enfants, Jean, Marguerite et Gabriel qui,
prévenu par sa sœur, était arrivé de Cambrai
avec sa femme. Ce fut un spectacle affreux que
celui de l'entrée de ce vieillard qui se débattait
moins contre la mort que contre l'effroi de voir
ses enfants pénétrant le secret de sa misère.
Aussitôt un lit fut dressé au milieu du parloir, les
secours furent prodigués à Balthazar dont la
situation permit, vers la fin de la journée, de
concevoir quelques espérances pour sa conservation. La paralysie, quoique habilement combat-
tue, le laissa néanmoins assez longtemps dans un
état voisin de l'enfance. Quand la paralysie eut
cessé par degrés, elle resta sur la langue qu'elle

avait spécialement affectée, peut-être parce que
la colère y avait porté toutes les forces du
vieillard au moment où il voulut apostropher les
enfants.

Cette scène avait allumé dans la ville une
indignation générale. Par une loi, jusqu'alors
inconnue, qui dirige les affections des masses, cet
événement ramena tous les esprits à monsieur
Claës. En un moment il devint un grand homme,
il excita l'admiration et obtint tous les sentiments qu'on lui refusait la veille. Chacun vanta
sa patience, sa volonté, son courage, son génie.
Les magistrats voulurent sévir contre ceux qui
avaient participé à cet attentat; mais le mal était
fait. La famille Claës demanda la première que
cette affaire fût assoupie. Marguerite avait
ordonné de meubler le parloir, dont les parois
nues furent bientôt tendues de soie. Quand,
quelques jours après cet événement, le vieux père
eut recouvré ses facultés, et qu'il se retrouva
dans une sphère élégante, environné de tout ce
qui était nécessaire à la vie heureuse, il fit
entendre que sa fille Marguerite devait être
venue, au moment même où elle rentrait au
parloir; en la voyant, Balthazar rougit, ses yeux
se mouillèrent sans qu'il en sortît des larmes. Il
put presser de ses doigts froids la main de sa fille,
et mit dans cette pression tous les sentiments et
toutes les idées qu'il ne pouvait plus exprimer. Ce
fut quelque chose de saint et de solennel, l'adieu
du cerveau qui vivait encore, du cœur que la
reconnaissance ranimait. Épuisé par ses tenta-

tives infructueuses, lassé par sa lutte avec un
problème gigantesque et désespéré peut-être de
l'incognito qui attendait sa mémoire, ce géant
allait bientôt cesser de vivre; tous ses enfants
l'entouraient avec un sentiment respectueux, en
sorte que ses yeux purent être récréés par les
images de l'abondance, de la richesse, et par le
tableau touchant que lui présentait sa belle
famille. Il fut constamment affectueux dans ses
regards, par lesquels il put manifester ses sentiments; ses yeux contractèrent soudain une si
grande variété d'expression qu'ils eurent comme
un langage de lumière, facile à comprendre.
Marguerite paya les dettes de son père, et rendit,
en quelques jours, à la maison Claës une splendeur moderne qui devait écarter toute idée de
décadence. Elle ne quitta plus le chevet du lit de
Balthazar, de qui elle s'efforçait de deviner
toutes les pensées, et d'accomplir les moindres
souhaits. Quelques mois se passèrent dans les
alternatives de mal et de bien qui signalent chez
les vieillards le combat de la vie et de la mort;
tous les matins, ses enfants se rendaient près de
lui, restaient pendant la journée dans le parloir
en dînant devant son lit, et ne sortaient qu'au
moment où il s'endormait. La distraction qui lui
plut davantage parmi toutes celles que l'on
cherchait à lui donner, fut la lecture des journaux
que les événements politiques rendirent alors fort
intéressants. Monsieur Claës écoutait attentivement cette lecture que monsieur de Solis faisait à
voix haute et près de lui.

Vers la fin de l'année 1832[75], Balthazar passa une nuit extrêmement critique pendant laquelle monsieur Pierquin le médecin fut appelé par la garde, effrayée d'un changement subit qui se fit chez le malade; en effet, le médecin voulut le veiller en craignant à chaque instant qu'il n'expirât sous les efforts d'une crise intérieure dont les effets eurent le caractère d'une agonie.

Le vieillard se livrait à des mouvements d'une force incroyable pour secouer les liens de la paralysie; il désirait parler et remuait la langue sans pouvoir former de sons; ses yeux flamboyants projetaient des pensées; ses traits contractés exprimaient des douleurs inouïes; ses doigts s'agitaient désespérément, il suait à grosses gouttes. Le matin, les enfants vinrent embrasser leur père avec cette affection que la crainte de sa mort prochaine leur faisait épancher tous les jours plus ardente et plus vive; mais il ne leur témoigna point la satisfaction que lui causaient habituellement ces témoignages de tendresse. Emmanuel, averti par Pierquin, s'empressa de décacheter le journal pour voir si cette lecture ferait diversion aux crises intérieures qui travaillaient Balthazar. En dépliant la feuille, il vit ces mots, *découverte de l'absolu,* qui le frappèrent vivement, et il lut à Marguerite un article où il était parlé d'un procès relatif à la vente qu'un célèbre mathématicien polonais avait faite de l'absolu. Quoique Emmanuel lût tout bas l'annonce du fait à Marguerite qui le pria de passer l'article, Balthazar avait entendu.

Tout à coup le moribond se dressa sur ses deux poings, jeta sur ses enfants effrayés un regard qui les atteignit tous comme un éclair, les cheveux qui lui garnissaient la nuque remuèrent, ses rides tressaillirent, son visage s'anima d'un esprit de feu, un souffle passa sur cette face et la rendit sublime, il leva une main crispée par la rage, et cria d'une voix éclatante le fameux mot d'Archimède : EURÉKA! (*j'ai trouvé*). Il retomba sur son lit en rendant le son lourd d'un corps inerte, il mourut en poussant un gémissement affreux, et ses yeux convulsés exprimèrent jusqu'au moment où le médecin les ferma le regret de n'avoir pu léguer à la science le mot d'une énigme dont le voile s'était tardivement déchiré sous les doigts décharnés de la Mort.

Paris, juin-septembre 1834.

La Messe de l'athée

Ceci est dédié à Auguste Borget [76]

Par son ami

DE BALZAC

Un médecin à qui la science doit une belle théorie physiologique, et qui, jeune encore, s'est placé parmi les célébrités de l'École de Paris, centre de lumières auquel les médecins de l'Europe rendent tous hommage, le docteur Bianchon a longtemps pratiqué la chirurgie avant de se livrer à la médecine. Ses premières études furent dirigées par un des plus grands chirurgiens français, par l'illustre Desplein [77], qui passa comme un météore dans la science. De l'aveu de ses ennemis, il enterra dans la tombe une méthode intransmissible. Comme tous les gens de génie, il était sans héritiers : il portait et emportait tout avec lui. La gloire des chirurgiens ressemble à celle des acteurs, qui n'existent que de leur vivant et dont le talent n'est plus appréciable dès qu'ils ont disparu. Les acteurs et les chirurgiens, comme aussi les grands chanteurs, comme les virtuoses qui décuplent par leur exécution la puissance de la musique, sont tous les héros du moment. Desplein offre la preuve de cette similitude entre la destinée de ces génies

transitoires. Son nom, si célèbre hier, aujourd'hui
presque oublié, restera dans sa spécialité sans en
franchir les bornes. Mais ne faut-il pas des
circonstances inouïes pour que le nom d'un
savant passe du domaine de la Science dans
l'histoire générale de l'Humanité? Desplein avait-
il cette universalité de connaissances qui fait d'un
homme le *verbe* ou la *figure* d'un siècle? Desplein
possédait un divin coup d'œil : il pénétrait le
malade et sa maladie par une intuition acquise ou
naturelle qui lui permettait d'embrasser les diagnostics particuliers à l'individu, de déterminer le
moment précis, l'heure, la minute à laquelle il
fallait opérer, en faisant la part aux circonstances
atmosphériques et aux particularités du tempérament. Pour marcher ainsi de conserve avec la
nature, avait-il donc étudié l'incessante jonction
des êtres et des substances élémentaires conte-
nues dans l'atmosphère ou que fournit la terre à
l'homme qui les absorbe et les prépare pour en
tirer une expression particulière [78]? Procédait-il
par cette puissance de déduction et d'analogie à
laquelle est dû le génie de Cuvier [79]? Quoi qu'il
en soit, cet homme s'était fait le confident de la
chair, il la saisissait dans le passé comme dans
l'avenir, en s'appuyant sur le présent. Mais a-t-il
résumé toute la science en sa personne comme ont
fait Hippocrate, Galien, Aristote? A-t-il conduit
toute une école vers des mondes nouveaux? Non.
S'il est impossible de refuser à ce perpétuel
observateur de la chimie humaine l'antique
science du magisme [80], c'est-à-dire la connais-

sance des principes en fusion, les causes de la vie,
la vie avant la vie, ce qu'elle sera par ses
préparations avant d'être; malheureusement tout
en lui fut personnel : isolé dans sa vie par
l'égoïsme, l'égoïsme suicide aujourd'hui sa gloire
Sa tombe n'est pas surmontée de la statue sonore
qui redit à l'avenir les mystères que le génie
cherche à ses dépens. Mais peut-être le talent de
Desplein était-il solidaire de ses croyances, et
conséquemment mortel. Pour lui, l'atmosphère
terrestre était un sac générateur : il voyait la
terre comme un œuf dans sa coque, et ne
pouvant savoir qui de l'œuf, qui de la poule,
avait commencé, il n'admettait ni le coq ni l'œuf.
Il ne croyait ni en l'animal antérieur, ni en
l'esprit postérieur à l'homme. Desplein n'était
pas dans le doute, il affirmait. Son athéisme pur
et franc ressemblait à celui de beaucoup de
savants, les meilleures gens du monde, mais
invinciblement athées, athées comme les gens
religieux n'admettent pas qu'il puisse y avoir
d'athées. Cette opinion ne devait pas être autrement chez un homme habitué depuis son jeune
âge à disséquer l'être par excellence, avant,
pendant et après la vie, à le fouiller dans tous ses
appareils sans y trouver cette âme unique, si
nécessaire aux théories religieuses. En y reconnaissant un centre cérébral, un centre nerveux et
un centre aéro-sanguin, dont les deux premiers se
suppléent si bien l'un l'autre qu'il eut dans les
derniers jours de sa vie la conviction que le sens
de l'ouïe n'était pas absolument nécessaire pour

entendre, ni le sens de la vue absolument nécessaire pour voir [81], et que le plexus solaire les remplaçait sans que l'on en pût douter; Desplein, en trouvant deux âmes dans l'homme, corrobora son athéisme de ce fait, quoiqu'il ne préjuge encore rien sur Dieu. Cet homme mourut, dit-on, dans l'impénitence finale [82] où meurent malheureusement beaucoup de beaux génies, à qui Dieu puisse pardonner.

La vie de cet homme si grand offrait beaucoup de petitesses, pour employer l'expression dont se servaient ses ennemis, jaloux de diminuer sa gloire, mais qu'il serait plus convenable de nommer des contresens apparents. N'ayant jamais connaissance des déterminations par lesquelles agissent les esprits supérieurs, les envieux ou les niais s'arment aussitôt de quelques contradictions superficielles pour dresser un acte d'accusation sur lequel ils les font momentanément juger. Si, plus tard, le succès couronne les combinaisons attaquées, en montrant la corrélation des préparatifs et des résultats, il subsiste toujours un peu des calomnies d'avant-garde. Ainsi, de nos jours, Napoléon fut condamné par ses contemporains, lorsqu'il déployait les ailes de son aigle sur l'Angleterre : il fallut 1822 pour expliquer 1804 et les bateaux plats de Boulogne [83].

Chez Desplein, la gloire et la science étant inattaquables, ses ennemis s'en prenaient à son humeur bizarre, à son caractère; tandis qu'il possédait tout bonnement cette qualité que les

Anglais nomment *excentricity*. Tantôt superbe-
ment vêtu comme Crébillon le tragique, tantôt il
affectait une singulière indifférence en fait de
vêtement; on le voyait tantôt en voiture, tantôt
à pied. Tour à tour brusque et bon, en apparence
âpre et avare, mais capable d'offrir sa fortune à
ses maîtres exilés qui lui firent l'honneur de
l'accepter pendant quelques jours [84], aucun
homme n'a inspiré plus de jugements contradic-
toires. Quoique capable, pour avoir un cordon
noir [85] que les médecins n'auraient pas dû bri-
guer, de laisser tomber à la cour un livre d'heures
de sa poche, croyez qu'il se moquait en lui-même
de tout; il avait un profond mépris pour les
hommes, après les avoir observés d'en haut et
d'en bas, après les avoir surpris dans leur
véritable expression, au milieu des actes de
l'existence les plus solennels et les plus
mesquins. Chez un grand homme, les qualités
sont souvent solidaires. Si, parmi ces colosses,
l'un d'eux a plus de talent que d'esprit, son esprit
est encore plus étendu que celui de qui l'on dit
simplement : Il a de l'esprit. Tout génie suppose
une vue morale. Cette vue peut s'appliquer à
quelque spécialité; mais qui voit la fleur, doit
voir le soleil. Celui qui entendit un diplomate,
sauvé par lui, demandant : « Comment va l'Empereur? » et qui répondit : « Le courtisan revient,
l'homme suivra! » celui-là n'est pas seulement
chirurgien ou médecin, il est aussi prodigieuse-
ment spirituel. Ainsi, l'observateur patient et
assidu de l'humanité légitimera les prétentions

exorbitantes de Desplein et le croira, comme il se croyait lui-même, propre à faire un ministre tout aussi grand qu'était le chirurgien.

Parmi les énigmes que présente aux yeux de plusieurs contemporains la vie de Desplein, nous avons choisi l'une des plus intéressantes, parce que le mot s'en trouvera dans la conclusion du récit, et le vengera de quelques sottes accusations.

De tous les élèves que Desplein eut à son hôpital, Horace Bianchon fut un de ceux auxquels il s'attacha le plus vivement. Avant d'être interne à l'Hôtel-Dieu, Horace Bianchon était un étudiant en médecine, logé dans une misérable pension du quartier latin, connue sous le nom de la Maison Vauquer [86]. Ce pauvre jeune homme y sentait les atteintes de cette ardente misère, espèce de creuset d'où les grands talents doivent sortir purs et incorruptibles comme des diamants qui peuvent être soumis à tous les chocs sans se briser. Au feu violent de leurs passions déchaînées, ils acquièrent la probité la plus inaltérable, et contractent l'habitude des luttes qui attendent le génie, par le travail constant dans lequel ils ont cerclé leurs appétits trompés. Horace était un jeune homme droit, incapable de tergiverser dans les questions d'honneur, allant sans phrase au fait, prêt pour ses amis à mettre en gage son manteau, comme à leur donner son temps et ses veilles. Horace était enfin un de ces amis qui ne s'inquiètent pas de ce qu'ils reçoivent en échange de ce qu'ils donnent, certains de recevoir à leur

tour plus qu'ils ne donneront. La plupart de ses
amis avaient pour lui ce respect intérieur qu'inspire une vertu sans emphase, et plusieurs d'entre
eux redoutaient sa censure. Mais ces qualités,
Horace les déployait sans pédantisme. Ni puri-
tain ni sermonneur, il jurait de bonne grâce en
donnant un conseil, et faisait volontiers un
tronçon de chière lie [87] quand l'occasion s'en
présentait. Bon compagnon, pas plus prude que
ne l'est un cuirassier, rond et franc, non pas
comme un marin, car le marin d'aujourd'hui est
un rusé diplomate, mais comme un brave jeune
homme qui n'a rien à déguiser dans sa vie, il
marchait la tête haute et la pensée rieuse. Enfin,
pour tout exprimer par un mot, Horace était le
Pylade de plus d'un Oreste, les créanciers étant
pris aujourd'hui comme la figure la plus réelle des
Furies antiques. Il portait sa misère avec cette
gaieté qui peut-être est un des plus grands
éléments du courage, et comme tous ceux qui
n'ont rien, il contractait peu de dettes. Sobre
comme un chameau, alerte comme un cerf, il
était ferme dans ses idées et dans sa conduite. La
vie heureuse de Bianchon commença du jour où
l'illustre chirurgien acquit la preuve des qualités
et des défauts qui, les uns aussi bien que les
autres, rendent doublement précieux à ses amis le
docteur Horace Bianchon. Quand un chef de
clinique prend dans son giron un jeune homme,
ce jeune homme a, comme on dit, le pied dans
l'étrier. Desplein ne manquait pas d'emmener
Bianchon pour se faire assister par lui dans les

maisons opulentes où presque toujours quelque
gratification tombait dans l'escarcelle de l'interne, et où se révélaient insensiblement au
provincial les mystères de la vie parisienne; il le
gardait dans son cabinet lors de ses consultations,
et l'y employait; parfois, il l'envoyait accompa-
gner un riche malade aux Eaux; enfin il lui
préparait une clientèle. Il résulte de ceci qu'au
bout d'un certain temps, le tyran de la chirurgie
eut un séide [88]. Ces deux hommes, l'un au faîte
des honneurs et de sa science, jouissant d'une
immense fortune et d'une immense gloire, l'autre,
modeste oméga, n'ayant ni fortune ni gloire,
devinrent intimes. Le grand Desplein disait tout
à son interne; l'interne savait si telle femme
s'était assise sur une chaise auprès du maître, ou
sur le fameux canapé qui se trouvait dans le
cabinet et sur lequel Desplein dormait : Bianchon
connaissait les mystères de ce tempérament de
lion et de taureau, qui finit par élargir, amplifier
outre mesure le buste du grand homme, et causa
sa mort par le développement du cœur [89]. Il
étudia les bizarreries de cette vie si occupée, les
projets de cette avarice si sordide, les espérances
de l'homme politique caché dans le savant; il put
prévoir les déceptions qui attendaient le seul
sentiment enfoui dans ce cœur moins de bronze
que bronzé.

Un jour, Bianchon dit à Desplein qu'un pauvre
porteur d'eau du quartier Saint-Jacques avait
une horrible maladie causée par les fatigues et la
misère; ce pauvre Auvergnat n'avait mangé que

des pommes de terre dans le grand hiver de 1821.
Desplein laissa tous ses malades. Au risque de
crever son cheval, il vola, suivi de Bianchon, chez
le pauvre homme et le fit transporter lui-même
dans la maison de santé établie par le célèbre
Dubois [90] dans le faubourg Saint-Denis. Il alla
soigner cet homme, auquel il donna, quand il
l'eut rétabli, la somme nécessaire pour achete 'un
cheval et un tonneau. Cet Auvergnat se distingua
par un trait original. Un de ses amis tombe
malade, il l'emmène promptement chez Desplein,
en disant à son bienfaiteur : « Je n'aurais pas
souffert qu'il allât chez un autre. » Tout bourru
qu'il était, Desplein serra la main du porteur
d'eau, et lui dit : « Amène-les-moi tous. » Et il fit
entrer l'enfant du Cantal à l'Hôtel-Dieu, où il eut
de lui le plus grand soin. Bianchon avait déjà
plusieurs fois remarqué chez son chef une prédilection pour les Auvergnats et surtout pour les
porteurs d'eau; mais, comme Desplein mettait
une sorte d'orgueil à ses traitements de l'Hôtel-
Dieu, l'élève n'y voyait rien de trop étrange.

Un jour, en traversant la place Saint-Sulpice,
Bianchon aperçut son maître entrant dans l'église
vers neuf heures du matin. Desplein, qui ne
faisait jamais alors un pas sans son cabriolet,
était à pied, et se coulait par la porte de la rue du
Petit-Lion [91], comme s'il fût entré dans une
maison suspecte. Naturellement pris de curiosité,
l'interne qui connaissait les opinions de son
maître, et qui était *cabaniste* [92] en dyable par un
y grec (ce qui semble dans Rabelais une supério-

rité de diablerie), Bianchon se glissa dans Saint-
Sulpice, et ne fut pas médiocrement étonné de
voir le grand Desplein, cet athée sans pitié pour
les anges qui n'offrent point prise aux bistouris,
et ne peuvent avoir ni fistules ni gastrites, enfin,
cet intrépide *dériseur*, humblement agenouillé, et
où?... à la chapelle de la Vierge devant laquelle il
écouta une messe, donna pour les frais du culte,
donna pour les pauvres, en restant sérieux
comme s'il se fût agi d'une opération.

— Il ne venait, certes, pas éclaircir des questions relatives à l'accouchement [93] de la Vierge,
disait Bianchon dont l'étonnement fut sans bornes. Si je l'avais vu tenant, à la Fête-Dieu, un des
cordons du dais, il n'y aurait eu qu'à rire; mais à
cette heure, seul, sans témoins, il y a, certes, de
quoi faire penser!

Bianchon ne voulut pas avoir l'air d'espionner
le premier chirurgien de l'Hôtel-Dieu, il s'en alla.
Par hasard, Desplein l'invita ce jour-là même à
dîner avec lui, hors de chez lui, chez un restaura-
teur. Entre la poire et le fromage Bianchon
arriva, par d'habiles préparations, à parler de la
messe, en la qualifiant de momerie et de farce.

— Une farce, dit Desplein, qui a coûté plus de
sang à la chrétienté que toutes les batailles de
Napoléon et que toutes les sangsues de Broussais [94]! La messe est une invention papale qui ne
remonte pas plus haut que le vɪe siècle, et que
l'on a basée sur *Hoc est corpus*. Combien de
torrents de sang n'a-t-il pas fallu verser pour
établir la Fête-Dieu par l'institution de laquelle

la cour de Rome a voulu constater sa victoire
dans l'affaire de la Présence Réelle, schisme qui
pendant trois siècles a troublé l'Église! Les
guerres du comte de Toulouse et les Albigeois
sont la queue de cette affaire. Les Vaudois et les
Albigeois se refusaient à reconnaître cette inno-
vation.

Enfin Desplein prit plaisir à se livrer à toute sa
verve d'athée, et ce fut un flux de plaisanteries
voltairiennes, ou, pour être plus exact, une
détestable contrefaçon du *Citateur* [95].

— Ouais! se dit Bianchon en lui-même, où est
mon dévot de ce matin?

Il garda le silence, il douta d'avoir vu son chef
à Saint-Sulpice. Desplein n'eût pas pris la peine
de mentir à Bianchon : ils se connaissaient trop
bien tous deux, ils avaient déjà, sur des points
tout aussi graves, échangé des pensées, discuté
des systèmes *de natura rerum* [96] en les sondant ou
les disséquant avec les couteaux et le scalpel de
l'Incrédulité. Trois mois se passèrent. Bianchon
ne donna point de suite à ce fait, quoiqu'il restât
gravé dans sa mémoire. Dans cette année, un
jour, l'un des médecins de l'Hôtel-Dieu prit
Desplein par le bras devant Bianchon, comme
pour l'interroger.

— Qu'alliez-vous donc faire à Saint-Sulpice,
mon cher maître? lui dit-il.

— Y voir un prêtre qui a une carie au genou,
et que madame la duchesse d'Angoulême m'a fait
l'honneur de me recommander, dit Desplein.

Le médecin se paya de cette défaite, mais non
Bianchon.

— Ah! il va voir des genoux malades dans
l'église! Il allait entendre sa messe, se dit
l'interne.

Bianchon se promit de guetter Desplein; il se
rappela le jour, l'heure auxquels il l'avait surpris
entrant à Saint-Sulpice, et se promit d'y venir
l'année suivante au même jour et à la même
heure, afin de savoir s'il l'y surprendrait encore.
En ce cas, la périodicité de sa dévotion autorise-
rait une investigation scientifique, car il ne
devait pas se rencontrer chez un tel homme une
contradiction directe entre la pensée et l'action.
L'année suivante, au jour et à l'heure dits,
Bianchon, qui déjà n'était plus l'interne de
Desplein, vit le cabriolet du chirurgien s'arrêtant
au coin de la rue de Tournon et de celle du Petit-
Lion, d'où son ami s'en alla jésuitiquement le
long des murs à Saint-Sulpice, où il entendit
encore sa messe à l'autel de la Vierge. C'était bien
Desplein! le chirurgien en chef, l'athée *in petto,* le
dévot par hasard. L'intrigue s'embrouillait. La
persistance de cet illustre savant compliquait
tout. Quand Desplein fut sorti, Bianchon s'ap-
procha du sacristain qui vint desservir la
chapelle, et lui demanda si ce monsieur était un
habitué.

— Voici vingt ans que je suis ici, dit le
sacristain, et depuis ce temps monsieur Desplein
vient quatre fois par an entendre cette messe; il
l'a fondée.

— Une fondation faite par lui! dit Bianchon en s'éloignant. Ceci vaut le mystère de l'Immaculée Conception, une chose qui, à elle seule, doit rendre un médecin incrédule [97].

Il se passa quelque temps sans que le docteur Bianchon, quoique ami de Desplein, fût en position de lui parler de cette particularité de sa vie. S'ils se rencontraient en consultation ou dans le monde, il était difficile de trouver ce moment de confiance et de solitude où l'on demeure les pieds sur les chenets, la tête appuyée sur le dos d'un fauteuil, et pendant lequel deux hommes se disent leurs secrets. Enfin, à sept ans de distance, après la révolution de 1830, quand le peuple se ruait sur l'Archevêché [98], quand les inspirations républicaines le poussaient à détruire les croix dorées qui poindaient [99], comme des éclairs, dans l'immensité de cet océan de maisons; quand l'Incrédulité, côte à côte avec l'Émeute, se carrait dans les rues, Bianchon surprit Desplein entrant encore dans Saint-Sulpice. Le docteur l'y suivit, se mit près de lui, sans que son ami lui fît le moindre signe ou témoignât la moindre surprise. Tous deux entendirent la messe de fondation.

— Me direz-vous, mon cher, dit Bianchon à Desplein quand ils sortirent de l'église, la raison de votre capucinade [100]? Je vous ai déjà surpris trois fois allant à la messe, vous! Vous me ferez raison de ce mystère, et m'expliquerez ce désaccord flagrant entre vos opinions et votre conduite. Vous ne croyez pas en Dieu, et vous

allez à la messe! Mon cher maître, vous êtes tenu
de me répondre.

— Je ressemble à beaucoup de dévots, à des
hommes profondément religieux en apparence,
mais tout aussi athées que nous pouvons l'être,
vous et moi.

Et ce fut un torrent d'épigrammes sur
quelques personnages politiques, dont le plus
connu nous offre en ce siècle une nouvelle édition
du Tartuffe de Molière.

— Je ne vous demande pas tout cela, dit
Bianchon, je veux savoir la raison de ce que vous
venez de faire ici, pourquoi vous avez fondé cette
messe.

— Ma foi, mon cher ami, dit Desplein, je suis
sur le bord de ma tombe, je puis bien vous parler
des commencements de ma vie.

En ce moment Bianchon et le grand homme se
trouvaient dans la rue des Quatre-Vents, une des
plus horribles rues de Paris. Desplein montra le
sixième étage d'une de ces maisons qui ressem-
blent à un obélisque, dont la porte bâtarde donne
sur une allée au bout de laquelle est un tortueux
escalier éclairé par des jours justement nommés
des *jours de souffrance*. C'était une maison verdâtre, au rez-de-chaussée de laquelle habitait un
marchand de meubles, et qui paraissait loger à
chacun de ses étages une différente misère. En
levant le bras par un mouvement plein d'énergie,
Desplein dit à Bianchon : — J'ai demeuré là-haut
deux ans!

— Je le sais, d'Arthez y a demeuré, j'y suis

venu presque tous les jours pendant ma première jeunesse, nous l'appelions alors le *bocal aux grands hommes!* Après?

— La messe que je viens d'entendre est liée à des événements qui se sont accomplis alors que j'habitais la mansarde où vous me dites qu'a demeuré d'Arthez, celle à la fenêtre de laquelle flotte une corde chargée de linge au-dessus d'un pot de fleurs. J'ai eu de si rudes commencements, mon cher Bianchon, que je puis disputer à qui que ce soit la palme des souffrances parisiennes. J'ai tout supporté : faim, soif, manque d'argent, manque d'habits, de chaussure et de linge, tout ce que la misère a de plus dur. J'ai soufflé sur mes doigts engourdis dans ce *bocal aux grands hommes,* que je voudrais aller revoir avec vous. J'ai travaillé pendant un hiver en voyant fumer ma tête, et distinguant l'air de ma transpiration [101] comme nous voyons celle des chevaux par un jour de gelée. Je ne sais où l'on prend son point d'appui pour résister à cette vie. J'étais seul, sans secours, sans un sou ni pour acheter des livres ni pour payer les frais de mon éducation médicale; sans un ami : mon caractère irascible, ombrageux, inquiet me desservait. Personne ne voulait voir dans mes irritations le malaise et le travail d'un homme qui, du fond de l'état social où il est, s'agite pour arriver à la surface. Mais j'avais, je puis vous le dire, à vous devant qui je n'ai pas besoin de me draper, j'avais ce lit de bons sentiments et de sensibilité vive qui sera toujours l'apanage des hommes assez forts pour

grimper sur un sommet quelconque, après avoir
piétiné longtemps dans les marécages de la
misère. Je ne pouvais rien tirer de ma famille, ni
de mon pays, au-delà de l'insuffisante pension
qu'on me faisait. Enfin, à cette époque, je
mangeais le matin un petit pain que le boulanger
de la rue du Petit-Lion me vendait moins cher
parce qu'il était de la veille ou de l'avant-veille,
et je l'émiettais dans du lait : mon repas du
matin ne me coûtait ainsi que deux sous. Je ne
dînais que tous les deux jours dans une pension
où le dîner coûtait seize sous. Je ne dépensais
ainsi que neuf sous par jour [102]. Vous connaissez
aussi bien que moi quel soin je pouvais avoir de
mes habits et de ma chaussure! Je ne sais pas si
plus tard nous éprouvons autant de chagrin par
la trahison d'un confrère que nous en avons
éprouvé, vous comme moi, en apercevant la
rieuse grimace d'un soulier qui se découd, en
entendant craquer l'entournure d'une redingote.
Je ne buvais que de l'eau, j'avais le plus grand
respect pour les cafés. Zoppi [103] m'apparaissait
comme une terre promise où les Lucullus du pays
latin avaient seuls droit de présence. — Pourrais-
je jamais, me disais-je parfois, y prendre une
tasse de café à la crème, y jouer une partie de
dominos? Enfin, je reportais dans mes travaux la
rage que m'inspirait la misère. Je tâchais d'acca-
parer des connaissances positives afin d'avoir une
immense valeur personnelle, pour mériter la place
à laquelle j'arriverais le jour où je serais sorti de
mon néant. Je consommais plus d'huile que de

pain : la lumière qui m'éclairait pendant ces
nuits obstinées me coûtait plus cher que ma
nourriture. Ce duel a été long, opiniâtre, sans
consolation. Je ne réveillais aucune sympathie
autour de moi. Pour avoir des amis, ne faut-il pas
se lier avec des jeunes gens, posséder quelques
sous afin d'aller gobeloter avec eux, se rendre
ensemble partout où vont des étudiants! Je
n'avais rien! Et personne à Paris ne se figure que
rien est *rien*. Quand il s'agissait de découvrir mes
misères, j'éprouvais au gosier cette contraction
nerveuse qui fait croire à nos malades qu'il leur
remonte une boule de l'œsophage dans le larynx.
J'ai plus tard rencontré de ces gens, nés riches,
qui, n'ayant jamais manqué de rien, ne
connaissent pas le problème de cette règle de
trois : *Un jeune homme* EST *au crime comme une
pièce de cent sous* EST *à* x. Ces imbéciles dorés me
disent : « Pourquoi donc faisiez-vous des dettes?
pourquoi donc contractiez-vous des obligations
onéreuses? » Ils me font l'effet de cette princesse
qui, sachant que le peuple crevait de faim,
disait : « Pourquoi n'achète-t-il pas de la
brioche[104]? » Je voudrais bien voir l'un de ces
riches, qui se plaint que je lui prends trop cher
quand il faut l'opérer, seul dans Paris, sans sou ni
maille, sans un ami, sans crédit, et forcé de
travailler de ses cinq doigts pour vivre? Que
ferait-il? où irait-il apaiser sa faim? Bianchon, si
vous m'avez vu quelquefois amer et dur, je
superposais alors mes premières douleurs sur
l'insensibilité, sur l'égoïsme desquels j'ai eu des

milliers de preuves dans les hautes sphères; ou
bien je pensais aux obstacles que la haine,
l'envie, la jalousie, la calomnie ont élevés entre le
succès et moi. A Paris, quand certaines gens vous
voient prêts à mettre le pied à l'étrier, les uns
vous tirent par le pan de votre habit, les autres
lâchent la boucle de la sous-ventrière pour que
vous vous cassiez la tête en tombant; celui-ci
vous déferre le cheval, celui-là vous vole le fouet :
le moins traître est celui que vous voyez venir
pour vous tirer un coup de pistolet à bout portant.
Vous avez assez de talent, mon cher enfant, pour
connaître bientôt la bataille horrible, incessante
que la médiocrité livre à l'homme supérieur. Si
vous perdez vingt-cinq louis un soir, le lendemain
vous serez accusé d'être un joueur, et vos
meilleurs amis diront que vous avez perdu la
veille vingt-cinq mille francs. Ayez mal à la tête,
vous passerez pour un fou. Ayez une vivacité,
vous serez insociable. Si, pour résister à ce
bataillon de pygmées, vous rassemblez en vous
des forces supérieures, vos meilleurs amis s'écrie-
ront que vous voulez tout dévorer, que vous avez
la prétention de dominer, de tyranniser. Enfin
vos qualités deviendront des défauts, vos défauts
deviendront des vices, et vos vertus seront des
crimes. Si vous avez sauvé quelqu'un, vous
l'aurez tué; si votre malade reparaît, il sera
constant que vous aurez assuré le présent aux
dépens de l'avenir; s'il n'est pas mort, il mourra.
Bronchez, vous serez tombé! Inventez quoi que
ce soit, réclamez vos droits, vous serez un homme

difficultueux, un homme fin, qui ne veut pas
laisser arriver les jeunes gens. Ainsi, mon cher, si
je ne crois pas en Dieu, je crois encore moins à
l'homme. Ne connaissez-vous pas en moi un
Desplein entièrement différent du Desplein de
qui chacun médit? Mais ne fouillons pas dans
ce tas de boue. Donc, j'habitais cette maison, j'étais à travailler pour pouvoir passer mon
premier examen, et je n'avais pas un liard.
Vous savez! j'étais arrivé à l'une de ces dernières
extrémités où l'on se dit : *Je m'engagerai!* J'avais
un espoir. J'attendais de mon pays une malle
pleine de linge, un présent de ces vieilles tantes
qui, ne connaissant rien de Paris, pensent à vos
chemises, en s'imaginant qu'avec trente francs
par mois leur neveu mange des ortolans. La malle
arriva pendant que j'étais à l'École : elle avait
coûté quarante francs de port; le portier, un
cordonnier allemand logé dans une soupente, les
avait payés et gardait la malle. Je me suis
promené dans la rue des Fossés-Saint-Germain-
des-Prés [105] et dans la rue de l'École-de-Méde-
cine, sans pouvoir inventer un stratagème qui me
livrât ma malle sans être obligé de donner les
quarante francs que j'aurais naturellement payés
après avoir vendu le linge. Ma stupidité me fit
deviner que je n'avais pas d'autre vocation que la
chirurgie. Mon cher, les âmes délicates, dont la
force s'exerce dans une sphère élevée, manquent
de cet esprit d'intrigue, fertile en ressources, en
combinaisons; leur génie, à elles, c'est le hasard :
elles ne cherchent pas, elles rencontrent. Enfin, je

revins à la nuit, au moment où rentrait mon
voisin, un porteur d'eau nommé Bourgeat, un
homme de Saint-Flour. Nous nous connaissions
comme se connaissent deux locataires qui ont
chacun leur chambre sur le même carré, qui
s'entendent dormant, toussant, s'habillant, et qui
finissent par s'habituer l'un à l'autre. Mon voisin
m'apprit que le propriétaire, auquel je devais
trois termes, m'avait mis à la porte : il me
faudrait déguerpir le lendemain. Lui-même était
chassé à cause de sa profession. Je passai la nuit
la plus douloureuse de ma vie. « Où prendre un
commissionnaire pour emporter mon pauvre
ménage, mes livres? comment payer le commissionnaire et le portier? où aller? » Ces questions
insolubles, je les répétais dans les larmes, comme
les fous redisent leurs refrains. Je dormis. La
misère a pour elle un divin sommeil plein de
beaux rêves. Le lendemain matin, au moment où
je mangeais mon écuellée de pain émietté dans
mon lait, Bourgeat entre et me dit en mauvais
français : « Monchieur l'étudiant, che chuis un
pauvre homme, enfant trouvé de l'hospital de
Chain-Flour, chans père ni mère, et qui ne chuis
pas achez riche pour me marier. Vous n'êtes pas
non plus fertile en parents, ni garni de che qui
che compte? Écoutez, j'ai en bas une charrette à
bras que j'ai louée à deux choux l'heure, toutes
nos affaires peuvent y tenir; si vous voulez, nous
chercherons à nous loger de compagnie, puisque
nous chommes chassés d'ici. Che n'est pas après
tout le paradis terrestre. — Je le sais bien, lui

dis-je, mon brave Bourgeat. Mais je suis bien
embarrassé, j'ai en bas une malle qui contient
pour cent écus de linge, avec lequel je pourrais
payer le propriétaire et ce que je dois au portier,
et je n'ai pas cent sous. — Bah! j'ai quelques
monnerons [106], me répondit joyeusement Bourgeat
en me montrant une vieille bourse en cuir
crasseux. Gardez votre linge. » Bourgeat paya
mes trois termes, le sien, et solda le portier. Puis
il mit nos meubles, mon linge dans sa charrette,
et la traîna par les rues en s'arrêtant devant
chaque maison où pendait un écriteau. Moi, je
montais pour aller voir si le local à louer pouvait
nous convenir. A midi nous errions encore dans le
quartier latin sans y avoir rien trouvé. Le prix
était un grand obstacle. Bourgeat me proposa de
déjeuner chez un marchand de vin, à la porte
duquel nous laissâmes la charrette. Vers le soir,
je découvris dans la cour de Rohan, passage du
Commerce, en haut d'une maison, sous les toits,
deux chambres séparées par l'escalier. Nous
eûmes chacun pour soixante francs de loyer par
an. Nous voilà casés, moi et mon humble ami.
Nous dînâmes ensemble. Bourgeat, qui gagnait
environ cinquante sous par jour, possédait environ cent écus, il allait bientôt pouvoir réaliser son
ambition en achetant un tonneau et un cheval.
En apprenant ma situation, car il me tira mes
secrets avec une profondeur matoise et une
bonhomie dont le souvenir me remue encore
aujourd'hui le cœur, il renonça pour quelque
temps à l'ambition de toute sa vie : Bourgeat

était marchand à la voie[107] depuis vingt-deux
ans, il sacrifia ses cent écus à mon avenir.

Ici Desplein serra violemment le bras de
Bianchon.

— Il me donna l'argent nécessaire à mes
examens! Cet homme, mon ami, comprit que
j'avais une mission, que les besoins de mon
intelligence passaient avant les siens. Il s'occupa
de moi, il m'appelait son *petit,* il me prêta
l'argent nécessaire à mes achats de livres, il
venait quelquefois tout doucement me voir travaillant; enfin il prit des précautions maternelles
pour que je substituasse à la nourriture insuffisante et mauvaise à laquelle j'étais condamné,
une nourriture saine et abondante. Bourgeat,
homme d'environ quarante ans, avait une figure
bourgeoise du Moyen Age, un front bombé, une
tête qu'un peintre aurait pu faire poser comme
modèle pour un Lycurgue. Le pauvre homme se
sentait le cœur gros d'affections à placer; il
n'avait jamais été aimé que par un caniche mort
depuis peu de temps, et dont il me parlait
toujours en me demandant si je croyais que
l'Église consentirait à dire des messes pour le
repos de son âme. Son chien était, disait-il, un
vrai chrétien, qui, durant douze années, l'avait
accompagné à l'église sans avoir jamais aboyé,
écoutant les orgues sans ouvrir la gueule, et
restant accroupi près de lui d'un air qui lui faisait
croire qu'il priait avec lui. Cet homme reporta sur
moi toutes ses affections : il m'accepta comme un
être seul et souffrant; il devint pour moi la mère

la plus attentive, le bienfaiteur le plus délicat,
enfin l'idéal de cette vertu qui se complaît dans
son œuvre. Quand je le rencontrais dans la rue, il
me jetait un regard d'intelligence plein d'une
inconcevable noblesse : il affectait alors de marcher comme s'il ne portait rien, il paraissait
heureux de me voir en bonne santé, bien vêtu.
Ce fut enfin le dévouement du peuple, l'amour
de la grisette reporté dans une sphère élevée.
Bourgeat faisait mes commissions, il m'éveillait
la nuit aux heures dites, il nettoyait ma lampe,
frottait notre palier; aussi bon domestique que
bon père, et propre comme une fille anglaise.
Il faisait le ménage. Comme Philopémen, il
sciait notre bois, et communiquait à toutes
ses actions la simplicité du faire, en y gardant
sa dignité, car il semblait comprendre que le
but ennoblissait tout. Quand je quittai ce
brave homme pour entrer à l'Hôtel-Dieu comme
interne, il éprouva je ne sais quelle douleur
morne en songeant qu'il ne pourrait plus vivre
avec moi; mais il se consola par la perspective
d'amasser l'argent nécessaire aux dépenses de ma
thèse, et il me fit promettre de le venir voir les
jours de sortie. Bourgeat était fier de moi, il
m'aimait pour moi et pour lui. Si vous recher-
chiez ma thèse, vous verriez qu'elle lui a été
dédiée. Dans la dernière année de mon internat,
j'avais gagné assez d'argent pour rendre tout ce
que je devais à ce digne Auvergnat en lui
achetant un cheval et un tonneau, il fut outré de
colère de savoir que je me privais de mon argent,

et néanmoins il était enchanté de voir ses
souhaits réalisés; il riait et me grondait, il
regardait son tonneau, son cheval, et s'essuyait
une larme en me disant : « C'est mal! Ah! le beau
tonneau! Vous avez eu tort, le cheval est fort
comme un Auvergnat. » Je n'ai rien vu de plus
touchant que cette scène. Bourgeat voulut absolument m'acheter cette trousse garnie en argent
que vous avez vue dans mon cabinet, et qui en
est pour moi la chose la plus précieuse. Quoique
enivré par mes premiers succès, il ne lui est
jamais échappé la moindre parole, le moindre
geste qui voulussent dire : *C'est à moi qu'est dû cet
homme!* Et cependant sans lui la misère m'aurait
tué. Le pauvre homme s'était exterminé pour
moi : il n'avait mangé que du pain frotté d'ail,
afin que j'eusse du café pour suffire à mes veilles.
Il tomba malade. J'ai passé, comme vous l'imagi-
nez, les nuits à son chevet, je l'ai tiré d'affaire la
première fois; mais il eut une rechute deux ans
après, et malgré les soins les plus assidus, malgré
les plus grands efforts de la science, il dut
succomber. Jamais roi ne fut soigné comme il le
fut. Oui, Bianchon, j'ai tenté, pour arracher cette
vie à la mort, des choses inouïes. Je voulais le
faire vivre assez pour le rendre témoin de son
ouvrage, pour lui réaliser tous ses vœux, pour
satisfaire la seule reconnaissance qui m'ait empli
le cœur, pour éteindre un foyer qui me brûle
encore aujourd'hui!

— Bourgeat, reprit après une pause Desplein
visiblement ému, mon second père est mort dans

mes bras, me laissant tout ce qu'il possédait par
un testament qu'il avait fait chez un écrivain
public, et daté de l'année où nous étions venus
nous loger dans la cour de Rohan. Cet homme
avait la foi du charbonnier. Il aimait la sainte
Vierge comme il eût aimé sa femme. Catholique
ardent, il ne m'avait jamais dit un mot sur mon
irréligion. Quand il fut en danger, il me pria de ne
rien ménager pour qu'il eût les secours de
l'Église. Je fis dire tous les jours la messe pour
lui. Souvent, pendant la nuit, il me témoignait
des craintes sur son avenir, il craignait de ne pas
avoir vécu assez saintement. Le pauvre homme!
il travaillait du matin au soir. A qui donc
appartiendrait le paradis, s'il y a un paradis? Il a
été administré comme un saint qu'il était, et sa
mort fut digne de sa vie. Son convoi ne fut suivi
que par moi. Quand j'eus mis en terre mon
unique bienfaiteur, je cherchai comment m'acquitter envers lui; je m'aperçus qu'il n'avait ni
famille, ni amis, ni femme, ni enfants. Mais il
croyait! il avait une conviction religieuse, avais-
je le droit de la discuter? Il m'avait timidement
parlé des messes dites pour le repos des morts, il
ne voulait pas m'imposer ce devoir, en pensant
que ce serait faire payer ses services. Aussitôt que
j'ai pu établir une fondation, j'ai donné à Saint-
Sulpice la somme nécessaire pour y faire dire
quatre messes par an. Comme la seule chose que
je puisse offrir à Bourgeat est la satisfaction de
ses pieux désirs, le jour où se dit cette messe, au
commencement de chaque saison, j'y vais en son

nom, et récite pour lui les prières voulues. Je dis
avec la bonne foi du douteur : « Mon Dieu, s'il est
une sphère où tu mettes après leur mort ceux qui
ont été parfaits, pense au bon Bourgeat; et s'il y
a quelque chose à souffrir pour lui, donne-moi ses
souffrances, afin de le faire entrer plus vite dans
ce que l'on appelle le paradis. » Voilà, mon cher,
tout ce qu'un homme qui a mes opinions peut se
permettre. Dieu doit être un bon diable, il ne
saurait m'en vouloir. Je vous le jure, je donnerais
ma fortune pour que la croyance de Bourgeat pût
m'entrer dans la cervelle.

Bianchon, qui soigna Desplein dans sa dernière
maladie, n'ose pas affirmer aujourd'hui que
l'illustre chirurgien soit mort athée. Des croyants
n'aimeront-ils pas à penser que l'humble Auvergnat sera venu lui ouvrir la porte du ciel, comme
il lui ouvrit jadis la porte du temple terrestre [108]
au fronton duquel se lit : *Aux grands hommes la
patrie reconnaissante.*

Paris, janvier 1836.

DOSSIER

VIE DE BALZAC

La biographie de Balzac est tellement chargée d'événements si divers, et tout s'y trouve si bien emmêlé, qu'un exposé purement chronologique des faits serait d'une confusion extrême.

Dans l'ordre chronologique, nous nous sommes donc contenté de distinguer, d'une manière aussi peu arbitraire que possible, cinq grandes époques de la vie de Balzac : des origines à 1814, 1815-1828, 1828-1833, 1833-1840, 1841-1850.

A l'intérieur des périodes principales, nous avons préféré, quand il y avait lieu, classer les faits selon leur nature : l'œuvre, les autres activités touchant la littérature, la vie sentimentale, les voyages, etc. (mais en reprenant, à l'intérieur de chaque paragraphe, l'ordre chronologique).

Famille, enfance; des origines à 1814.

En juillet 1746 naît dans le Rouergue, d'une lignée paysanne, Bernard-François Balssa, qui sera le père du romancier et mourra en 1829; en 1776 nous retrouvons le nom orthographié « Balzac ».

Janvier 1797 : Bernard-François, directeur des vivres de la division militaire de Tours, épouse à cinquante ans Laure Sallambier, qui en a dix-huit, et qui vivra jusqu'en 1854.

1799, 20 mai : Naissance à Tours d'Honoré Balzac (le nom ne comporte pas encore la particule). Un premier fils, né jour pour jour un an plus tôt, n'avait pas vécu.

Après Honoré, naîtront trois autres enfants : 1° Laure (1800-1871), qui épousera en 1820 Eugène Surville, ingénieur des Ponts et Chaussées, et restera presque toujours pour le romancier une confidente de prédilection; 2° Laurence (1802-1825), devenue en 1821 Mme de Montzaigle : c'est sur son acte de baptême que la particule « de » apparaît pour la première fois devant le nom des Balzac; 3° Henry (1807-1858), fils adultérin dont le père était Jean de Margonne (1780-1858), châtelain de Saché.

L'enfance et l'adolescence d'Honoré seront affectées par la préférence de la mère pour Henry, lequel, dépourvu de dons et de caractère, traînera une existence assez misérable; les ternes séjours qu'il fera dans les îles de l'océan Indien avant de mourir à Mayotte contrastent absolument avec les aventures des romanesques coureurs de mers balzaciens. Balzac gardera des liens étroits avec Margonne et séjournera souvent à Saché, où l'on montre encore sa chambre et sa table de travail.

Dès sa naissance, Honoré est mis en nourrice chez la femme d'un gendarme à Saint-Cyr-sur-Loire, aujourd'hui faubourg de Tours (rive droite). De 1804 à 1807 il est externe dans un établissement scolaire de Tours, de 1807 à 1813 il est pensionnaire au collège de Vendôme. Puis, pendant plus d'un an, en 1813-1814, atteint de troubles et d'une espèce d'hébétude qu'on attribue à un abus de lecture, il demeure dans sa famille, au repos. En 1814, pendant quelques mois, il reprend ses études au collège de Tours, comme externe.

Son père, alors administrateur de l'Hospice général de Tours, est nommé directeur des vivres dans une entreprise parisienne de fournitures aux armées. Toute la famille quitte Tours pour Paris en novembre 1814.

Apprentissages, 1815-1828.

1815-1819. Honoré poursuit ses études à Paris. Il entreprend son droit, suit des cours à la Sorbonne et au Muséum. Il travaille comme clerc dans l'étude de Me Guillonnet-Merville, avoué, puis dans celle de Me Passez, notaire; ces deux stages laisseront sur lui une empreinte profonde.

Son père ayant pris sa retraite, la famille, dont les ressources sont désormais réduites, quitte Paris et s'installe pendant l'été 1819 à Villeparisis. Cet été-là est guillotiné à Albi un frère cadet de Bernard-François, pour l'assassinat, dont il n'était peut-être pas coupable, d'une fille de ferme. Cependant Honoré, qu'on destinait au notariat, obtient de renoncer à cette carrière, et de demeurer seul à Paris, dans une mansarde, pour éprouver sa vocation en s'exerçant au métier des lettres. En septembre 1820, au tirage au sort, il obtient un « bon numéro », qui le dispense du service militaire.

Dès 1817 il a rédigé des *Notes sur la philosophie et la religion*, suivies en 1818 de *Notes sur l'immortalité de l'âme*, premiers indices du goût prononcé qu'il gardera longtemps pour la spéculation philosophique : maintenant il s'attaque à une tragédie, *Cromwell*, cinq actes en vers, qu'il termine au printemps de 1820. Soumise à plusieurs juges successifs, l'œuvre est uniformément estimée détestable; Andrieux, aimable écrivain, professeur au Collège de France et académicien, consulté par la famille, conclut que l'auteur peut tenter sa chance dans n'importe quelle voie, hormis la littérature. Balzac continue sa recherche philosophique avec *Falthurne* (1820) et *Sténie* (1821), que suivront bientôt (1823) un *Traité de la prière* et un second *Falthurne*.

De 1822 à 1827, soit en collaboration, soit seul, mais toujours sous des pseudonymes, il publie une masse considérable de produits romanesques « de consommation courante », qu'il lui arrivera d'appeler « petites opérations de littérature marchande » ou même « cochonneries littéraires ». A leur sujet les balzaciens se partagent; les uns y cherchent des ébauches de thèmes et les signes avant-coureurs du génie romanesque; les autres doutent que Balzac, soucieux seulement de satisfaire sa clientèle, y ait rien mis qui soit vraiment de lui-même.

En 1822 commence sa longue liaison (mais, de sa part, non exclusive) avec Antoinette de Berny, qu'il a rencontrée a Villeparisis l'année précédente. Née en 1777, elle a alors deux fois l'âge d'Honoré, et elle est d'un an et demi l'aînée de la mère de celui-ci; il aura pour celle qu'il a rebaptisée Laure et

Dilecta un amour en quelque sorte ambivalent, où il trouvera une compensation à son enfance frustrée.

Fille d'un musicien de la Cour et d'une femme de la chambre de Marie-Antoinette, elle-même femme d'expérience. Laure initiera son jeune amant non seulement aux secrets de la vie mondaine sous l'Ancien Régime, mais aussi à ceux de la condition féminine et de la joie sensuelle. Elle restera pour lui un soutien, et le guide le plus sûr. Elle mourra en 1836.

En 1825, Balzac entre en relations avec la duchesse d'Abrantès (1784-1838) : cette nouvelle maîtresse, qui d'ailleurs s'ajoute à la précédente et ne se substitue pas à elle, a encore quinze ans de plus que lui. Fort avertie de la grande et petite histoire de la Révolution et de l'Empire, elle complète l'éducation que lui a donnée Mme de Berny, et le présente aux nombreux amis qu'elle garde dans le monde ; lui-même, plus tard, se fera son conseiller et peut-être son collaborateur lorsqu'elle écrira ses *Mémoires*.

Durant la fin de cette période, il se lance dans des affaires qui enrichissent d'une manière incomparable l'expérience du futur auteur de *La Comédie humaine*, mais qui en attendant se soldent par de pénibles et coûteux échecs.

Il se fait éditeur en 1825, l'éditeur se fait imprimeur en 1826, l'imprimeur se fait fondeur de caractères en 1827 — toujours en association, les fonds de ses propres apports étant constitués par sa famille et par Mme de Berny. En 1825 et 1826 il publie, entre autres, des éditions compactes de Molière et de La Fontaine, pour lesquelles il a composé des notices. En 1828 la société de fonderie est remaniée ; il en est écarté au profit d'Alexandre de Berny, fils de son amie : l'entreprise deviendra une des plus belles réalisations françaises dans ce domaine. L'imprimerie est liquidée quelques mois plus tard, en août ; elle laisse à Balzac 60 000 francs de dettes (dont 50 000 envers sa famille).

Nombreux voyages et séjours en province, notamment dans la région de l'Isle-Adam, en Normandie, et surtout en Touraine, terre natale et terre d'élection.

Les débuts, 1828-1833.

A la mi-septembre 1828 Balzac va s'établir pour six semaines à Fougères, en vue du roman qu'il prépare sur la chouannerie. *Le Dernier Chouan ou la Bretagne en 1800*, dont le titre deviendra finalement *Les Chouans*, paraît en mars 1829; c'est le premier roman dont il assume ouvertement la responsabilité en le signant de son véritable nom.

En décembre 1829 il publie sous l'anonymat *Physiologie du mariage*, un essai (ou, comme il dira plus tard, une « étude analytique ») qu'il avait ébauché puis délaissé plusieurs années auparavant.

1830 : les *Scènes de la vie privée* réunissent en deux volumes six nouvelles ou courts récits. Ce nombre sera porté à quinze dans une réédition du même titre en quatre tomes (1832).

1831 : *La Peau de chagrin* : ce roman est repris pour former la même année, avec douze autres récits divers, trois volumes de *Romans et contes philosophiques;* l'ensemble est précédé d'une introduction de Philarète Chasles, certainement inspirée par Balzac. 1832 : les *Nouveaux contes philosophiques* augmentent cette collection de quatre récits (dont une première version de *Louis Lambert*). Il faut noter que la qualification « philosophiques » a encore un sens fort vague, et provisoire, dans l'esprit de l'écrivain.

Les *Contes drolatiques.* A l'imitation des *Cent Nouvelles nouvelles* (il avait un goût très vif pour la vieille littérature dite gauloise), il voulait en écrire cent, répartis en dix dizains. Le premier dizain paraît en 1832, le deuxième en 1833; le troisième ne sera publié qu'en 1837, et l'entreprise s'arrêtera là.

Septembre 1833 : *Le Médecin de campagne*. Pendant toute cette époque, Balzac donne une foule de textes divers à de nombreux périodiques. Il poursuivra ce genre de collaboration durant toute sa vie, mais à une cadence moindre.

Laure de Berny reste la Dilecta. Laure d'Abrantès devient une amie.

Passade avec Olympe Pélissier.

Entré en liaison d'abord épistolaire avec la duchesse de Castries en 1831, il séjourne auprès d'elle, à Aix-les-Bains et à Genève, en septembre et octobre 1832; elle s'amuse à se laisser chaudement courtiser par lui, mais ne cède pas, ce dont, fort déconfit, il se venge par *La Duchesse de Langeais*.

Au début de 1832 il reçoit d'Odessa une lettre signée « L'Étrangère », et répond par une petite annonce insérée dans un journal : c'est le début de ses relations avec Mme Hanska (1805-1882), sa future femme, qu'il rencontre pour la première fois à Neuchâtel dans les derniers jours de septembre 1833.

Vers cette même époque il a une maîtresse discrète, Maria du Fresnay.

Voyages très nombreux. Outre ceux que nous avons signalés ci-dessus (Fougères, Aix, Genève, Neuchâtel), il faut mentionner plusieurs séjours près de Tours ou de Nemours avec Mme de Berny, à Saché, à Angoulême chez ses amis Carraud, etc.

Son travail acharné n'empêche pas qu'il ne soit très répandu dans les milieux littéraires et dans le monde; il mène une vie ostentatoire et dispendieuse.

En politique, il s'affiche légitimiste. Il envisage de se présenter aux élections législatives de 1831, et en 1832 à une élection partielle.

L'essor, 1833-1840.

Durant cette période, Balzac ne se contente pas d'assurer le développement de son œuvre : il se préoccupe de lui assigner une organisation d'ensemble. Déjà les *Scènes de la vie privée* et les *Romans et contes philosophiques* témoignaient chez lui de cette tendance; maintenant il s'avance sur la voie qui le conduira à la conception globale de *La Comédie humaine*.

En octobre 1833 il signe un contrat pour la publication d'une collection intitulée *Études de mœurs au XIXe siècle*, et qui doit rassembler aussi bien les rééditions que des ouvrages nouveaux. Divisée en trois séries, cette collection va comprendre quatre tomes de *Scènes de la vie privée*, quatre de *Scènes de la vie de province* et quatre de *Scènes de la vie parisienne*. Les douze volumes paraissent en ordre dispersé de décembre 1833 à février 1837. Le tome I est précédé d'une importante introduction de Félix Davin, porte-parole ou même prête-nom de Balzac. La classification a une valeur à la fois littérale et symbolique : elle se fonde à la fois sur le cadre de l'action et sur la signification du thème

Parallèlement paraissent de 1834 à 1840 vingt volumes d'*Études philosophiques*, avec une nouvelle introduction de Félix Davin.

Principales créations en librairie de cette période : *Eugénie Grandet*, fin 1833 ; *La Recherche de l'absolu*, 1834 ; *Le Père Goriot*, *La Fleur des pois* (titre qui deviendra *Le Contrat de mariage*), *Séraphîta*, 1835 ; *Histoire des Treize*, 1833-1835 ; *Le Lys dans la vallée*, 1836 ; *La Vieille Fille*, *Illusions perdues* (début), *César Birotteau*, 1837 ; *La Femme supérieure* (titre qui deviendra *Les Employés*), *La Maison Nucingen*, *La Torpille* (début de *Splendeurs et Misères des courtisanes*), 1838 ; *Le Cabinet des antiques*, *Une fille d'Ève*, *Béatrix*, 1839 ; *Une princesse parisienne* (titre qui deviendra *Les Secrets de la princesse de Cadignan*), *Pierrette*, *Pierre Grassou*, 1840.

En marge de cette activité essentielle, Balzac prend à la fin de 1835 une participation majoritaire dans la *Chronique de Paris*, journal politique et littéraire ; il y publie un bon nombre de textes, jusqu'à ce que la société, irrémédiablement déficitaire, soit dissoute six mois plus tard. Curieusement il réédite (et complète à l'aide de « nègres ») une partie de ses romans de jeunesse, en gardant un pseudonyme qui n'abuse personne : ce sont les *Œuvres complètes d'Horace de Saint-Aubin*, seize volumes, 1836-1840.

En 1838 il s'inscrit à la toute jeune Société des Gens de Lettres, il la préside en 1839, et mène diverses campagnes pour la protection de la propriété littéraire et des droits des auteurs.

Candidat à l'Académie française en 1839, il s'efface devant Hugo, qui d'ailleurs n'est pas élu.

En 1840 il fonde la *Revue parisienne*, mensuelle et entière-

ment rédigée par lui; elle disparaît après le troisième numéro,
où il a inséré son long et fameux article sur *La Chartreuse de
Parme*.

Théâtre, vieille et durable préoccupation depuis le *Cromwell*
de ses vingt ans : en 1839, la Renaissance refuse *L'École des
ménages*, pièce dont il donne chez Custine une lecture à
laquelle assistent Stendhal et Théophile Gautier. En 1840 la
censure écarte plusieurs fois et finit par autoriser *Vautrin*,
pièce interdite dès le lendemain de la première.

Il séjourne à Genève auprès de Mme Hanska du 24 décembre
1833 au 8 février 1834; il la retrouve à Vienne (Autriche) en
mai-juin 1835; alors commence une séparation qui durera huit
ans.

Le 4 juin 1834 naît Marie du Fresnay, présumée être sa fille,
et qu'il regarde comme telle; elle ne mourra qu'en 1930.

Mme de Berny, malade depuis 1834, accablée de malheurs
familiaux, cesse de le voir à la fin de 1835; elle va mourir
huit mois plus tard.

En 1836, naissance de Lionel-Richard Lowell, fils présumé
de Balzac et de la comtesse Guidoboni-Visconti; en 1837 le
comte lui donne lui-même procuration pour régler à Venise en
son nom une affaire de succession; en 1837 encore, c'est
chez la comtesse que Balzac, poursuivi pour dettes, se réfugie :
elle paie pour lui, et lui évite ainsi la contrainte par corps.

Juillet-août 1836 : Mme Marbouty, déguisée en homme,
l'accompagne à Turin et en Suisse.

Voyages toujours nombreux.

Au cours de l'excursion autrichienne de 1835 il est reçu par
Metternich, et visite le champ de bataille de Wagram en vue
d'un roman qu'il ne parviendra jamais à écrire. En 1836,
séjournant en Touraine, il se voit accueilli par Talleyrand et la
duchesse de Dino. L'année suivante, c'est George Sand qui
l'héberge à Nohant; elle lui suggère le sujet de *Béatrix*.

Durant son voyage italien de 1837 il a appris, à Gênes,
qu'on pouvait exploiter fructueusement en Sardaigne les
scories d'anciennes mines de plomb argentifère; en 1838, en
passant par la Corse, il se rend sur place — pour y constater

que l'idée était si bonne qu'une société marseillaise l'a
devancé; retour par Gênes, Turin, et Milan où il s'attarde.

On signale en 1834 un dîner réunissant Balzac, Vidocq et les
bourreaux Sanson père et fils.

Démêlés avec la Garde nationale, où il se refuse obstinément
à assurer ses tours de garde : en 1835 il se cache d'elle autant
que de ses créanciers, à Chaillot, sous le nom de « Mme veuve
Durand »; en 1836 elle l'incarcère pendant une semaine dans
sa prison surnommée « Hôtel des Haricots »; nouvel empri-
sonnement en 1839, pour la même raison.

En 1837, près de Paris, à Sèvres, au lieu dit Les Jardies, il
achète les premiers éléments de ce dont il voudra constituer
tout un domaine. On prétendra qu'il aurait rêvé même de faire
fortune en y acclimatant la culture de l'ananas. Ses projets
assez grandioses lui coûteront fort cher et ne lui amèneront
que des déboires. Liquidation onéreuse et longue; à la mort de
Balzac elle ne sera pas encore tout à fait terminée.

C'est en octobre 1840 que, quittant Les Jardies, il s'installe
à Passy dans l'actuelle rue Raynouard, où sa maison est
redevenue aujourd'hui « La Maison de Balzac ».

Suite et fin, 1841-1850.

Le fait marquant qui inaugure cette période est l'acte de
naissance officiel de *La Comédie humaine* considérée comme
un ensemble organique. Cet acte, c'est le contrat passé le
2 octobre 1841 avec un groupe d'éditeurs pour la publication,
sous ce « titre général », des « œuvres complètes » de Balzac,
celui-ci se réservant « l'ordre et la distribution des matières, la
tomaison et l'ordre des volumes ».

Nous avons vu le romancier, dès ses véritables débuts ou
presque, montrer le souci d'un ordre et d'un classement. Une
lettre à Mme Hanska du 26 octobre 1834 en faisait déjà état.
Une lettre de décembre 1839 ou janvier 1840, adressée à un
éditeur non identifié, et restée sans suite, mentionnait pour la
première fois le « titre général », avec un plan assez détaillé.
Cette fois le grand projet va enfin se réaliser (sous réserve de

quelques changements de détail ultérieurs dans le plan, et sous réserve aussi de plusieurs ouvrages annoncés qui ne seront jamais composés.

Réunissant rééditions et nouveautés, l'ensemble désormais intitulé *La Comédie humaine* parait de 1842 à 1848 en dix-sept volumes, complétés en 1855 par un tome XVIII, et suivis, en 1855 encore, d'un tome XIX (*Théâtre*) et d'un tome XX (*Contes drolatiques*). Trois parties : *Études de mœurs, Études philosophiques, Études analytiques* — la première partie étant elle-même divisée en *Scènes de la vie privée, Scènes de la vie de province, Scènes de la vie parisienne, Scènes de la vie politique, Scènes de la vie militaire* et *Scènes de la vie de campagne.*

L'Avant-propos est un texte doctrinal capital. Avant de se résoudre à l'écrire lui-même, Balzac avait demandé vainement une préface à Nodier, à George Sand, ou envisagé de reproduire les introductions de Davin aux anciennes *Études de mœurs* et *Études philosophiques.*

Premières publications en librairie : *Le Curé de village,* 1841; *Mémoires de deux jeunes mariées, Ursule Mirouët, Albert Savarus, La Femme de trente ans* (sous sa forme et son titre définitifs après beaucoup d'avatars), *Les Deux Frères* (titre qui deviendra *La Rabouilleuse*), 1842; *Une ténébreuse affaire, La Muse du département, Illusions perdues* (au complet), 1843; *Honorine, Modeste Mignon,* 1844; *Petites Misères de la vie conjugale,* 1846; *La Dernière Incarnation de Vautrin* (achevant *Splendeurs et Misères des courtisanes*), 1847; *Les Parents pauvres* (*Le Cousin Pons* et *La Cousine Bette*), 1847-1848.

Romans posthumes. *Le Député d'Arcis* et *Les Petits Bourgeois,* restés inachevés, et terminés, avec une désinvolture confondante, par Charles Rabou agréé par la veuve, paraissent respectivement en 1854 et 1856. La veuve assure elle-même, avec beaucoup plus de tact, la mise au point des *Paysans* qu'elle publie en 1855.

Théâtre. Représentation et échec des *Ressources de Quinola,* 1842; de *Paméla Giraud,* 1843. Succès sans lendemain de *La Marâtre,* pièce créée à une date peu favorable (25 mai 1848); trois mois plus tard la Comédie-Française reçoit *Mercadet ou le Faiseur,* mais la pièce ne sera pas représentée.

Chevalier de la Légion d'honneur depuis avril 1845, Balzac, encore candidat à l'Académie française, obtient 4 voix le 11 janvier 1849, dont celles de Hugo et de Lamartine (on lui préfère le duc de Noailles), et, aux trois scrutins du 18 janvier, 2 voix (Vigny et Hugo), 1 voix (Hugo) et 0 voix, le comte de Saint-Priest étant élu.

Amours et voyages, durant toute cette période, portent pratiquement un seul et même nom : Mme Hanska. Le mari meurt — enfin! — le 10 novembre 1841, en Ukraine; mais Balzac n'est informé que le 5 janvier d'un événement qu'il attend pourtant avec tant d'impatience. Son amie, libre désormais de l'épouser, va néanmoins le faire attendre près de dix ans encore, soit qu'elle manque d'empressement, soit que réellement le régime tsariste se dispose à confisquer ses biens, qui sont considérables, si elle s'unit à un étranger.

En 1843, après huit ans de séparation, Balzac va la retrouver pour deux mois à Saint-Pétersbourg; il rentre par Berlin, les pays rhénans, la Belgique. En 1845, voyages communs en Allemagne, en France, en Hollande, en Belgique, en Italie. En 1846, ils se rencontrent à Rome et voyagent en Italie, en Suisse, en Allemagne.

Mme Hanska est enceinte; Balzac en est profondément heureux, et, de surcroît, voit dans cette circonstance une occasion de hâter son mariage; il se désespère lorsqu'elle accouche en novembre 1846 d'un enfant mort-né.

En 1847 elle passe quelques mois à Paris; lui-même, peu après, rédige un testament en sa faveur. A l'automne, il va la retrouver en Ukraine, où il séjourne près de cinq mois. Il rentre à Paris, assiste à la révolution de février 1848, envisage une candidature aux élections législatives, repart dès la fin de septembre pour l'Ukraine, où il séjourne jusqu'à la fin d'avril 1850.

C'est là qu'il épouse Mme Hanska, le 14 mars 1850.

Rentrés ensemble à Paris vers le 20 mai, les deux époux, le 4 juin, se font donation mutuelle de tous leurs biens en cas de décès. Depuis plusieurs années la santé de Balzac n'a pas cessé de se dégrader.

Du 1er juin 1850 date (à notre connaissance) la dernière lettre que Balzac ait écrite entièrement de sa main. Le 18 août, il a reçu l'extrême-onction, et Hugo, venu en visite, le trouve inconscient : il meurt à onze heures et demie du soir, dans un état physique affligeant. On l'enterre au Père-Lachaise trois jours plus tard : les cordons du poêle sont tenus par Hugo et Dumas, mais aussi par le sinistre Sainte-Beuve, qui n'a jamais rien compris à son génie, et par le ministre de l'Intérieur; devant sa tombe, superbe discours de Hugo; ni Hugo ni Baudelaire ne se sont trompés sur le génie de Balzac.

La femme de Balzac, après avoir trouvé quelque consolation à son veuvage, mourra ruinée en 1882.

NOTICE

Lorsque au mois de juin 1834, âgé de trente-cinq ans, Balzac entreprend d'écrire *La Recherche de l'absolu,* il est déjà un romancier réputé. Il a publié un grand nombre de nouvelles, dont beaucoup sont du premier ordre, et plusieurs romans, *Les Chouans, La Peau de chagrin, Le Médecin de campagne, Louis Lambert, Eugénie Grandet;* bientôt il va donner *Le Père Goriot* et *Séraphîta.* Dès maintenant il tient dans la vie littéraire une place assez éminente pour que Sainte-Beuve (nous reviendrons là-dessus tout à l'heure) reconnaise en lui un homme à abattre.

Sur les rêveries préliminaires au roman, sur la conception du projet, sur les circonstances assez fulgurantes (dix ou douze semaines) de l'exécution, nous savons à peu près tout depuis que l'important ouvrage de Mlle Fargeaud, *Balzac et La Recherche de l'absolu* (Hachette, 1968), a renouvelé et notablement éclairé la genèse et l'histoire de cette œuvre. Mais ce que Balzac en écrit à Mme Hanska lors de sa rédaction ne diffère pas beaucoup de ce qu'il dit en tant d'autres occasions : « *La Recherche de l'absolu* reculera certes les bornes de ma réputation, mais ce sont des victoires qui coûtent trop cher. Encore une, et je suis malade sérieusement » (1er juillet). Il passe un été agité et laborieux; faute de temps il renonce à aller rejoindre son amie à Vienne, préoccupé, en outre, de *Séraphîta* toujours et déjà du *Père Goriot.* Le 26 août, de Saché, il annonce à Mme Hanska : « Aujourd'hui, j'ai fini *La Recherche de l'absolu.* Fasse le Ciel que ce livre soit bon et beau. Je ne puis pas le juger; je suis trop las de travail, trop épuisé par les fatigues de la conception. Je le vois à l'envers. Tout y est pur.

L'amour conjugal y est une passion sublime. L'amour des jeunes filles y est frais. C'est le foyer près de la source. »

La publication intervient très vite, dans les derniers jours de septembre ou les premiers jours d'octobre, — avec même quelque précipitation, s'il faut en juger par les inadvertances que relèvent nos Notes dans les dernières pages. L'ouvrage n'est pas édité séparément : il fait partie d'un groupement de *Scènes de la vie privée* formant lui-même les tomes I à IV des *Études de mœurs au XIXᵉ siècle*. Il reparaîtra à part en 1839 sous un titre légèrement modifié, et à partir de 1845 figurera définitivement dans la section *Études philosophiques* de *La Comédie humaine*. Reclassement qui en modifie sinon le caractère, du moins la signification : il estompe les traits du drame familial et de la localisation géographique, il accentue ceux qui relient la chimie (voir nos Notes) à l'alchimie et l'alchimie à l'occultisme mystique de Balzac.

Ne nous aventurons pas ici à exposer cette philosophie, ou les bases scientifiques de l'œuvre, questions auxquelles l'étude de Mˡˡᵉ Fargeaud répond avec toute la minutie et la compétence indispensables. Cependant, il nous a paru nécessaire de montrer au moins de quelle manière l'argument de *La Recherche* se distingue d'une simple hypothèse de science-fiction pour se rattacher à tout un système : nous l'avons fait dans nos Notes fragmentairement, à l'occasion de divers passages particuliers du roman; le lecteur pourra y trouver matière à s'étonner non pas que celui-ci ait fini par entrer dans les *Études philosophiques*, mais qu'il n'ait pas commencé par là. Pourquoi Balzac ne s'en est-il pas avisé, alors que dès 1831 il avait déjà rassemblé des *Romans et contes philosophiques* et qu'à la fin de 1834 il lançait une collection de ses *Études philosophiques* parallèle à celle des *Études de mœurs?*

A cette question on ne peut répondre que par des conjectures, — probablement parce que le romancier lui-même, s'il avait alors un sentiment intense de ce vers quoi il tendait, n'en formait encore qu'une idée fort vague. Depuis dix ans il pressentait, il savait que son œuvre devait former un ensemble ordonné et cohérent, à l'intérieur duquel chaque livre, tout en demeurant indépendant, trouverait une place naturelle; mais ni cet ordre, ni cette cohérence, ni ces places naturelles ne parvenaient à prendre leur figure : l'idée flottait parmi maintes incertitudes, sans se fixer.

Les introductions que Balzac inspira ou dicta à Philarète Chasles en 1831 pour les *Romans et contes philosophiques*, à Félix Davin en 1834 et 1835 pour les *Études philosophiques* et les *Études de mœurs*, explicites sur l'ambition générale, sont, il faut l'avouer, singulièrement confuses sur les voies et moyens. Le romancier semble d'ailleurs, à l'époque, ne guère regarder comme proprement « philosophiques » que l'analyse et la peinture des déperditions d'énergie qu'entraîne la pensée : on croirait que le succès de *La Peau de chagrin* pesât sur son jugement (c'est pourquoi sans doute il s'obstina si longtemps, et si vainement, à faire entrer *César Birotteau* dans la série des *Études philosophiques*). N'omettons pas les circonstances fortuites — « la mode », « la fatalité du commerce », « le besoin du moment » — évoquées par Davin en 1834. Bref, la cristallisation ne sera opérée que dans l'avant-propos de 1842 de *La Comédie humaine*, — où, au surplus, il reste du flou, Balzac ne montrant pas dans la dissertation le même génie décisif que dans la création.

La Recherche de l'absolu a pour cadre la ville de Douai. Pour être plus exact, il vaut mieux dire que le roman se passe à Douai : car, fait assez exceptionnel chez Balzac, on n'y voit pas de descriptions d'extérieurs, et les dimensions du cadre sont réduites à celles d'une demeure flamande. Or il se trouve — et ceci explique peut-être cela — que Balzac ne connaissait pas Douai. On a supposé qu'il avait pu être documenté sur les structures économiques et sociales de la région par Marceline Desbordes-Valmore, qui y était née. Mlle Fargeaud indique en outre deux amis de Balzac : Félix Davin, de Saint-Quentin, auquel le romancier confiera en 1834 l'Introduction à ses *Études philosophiques*, et le cambraisien Samuel-Henry Berthoud, romancier spécialiste des mœurs et coutumes flamandes. Aucun de ces simples fournisseurs de renseignements, cependant, n'avait assez d'envergure pour concevoir le préambule du roman, magistral cours d'ouverture qui pouvait, un siècle plus tard, satisfaire encore l'exigence d'un André Siegfried. D'autre part, et d'après le texte même (voir quelques-unes de nos Notes), la contemplation et la méditation

de certaines œuvres picturales — une enquête reste à faire là-
dessus — paraissent avoir excité, nourri, exalté l'imagination
de l'écrivain. Dans les deux hypothèses, d'ailleurs parfaitement conciliables : transposition et transfiguration.

« ... Il se passe, chez les poètes ou chez les écrivains
réellement philosophes, un phénomène moral, inexplicable,
inouï, dont la science peut difficilement rendre compte. C'est
une sorte de seconde vue qui leur permet de deviner la vérité
dans toutes les situations possibles; ou, mieux encore, je ne
sais quelle puissance qui les transporte là où ils doivent, où ils
veulent être. Ils inventent le vrai, par analogie, ou voient
l'objet à décrire, soit que l'objet vienne à eux, soit qu'ils
aillent eux-mêmes vers l'objet... (L'homme de génie) a
réellement vu le monde, ou son âme le lui a révélé intuitive-
ment. Ainsi, le peintre le plus chaud, le plus exact de Florence
n'a jamais été à Florence; ainsi, tel écrivain a pu merveilleuse-
ment dépeindre le désert, ses sables, ses mirages, ses palmiers,
sans aller de Dan à Sahara. » (Préface de *La Peau de chagrin*,
1831.)

Le peintre du désert, c'est sans doute celui d'*Une passion
dans le désert* (1830). « Les Norvégiens eux-mêmes », nous dit
l'abbé Philippe Bertault, se déclarent « suffisamment satis-
faits » des descriptions de *Séraphita*. Balzac n'a connu les
mœurs de l'Ancien Régime et de l'Empire, celles de la pègre et
des bagnes, celles de la vie militaire, etc., que par les récits
qu'il s'en faisait faire, — c'est-à-dire par l'art qu'il avait de
questionner et le génie qu'il avait d'interpréter les réponses en
leur donnant vie et âme. De ce don de voyance *La Recherche de
l'absolu* est un exemple.

Le roman semble avoir été accueilli avec tiédeur (mise à
part la chaude approbation de quelques personnes proches de
l'auteur, et qui y admiraient surtout les caractères féminins).
La réaction la plus marquante fut celle de Sainte-Beuve, dans
la *Revue des Deux Mondes* du 15 novembre 1834. Elle fut
perfide et sotte. L'éminent critique ne pouvait plus (nous en
avons dit les raisons en commençant) feindre de tenir le
romancier pour négligeable : il s'efforça de le discréditer,
avec une sournoise adresse, ne ménageant pas les louanges
venimeuses, — un serpent dans chaque bouquet. Son article,

signé seulement des initiales C.A. (il avait pour prénoms Charles Augustin), était le seizième d'une série consacrée aux « Poètes et romanciers modernes de la France ». Le roman nouveau sert de prétexte à une présentation d'ensemble de Balzac, et n'occupe que six pages sur dix-neuf. Sainte-Beuve révèle malignement au public que l'auteur d'*Eugénie Grandet* se confond avec celui des œuvres déplorables d'Horace de Saint-Aubin et autres pseudonymes de jeunesse. Il déclare qu'en réalité son succès est dû beaucoup moins à son talent qu'à la complaisance d'un public féminin dont il flatte les langueurs et les faiblesses. Il insinue qu'en situant ses livres tour à tour dans des villes diverses l'auteur ne vise qu'à noyauter commercialement la clientèle de province. Et ainsi de suite.

Balzac, bien entendu, ne fut pas content. La chronique dit qu'en lisant l'article de Sainte-Beuve il s'écria : « Je lui passerai ma plume au travers du corps! » et promit de se venger en refaisant *Volupté* (paru deux mois avant *La Recherche*). Telle serait l'origine du *Lys dans la vallée :* faut-il donc tresser des couronnes à la méchanceté et à l'envie, pour une fois fécondes?

*

Si *La Recherche de l'absolu* est datée avec exactitude, à la dernière page du livre, de juin-septembre 1834 (le mois de septembre étant apparemment celui des aménagements sur épreuves), *La Messe de l'athée* porte la date non plus de la composition mais de la première publication : janvier 1836. Cette nouvelle parut en effet le 3 janvier dans la *Chronique de Paris*, dont Balzac venait de prendre le contrôle.

Première édition de librairie : 1837, dans les *Études philosophiques*. En 1844, *La Messe de l'athée* entre dans la section *Scènes de la vie parisienne* de *La Comédie humaine;* ultérieurement, enfin, et en vue d'une réédition, Balzac devait lui assigner sa place dans les *Scènes de la vie privée*. Dans ce mouvement, parallèle à celui de *La Recherche de l'absolu* mais de sens inverse, faut-il voir une preuve d'incertitude et d'arbitraire? Faut-il admettre que le romancier mettait plus de complaisance que de rigueur à s'enorgueillir de sa classification? Ou faut-il au contraire conclure qu'il ne prenait conscience que d'une manière progressive de ses propres illuminations et de leurs justifications?

L'anecdote est « philosophique » au sens banal du mot, dans la mesure où athéisme et foi sont en conflit ⌐ ou en coexistence — dans un seul et même esprit. A la rigueur elle l'est dans un sens plus proprement balzacien, si l'on considère qu'en Desplein la sûreté du diagnostic s'apparente à quelque occultisme. Mais les indications que Balzac nous donne là-dessus demeurent marginales, et les vues qu'elles supposent n'influent pas sur le développement du récit : l'ouvrage ne correspond nullement à la fonction dévolue par l'avant-propos de 1842 aux *Études philosophiques* « où le moyen social de tous les effets se trouve démontré, où les ravages de la pensée sont peints, sentiment à sentiment ». Il pouvait, vaille que vaille, y figurer dans l'indétermination de 1837, il ne le pouvait plus en 1844.

Le même avant-propos déclare encore : « Les *Scènes de la vie privée* représentent l'enfance, l'adolescence et leurs fautes, comme les *Scènes de la vie de province* représentent l'âge des passions, des calculs, des intérêts et de l'ambition. Puis les *Scènes de la vie parisienne* offrent le tableau des goûts, des vices et de toutes les choses effrénées qu'excitent les mœurs particulières aux capitales où se rencontrent à la fois l'extrême bien et l'extrême mal. » Cela n'est pas trop précis. La « vie de province » et la « vie parisienne » supposent une localisation; la « vie privée », non. La géographie intervient dans deux cas seulement; dans les trois cas intervient une sorte de symbolisme, dont Balzac, quelques lignes plus haut, vient de dire que chaque section de *La Comédie humaine* « a son sens, sa signification, et formule une époque de la vie humaine ».

Attachons-nous aux derniers mots. Dans la perspective des *Scènes de la vie parisienne*, c'est-à-dire (nous interprétons) des problèmes propres à l'âge mûr, le personnage principal est Desplein, pris entre l'athéisme militant qu'il professe et qui fait partie de sa définition, et le respect scandaleux de croyances qu'il a l'habitude de réprouver agressivement; il se tire de la contradiction par une de ces solutions de fait qui ne résolvent rien, sinon dans l'ordre pratique, et qui comptent parmi les caractéristiques de la maturité. Dans la perspective des *Scènes de la vie privée*, la vedette passe à Bianchon, et le récit reçoit une nouvelle dimension : le comportement de Desplein se charge de la signification exemplaire qu'il prend aux yeux d'un homme jeune qui aborde les complexités de la vie, *La Messe de l'athée* devient un chapitre de l'éternel roman de la formation et de l'apprentissage. Tandis qu'il déplaçait ce chapitre de case en case, Balzac savait très bien, n'en doutons plus, qu'il en multipliait l'efficacité.

*

En 1846, répondant à un journaliste, Hippolyte Castille, qui, entre autres critiques, lui avait reproché le gigantisme de ses personnages favoris, Balzac écrivit quelques lignes que nous citerons comme conclusion sur le chirurgien et sur Balthazar Claës : « Desplein est colossal? Interrogez autour de vous les gens de la Faculté, tous vous diront qu'ils ont connu l'original » (c'était Dupuytren, voir nos Notes) « et qu'il n'est pas flatté. Remarquez, enfin, que le héros de *La Recherche de l'absolu* représente les efforts de la chimie moderne, et que tout personnage typique devient colossal par ce seul fait. C'est, d'ailleurs, une œuvre placée à son lieu dans les *Études philosophiques*, où il n'y a que des symboles. »

LES PERSONNAGES

Les personnages de *La Recherche de l'absolu* sont de ceux qui reparaissent le plus rarement dans *La Comédie humaine*. Mis à part le cas de Mᵐᵉ Evangelista, née Casa-Réal, dans *Le Contrat de mariage*, on n'y trouve aucune allusion aux Claës, aux Pierquin ni aux Solis; Chiffreville et Protez, associés dans la direction d'un important commerce de produits chimiques, figurent dans *Un début dans la vie*, *Le Cousin Pons*, *César Birotteau*. La famille Savaron de Savarus reparaît dans *Albert Savarus*.

Des quatre personnages nommés dans *La Messe de l'athée*, l'un, Bourgeat, n'est cité nulle part ailleurs dans *La Comédie humaine*, dont les trois autres sont, en revanche, quelques-uns des habitués.

D'Arthez, écrivain puis homme politique, droit sans rigidité, généreux sans affectation, honnête homme sans rigorisme, doit peut-être quelques-uns de ses traits à Vigny; surtout, il « est certainement un Balzac idéal » (Félicien Marceau). Il est une des consciences de *La Comédie humaine*, où il reparaît souvent à ce titre *(La Rabouilleuse, Splendeurs et misères des courtisanes, Modeste Mignon, Pierre Grassou, Autre étude de femme, Mémoires de deux jeunes mariées, Les secrets de la princesse de Cadignan, Une ténébreuse affaire, Le Député d'Arcis, Béatrix, Illusions perdues*, surtout).

Horace Bianchon est un des choreutes de l'œuvre balzacienne, les deux autres étant Derville et Desroches. Le médecin et l'avoué sont les seuls qui connaissent les dessous véritables du drame social, les seuls que les acteurs ne puissent abuser; ils observent en témoins fonctionnellement lucides, ils commentent en cliniciens, ils racontent volontiers des anecdotes exemplaires, — parfois ils conseillent, avec froideur mais avec sagesse. Bianchon, cynique mais rigoureusement scrupuleux, reparaît notamment dans *Le Père Goriot*, *La Muse du département*, *César Birotteau*, *Autre étude de femme*, *Illusions perdues*, *La Rabouilleuse*, *Splendeurs et misères des courtisanes*, *Honorine*, *La Peau de chagrin*, *Une double famille*, *Mémoires de deux jeunes mariées*, *La Cousine Bette*, *L'Interdiction*, *Les Secrets de la Princesse de Cadignan*, etc.

Maître de Bianchon dont il assure le « lancement », le chirurgien Desplein est encore (mais à un degré moindre) un des observateurs et des agents secrets de *La Comédie humaine*. Il reparaît dans *Pierrette*, *Les Employés*, *L'Interdiction*, *La Rabouilleuse*, *Le Cousin Pons*, *Illusions perdues*, *Autre étude de femme*, *Modeste Mignon*, *Splendeurs et misères des courtisanes*, *Honorine*, *Le Curé de village*.

Ainsi, même dans une œuvre aussi brève que *La Messe de l'athée*, la méthode du retour des personnages contribue à suggérer la notion de la société considérée comme un organisme, où les individus les plus représentatifs — les autres ne fournissant qu'une sorte de tissu conjonctif — demeurent interdépendants et, si singularisés soient-ils, figurent, en même temps qu'eux-mêmes, des forces constantes dont ils sont à la fois les images et les agents. « J'ai entrepris l'histoire de toute la société, devait écrire Balzac en 1846 dans une lettre ouverte à Hippolyte Castille. J'ai exprimé souvent mon plan dans une seule phrase : *Une génération est un drame à quatre ou cinq mille personnages saillants*. Ce drame, c'est mon livre. »

NOTES

Page 20.

1. Si cette dédicace apparut seulement dans la deuxième édition du roman, en 1839, elle ne fut pas pour autant secondaire ou de raccroc, bien au contraire, comme le révèle Mlle Fargeaud dans son *Balzac et La Recherche de l'absolu.*

Joséphine Delannoy, veuve d'un fournisseur aux armées, était la fille d'un autre fournisseur, Daniel Doumerc, le protecteur du père de Balzac, Bernard-François. Balzac l'appelait « ma bonne et adorable madame Delannoy » et disait d'elle : « Elle a été mère, je serai fils. » De fait, cette fidèle amie lui donna sans cesse les preuves d'un dévouement et d'une bonté rares, aussi bien lors des fastes de la première partie de sa vie qu'au moment où elle éprouva de grands et définitifs revers de fortune.

On a longtemps rapproché cette dédicace du fait que l'un des frères de Mme Delannoy avait été le principal modèle du héros de *La Recherche de l'absolu* pour avoir, comme ce dernier, ruiné sa famille par ses manies d'inventeur. Mlle Fargeaud fait le point de la question dans un paragraphe consacré à « Un Balthazar Claës français : Auguste Doumerc », considéré parmi d'autres « Sources vivantes » parfois proposées : le baron de Trumilly, l'alchimiste Cyliani, « Un Balthazar Claës polonais : le général Chodkiewicz » et le mathématicien Wronski (M. Fargeaud, *op. cit.*, p. 53-86).

Si l'origine du personnage de Balthazar Claës n'est pas à rechercher dans la famille de Mme Delannoy, en revanche la tragédie que vivent Joséphine Claës et ses enfants a pour origine directe la situation familiale de la fille de Joséphine Delannoy, Camille de Montheau (M. Fargeaud, *op. cit.*, p. 87-90). Mère de Marie de Montheau à laquelle Balzac dédiera, en 1842, *La Maison du Chat-qui-pelote*, Camille de Montheau était morte en 1837. Comme le prévoyait Balzac avec la mort de Joséphine Claës, annoncée dans la première édition de *La Recherche de l'absolu*, sans dédicace...

Page 21.

2. On ne croit pas, nous l'avons dit dans notre Notice, que Balzac connût Douai au moment où il écrivit *La Recherche de l'absolu*. C'est là une circonstance propre à troubler les lecteurs de ce préambule, d'ailleurs si important pour la connaissance de la doctrine et de la méthode romanesque de Balzac (et d'autant plus significative que la théorie, au lieu de faire l'objet d'une préface séparée, est intégrée au récit lui-même : le narrateur se déclare ouvertement, comme il le fait si souvent, solidaire de sa propre narration).

Mais si les « préparations didactiques » sont de « nécessité » dans le roman balzacien, c'est-à-dire si la minutie des descriptions fait déjà partie de l'analyse des personnages et des événements, quelle confiance peut-on accorder à des descriptions faites « de chic » et en dehors de toute expérience ?

La question cesse de se poser si l'on songe à ce que représente en réalité la description dans la technique de Balzac. Elle n'exprime pas seulement, comme on le croit trop souvent, la dépendance où se trouve l'homme par rapport aux agents extérieurs qui le déterminent : elle traduit aussi un mode de définition par équivalences et correspondances. Si le cadre de la vie flamande contribue à expliquer la famille Claës, inversement et simultanément l'aventure de Balthazar suppose, exige, conditionne l'invention (et non pas la simple reproduction) d'un cadre où elle soit possible et vraisemblable, où elle puisse se développer avec le maximum de puissance. Aussi est-il superflu d'opposer en Balzac le « réaliste » et le « visionnaire » : il est à la fois l'un et l'autre, chacun des deux termes ne prenant sa véritable valeur que par le terme apparemment contraire.

3. C'est-à-dire de Balzac lui-même, à qui certains reprochaient déjà des « lenteurs » et des « longueurs » dont le sens ne leur apparaissait pas.

Page 22.

4. Allusion aux travaux de Cuvier. Implicitement ou explicitement, Balzac se réfère fort souvent à ceux-ci qui, comme on le voit ici, secondaient d'une manière parfaite sa propre doctrine de la description. Il est curieux d'observer que néanmoins, dans toutes les oppositions parfois vives qui se manifestèrent entre Cuvier et Geoffroy Saint-Hilaire, sur les plans philosophique, méthodologique et même personnel, le romancier resta attaché avec constance au parti du second.

Page 23.

5. Premier exemple dans ce roman (où il y en aura bien d'autres!), de ces énumérations auxquelles Balzac se plaisait au point d'en faire une figure de style : l'accumulation et la variété des images évoquées dans l'esprit du lecteur par la succession des termes suffisaient à remplacer de longs développements explicatifs. — Bianca Capello, Vénitienne d'origine, maîtresse de François de Médicis, qui finit par l'épouser, mourut en 1587, empoisonnée avec lui, après une existence remplie des crimes les plus propres à enchanter le Stendhal des *Chroniques italiennes*.

6. On remarquera combien cette alliance de mots inattendue convient à la méthode romanesque de Balzac.

Page 26.

7. Balzac croit sans doute employer un mot signifiant *maison de ville* alors qu'en flamand *steede* veut dire *urbain*.

Page 29.

8. Le bourgmestre était le premier magistrat municipal avec des attributions assez comparables à celles de nos maires; les échevins étaient ses adjoints.

9. Balzac emploie constamment la forme « s'harmonier » pour « s'harmoniser ». Fréquent dans *La Comédie humaine*, ce mot s'y applique en général au système d'équivalences et de

correspondances que constitue, nous l'avons rappelé ci-dessus, la description balzacienne. On en trouvera plus loin d'autres exemples.

10. Légendaire sauveteur **de** Douai, le géant Gayant, représenté par un immense mannequin d'osier richement vêtu à la mode de la Renaissance, et pourvu d'une famille — sa femme, son fils Binbin et les deux Fillons — est aujourd'hui encore, et depuis le xviie siècle, le prétexte d'une fête populaire annuelle, célébrée le dimanche le plus proche du 10 juillet, au cours de laquelle Gayant suivi des siens est promené à travers les rues de Douai.

Page 32.

11. Sorte de campanile ajouré couronnant un édifice, et qui peut éventuellement en éclairer ou en aérer l'intérieur.

Page 34.

12. Il n'existe pas de sculpteur de ce nom. Les Van Huysum (et non Huysium) sont des peintres de fleurs bien connus, actifs plus d'un siècle après la date indiquée par Balzac.

13. La ville de Gand vivait du tissage de la laine importée d'Angleterre. Au xive siècle, la suspension des livraisons anglaises entraîna une crise de chômage très grave, à la suite de laquelle Van Artevelde (ou Artewelde) prit la tête d'un mouvement révolutionnaire aboutissant à un protectorat de fait des Anglais.

Page 35.

14. Ce tribunal était saisi des litiges en matière d'héritage

Page 39.

15. Il s'agit sans doute de sauterelles, les véritables cigales n'existant pas à la latitude de Douai. Confusion fréquente, paraît-il, chez les écrivains.

Page 40.

16. Allusion discrète à un des grands thèmes du mysticisme balzacien, qu'on trouve exprimé de *Séraphîta* à *Ursule Mirouët*.

Page 42.

17. Ce médecin badois (1758-1828), installé à Paris en 1807, professait que les « bosses » extérieures du crâne humain, variables selon les individus, traduisent la conformation du cerveau et sont les indices de dispositions particulières de chaque caractère. Balzac était un partisan convaincu de ce système qui s'accordait si bien avec ses propres vues générales sur la correspondance du physique et du moral : dans les portraits de ses personnages il se réfère souvent à Gall (ainsi qu'à Lavater) pour décrire en même temps l'aspect extérieur et la tendance psychologique ou spirituelle.

Page 43.

18. Ce système que Balzac ne redoute pas d'appeler « scientifique » s'apparentait à ceux de Gall et de Lavater. Comme ceux-ci, il était alors en vogue (il fut l'un des « lieux communs » de la caricature romantique), et servait les desseins philosophiques et techniques du romancier.

Page 45.

19. Philosophe et illuminé, ce pasteur suisse (1741-1801) poursuivit, sur l'équivalence des traits du visage et de ceux du caractère, des recherches dites « physiognomoniques » assez comparables à celles que Gall allait reprendre et spécialiser. Balzac manque rarement d'associer les deux noms.

20. Le mot « enthousiaste » est pris ici dans un sens assez voisin de celui d' « illuminé » ou « exalté » qu'il avait à l'époque classique. — Fils d'un évêque suédois, Swedenborg (1688-1772), homme de lettres puis naturaliste, eut vers la soixantième année une vision divine, et dès lors se fit prophète. Il enseigna une doctrine fort abstruse d'un monde invisible qui serait la « correspondance » du monde humain (c'est de lui que procèdent la philosophie et la mystique de la correspondance qui a irrigué notre littérature de Balzac à Baudelaire, de Baudelaire aux symbolistes, du symbolisme à un certain surréalisme). Balzac était lui-même l'un des « enthousiastes » de la révélation swedenborgienne d'où sont directement issues deux de ses « Études philosophiques »,

Louis Lambert (1832-1833) et surtout *Séraphîta* (1835), deux
romans initiatiques qu'il réunit un moment sous le titre
commun de *Livre mystique;* l'étrange théorie des Anges,
notamment dans *Séraphîta,* provient de Swedenborg, — de qui
s'inspirait également la philosophie « synthétique » de Geoffroy Saint-Hilaire, le naturaliste illuminé, admirateur aussi
fanatique de Balzac que Balzac l'était de lui.

Page 47

21. Mme d'Egmont était alors morte depuis dix ans...
22. Dans son article de la *Revue des Deux Mondes* du
15 novembre 1834 (voir notre Notice), Sainte-Beuve se fait un
plaisir de signaler qu'à la date de 1783 Helvétius était mort
depuis « plusieurs années », — en fait depuis douze ans.

Page 49.

23 Dans la fable *Les deux pigeons*

Page 51

24 Un des mots clefs de la philosophie balzacienne : le
magnétisme et les phénomènes électriques en général devaient
à ses yeux constituer un phénomène commun entre le monde
de la pensée et le monde matériel, et donc expliquer les
communications jusqu'alors inexplicables de l'un à l'autre, —
la pensée étant elle-même une sorte de puissance matérielle
comme l'électricité. « Notre cervelle est le matras où nous
transportons ce que nos diverses organisations peuvent absorber de matière éthérée, base commune de plusieurs substances
connues sous les noms impropres d'électricité, chaleur,
lumière, fluide galvanique, magnétique. etc., et d'où elle sort
sous forme de pensée » (*Louis Lambert*); Davin-Balzac, qui cite
ce passage, le rapproche lui-même de celui de *La Recherche de
l'absolu* qui fait l'objet de notre note 44 et où est repris le mot
matras. Il s'agit ici d'électricité, là de phosphore, ailleurs
encore (*La Peau de chagrin)* d'une « force matérielle semblable
à la vapeur » : dans tous les cas la tendance est constante.
Balzac reviendra sur le même thème en 1842 dans l'avant-
propos de *La Comédie humaine.*

Page 55.

25. Selon une doctrine esthétique en vogue à l'époque, à
laquelle Stendhal fait maintes allusions, le « beau » serait un
« idéal » : les œuvres d'art seraient plus ou moins belles selon
qu'elles s'en rapprochent plus ou moins, comme si l'absolu du
beau restait en quelque sorte extérieur aux œuvres.

26. C'est-à-dire, comme Balzac va le préciser, les hommes
occupant une place intermédiaire entre les « deux extrémités
de l'échelle morale ».

27. Notion d'ordre mystique : pour Balzac, l'homme de
génie n'est que celui à travers lequel et par le moyen duquel
une pensée transcendante trouve à s'exprimer

Page 61.

28. Balzac indique lui-même, vers la fin du roman, que le
ducat valait une douzaine de francs de l'époque.

Page 75.

29. Soit environ un million et demi de nos francs 1976 — si
du moins on admet qu'une telle équivalence entre les deux
époques garde un sens malgré la différence des genres de vie et
des coûts de la vie.

Page 86.

30. La tarasque, animal fabuleux, relevait à proprement
parler des légendes du Bas-Rhône plutôt que du Nord. Balzac
emploie le mot dans un sens imagé, avec la même approxima-
tion qui lui a fait dire plus haut « cigale » pour « sauterelle ».

31 Orthographe très particulière à Balzac du mot *lé.*

Page 90.

32. Le mot « refrogné », aujourd'hui inusité, et le mot
« renfrogné » étaient équivalents.

Page 91

33. Nom populaire du carabe doré.

Page 97.

34. Dans ces lignes pourrait se vérifier l'hypothèse (voir notre Notice) que Balzac, à défaut d'une connaissance directe, aurait pu s'inspirer d'interprétations picturales; voir dans le même sens les passages correspondant à nos notes 46 et 47.

35. Il s'agit de la fabrique de Wedgwood, célèbre à la fin du xviiie siècle par ses faïences et ses céramiques et dont les figures, inspirées de motifs et de personnages antiques, n'ont d'ailleurs rien à voir avec les « figures coloriées de Bernard Palissy ».

Page 98.

36. Allusion aux éléments décoratifs du style néo-classique (« à la grecque ») et du mobilier Empire (« lances et faisceaux »).

Page 99.

37. Balzac pense sans doute ici aux tableaux de David et de ses élèves : la peinture néo-classique est en effet fort réservée quant à l'emploi de la couleur et elle pratique volontiers la composition en frise ou en bas-relief, qui limite les effets de profondeur et de mouvement chers à la peinture baroque (et à la peinture hollandaise).

Page 104.

38. Devenue proverbe, cette phrase date de 1732 et vient du *Glorieux*, comédie de Destouches.

Page 110.

39. Ce nom était celui du domaine des Hanski en Ukraine. C'est au début de la même année 1834 (où Balzac écrivit et publia *La Recherche de l'absolu*), le 26 janvier, à Genève, que Mme Hanska était devenue la maîtresse du romancier. « Je me suis amusé comme un enfant, lui écrit-il le 1er juillet, à nommer un Polonais Monsieur de Wierzchownia, et à le mettre en scène... vous ne sauriez croire comme ce nom imprimé me fascine! »

40. En 1794, avec la défaite de Kosciuszko sur les Russes à Maciejowice.

Page 111.

41. Ici commence le développement qui donne au roman sa signification philosophique : la chimie n'y est pour Balzac qu'une occasion d'exposer ou de suggérer sa pensée, sa mystique, son occultisme, — auxquels nous avons fait assez d'allusions dans les notes qui précèdent pour que le lecteur puisse voir dans ces pages-ci ce qu'elles sont en réalité, c'est-à-dire une application particulière d'une attitude intellectuelle et spirituelle beaucoup plus générale. Il n'y a donc pas trop lieu de sourire de certaines naïvetés, dans l'ordre scientifique, qui s'y dissimulent mal : elles ne servent que de prétextes à un exposé de doctrine et de tendance.

Au demeurant, Balzac, dans une lettre à Mme Hanska du 18 octobre 1834, prétendait s'être documenté sérieusement, — ou du moins, si on examine attentivement ses termes, avoir pris assez de précautions pour masquer ses ignorances : « Deux membres de l'Académie des Sciences » (il s'agit, croit-on, de Gay-Lussac et de Chevreul qui figurera en 1837 dans *César Birotteau,* roman primitivement destiné, lui aussi, aux « Études philosophiques ») « m'ont appris la chimie » (peste!) « pour laisser le livre vrai scientifiquement. Ils m'ont fait remanier mes épreuves jusqu'à dix à douze fois. Il a fallu lire Berzélius, travailler à se tenir dans la science, et travailler son style, ne pas ennuyer de chimie les froids lecteurs de France en faisant un livre dont l'intérêt se base sur la chimie... »

On remarquera dans les dernières lignes le souci qu'avait alors Balzac — il l'avait sensiblement négligé pour *Louis Lambert* et pour *Séraphîta* — de faire de l'aventure de Balthazar Claës un roman vraiment romanesque. Souci manifeste dans le livre, et particulièrement dans le dénouement ou plutôt dans la « résolution », où l'auteur trouve le moyen, à la fois d'épargner l'échec à son héros et d'éviter lui-même l'impasse d'invraisemblance que devait comporter le succès. Rares sont les romanciers qui, dans des cas analogues ou comparables, savent se tirer honorablement de ce pas. Le dénouement du *Chef-d'œuvre inconnu* témoigne d'une égale virtuosité. Dans le même ordre d'idées, notons encore qu'il faut être Balzac pour oser décrire le génie sur le mode romanesque sans se montrer parfaitement ridicule.

Page 113.

42. Le gros était l'équivalent de 1/128 de livre ou de 1/8 d'once, soit un peu moins de 4 grammes.

Page 116.

43. Ici encore, en énumérant les noms de personnages alchimistes, occultistes et mystiques des xvie, xviie et xviiie siècles, Balzac s'épargne un développement didactique, et, par les seules images qu'évoquent ces noms, suggère la continuité d'un certain courant auquel lui-même prétend se rattacher.

Page 118.

44. Vase de verre à long col employé dans les laboratoires. Sur la signification générale de tout ce développement, voir ci-dessus la note 24.

Au sujet des idées de Balzac sur le rôle du phosphore dans le cerveau, nous devons d'intéressantes précisions à Mlle Fargeaud, à M. Le Yaouanc et à M. Roger Pierrot; nous les résumons ci-après en suivant la remarquable édition de R. Pierrot de la *Correspondance*, tome II. Peu avant d'entreprendre *La Recherche de l'absolu*, et vraisemblablement au mois de mai 1834, Balzac entretenait un correspondant (non identifié) de son projet d'un *Essai sur les forces humaines*, qui dans son esprit devait être l'équivalent du *Traité de la volonté* de Louis Lambert; et il s'affligeait de voir des travaux de détail de savants contemporains, mordre sur ce qu'il appelait ses « grandes découvertes » : ainsi, écrivait-il, « un jeune chimiste vient d'analyser les cerveaux et a rencontré l'une des preuves de mon système, en constatant ce que je voulais constater, le plus ou le moins de phosphore dont sont imprégnés les cerveaux ». Le jeune chimiste, J.-P. Couerbe, était l'auteur d'un mémoire intitulé *Du cerveau considéré sous le point de vue chimique et physiologique* publié dans les *Annales de chimie et de physique* dirigées par Gay-Lussac et François

Arago, — nom qu'il nous faut donc ajouter à ceux des deux chimistes que nous avons cités plus haut. Le mémoire ne fut présenté à l'Académie des sciences — avant publication, sans doute — que le 30 juin 1834; mais il n'est pas déraisonnable de supposer que Balzac en ait eu communication auparavant. On y lit : « J'ai hésité longtemps à supposer que le phosphore pût jouer un rôle dans les fonctions du cerveau; mais qu'y aurait-il d'étonnant après tout que le phosphore prît une si grande part dans les fonctions du système nerveux? Déjà en ne le considérant que comme une substance inorganique, il présente des phénomènes presque miraculeux. Que l'on juge donc maintenant quelles pourront être ses propriétés, si on le suppose combiné à ce principe vital qui anime l'organisme. — Il suivrait de ces idées et de ce qui précède, que l'absence de phosphore dans l'encéphale réduirait l'homme à la triste condition de la brute, qu'un grand excès irrite le système nerveux, exalte l'individu, le plonge dans le délire épouvantable que nous appelons folie, aliénation mentale. Enfin qu'une proposition moyenne rétablit l'équilibre, fait naître les plus sublimes pensées, et produit cette harmonie admirable qui n'est que l'âme des spiritualistes. » Quelque soin que prît Balzac de se distinguer des matérialistes de son époque, il avait grand-peine à se dégager de la logique de ses propres opinions...

Page 128.

45. De la Grande Armée, daté du 3 décembre 1812
46. Voir plus haut la note 34.

Page 132.

47. Voir la note précédente.

Page 138.

48. Cette indication, si du moins elle n'est pas erronée, aide à apprécier l'ampleur de ce que Balzac lui-même regardait comme des préparations.

Page 139.

49. Banquiers d'invention. Le nom du premier était vraisemblablement fabriqué, en plaisanterie, sur le nom d'un célèbre richard, Hoppe, dont les fêtes connaissaient une grande vogue dans la haute société parisienne, et dont le titre officiel était celui de Consul général du Danemark à Paris

Page 142.

50. « Appétits, nom qu'on donne vulgairement au hareng fumé, à la ciboule, et autres substances qui aiguisent l'appétit » (Littré).

Page 143.

51. Cinq sous valaient douze « blancs ». Cette expression populaire signifiait gaspillage ou spéculation malheureuse; elle se retrouve, par exemple, dans *César Birotteau*, où les circonstances de son emploi ne sont guère différentes de celles-ci

Page 148

52. Mystique flamande, d'un caractère excessif et somme toute, assez égaré (1616-1680).

Page 150.

53. S'il bénéficiait d'heureuses rencontres; s'il réussissait. Cet emploi du mot, hérité de la langue classique, semble avoir été en 1834, sinon archaïque, du moins vieilli.

Page 156.

54. La conscription se faisait par voie de tirage au sort. Balzac lui-même, en 1820, avait tiré un « bon numéro », qui le dispensait du service militaire. Les jeunes gens qui tiraient un « mauvais numéro », c'est-à-dire qui devaient être incorporés, gardaient la faculté de se faire remplacer; ils versaient à leur remplaçant une somme d'argent : c'est ce qu'on appelait « acheter un homme ». Il y avait des « marchands d'hommes »

dont la profession était de servir d'intermédiaires dans ce genre de transactions dont ils contrôlaient le marché.

Page 159.

55. *Réméré :* Vente comportant une clause par laquelle le vendeur se réservait la faculté de reprendre l'objet de la vente, dans un délai donné, en restituant le prix à l'acquéreur.

Page 163.

56. L'allusion n'est pas très claire. Balzac pense peut-être aux vertus théologales du retable Baglioni ou aux figures peintes à la voûte de la Chambre de la Signature au Vatican, ou encore à certains détails de la loggia de Psyché à la villa Farnesina.

Page 177.

57. *Propres :* Biens stipulés au contrat de mariage comme appartenant en propre à l'un des époux.

Page 178.

58. *Baliveaux :* Les baliveaux sont les jeunes arbres laissés en place au moment des coupes de bois; les anciens sont ceux qui ont été épargnés lors de l'avant-dernière coupe, les modernes lors de la dernière.

59. *Liciter :* Une vente par licitation est une vente aux enchères d'un bien possédé par indivis. Cette formule permet d'en diviser le prix obtenu proportionnellement à la part de chaque propriétaire quand le partage direct et en nature n'est pas possible.

Page 189.

60. Sous les climats pluvieux ou neigeux, et quand on ne sortait pas habituellement en voiture, on portait par-dessus les souliers, pour les protéger, de seconds souliers, qu'en entrant dans une maison on laissait dans le vestibule avec le parapluie et le manteau. Cet usage, qui était encore en vigueur à Paris au début de notre siècle (les « caoutchoucs », évoqués aussi par Joyce dans *Gens de Dublin*), s'est conservé, par exemple, au Canada.

Page 194.

61. Balzac devance ici l'événement : à la date de l'intrigue, le personnage était encore un sujet du Royaume des Pays-Bas, la Belgique n'ayant été créée qu'en 1830.

Page 201.

62. Cette fois la grammaire balzacienne est d'un modernisme avancé et non plus archaïque...

Page 225.

63. Balzac cite souvent Sterne. C'était un de ses auteurs favoris. Dans l'humour de l'auteur de Tristram Shandy il voyait parfois un ésotérisme. Il y voyait surtout un dérivatif à sa propre tension ; cet effet de compensation se retrouve dans son goût pour Henry Monnier, dans les *Contes drolatiques,* dans le plaisir qu'il prenait aux plus grosses facéties : il avait l'esprit assez vaste pour accueillir tous les contraires.

Page 231.

64. Balzac vient de parler de 70 000 francs.

Page 246.

65. Nous rétablissons le nom de « Gabriel », à la place duquel, par inadvertance, Balzac avait laissé imprimer celui de « Gustave ».

Page 253.

66. Même observation que ci-dessus.

Page 257.

67. Cette exclamation insolite paraît être une altération euphémique de « Foutre! » De même « diantre » pour « diable » quelques lignes plus bas.

Page 262.

68. On appelait familièrement « bonifaces » des hommes simples, crédules et un peu niais.

Page 263.

69. On appréciera ces mots à la Joseph Prudhomme (voir ci-dessus la note 63).

Page 265.

70. L'époque est une de celles où la construction des canaux français fut activement poussée, donnant lieu à des affaires fructueuses.

Page 272.

71. Le mot est pris ici dans le sens pathologique, et peut-être un peu archaïque, d'idée fixe.

Page 276.

72. Par une nouvelle inadvertance (voir les notes 65 et 66), Balzac a laissé imprimer ici le prénom de « Lucien »; nous rétablissons « Jean ».

Page 294.

73. Ce qualificatif est sans doute une sorte de compliment au courage de l'enfant puisque les milices, à l'inverse des armées de métier, sont des corps dans lesquels chacun doit servir au seul moment du danger.

Page 295.

74. Au sens propre, l'intussusception est « l'acte par lequel les matières nutritives sont introduites dans l'intérieur des corps organisés pour y être absorbées » (Littré).

Page 298.

75. La chronologie de la fin du roman peut paraître singulière : Marguerite et son mari mirent plus d'un an à revenir à Douai de Cadix où ils se trouvaient, bien qu'ils aient pris « le chemin le plus court » : partis de Cadix « au milieu de l'année 1830 », ils n'arrivèrent à Douai que « vers les derniers jours du mois de septembre 1831 ». D'autre part, Claës meurt « vers la fin de l'année 1832 », c'est-à-dire plus

d'un an après l'attaque qui l'a terrassé en septembre 1831 au retour de sa fille. Or Balzac estime à « quelques mois » seulement le temps où Claës s'est trouvé entre la vie et la mort.

Dans l'édition originale (Béchet, 1834), les dates sont plus cohérentes : Marguerite et son mari, qui se trouvent à Cadix « au milieu de l'année 1830 » (comme dans l'édition Furne), regagnent Douai en septembre de la même année 1830 (et non 1831); Claës meurt « vers la fin de l'année 1831 » (et non 1832). En revoyant son texte pour l'édition Furne (parue en 1845, c'est-à-dire bien après l'époque où se situe le roman), Balzac a-t-il oublié de modifier la date du départ de Cadix, modification pourtant nécessaire s'il corrigeait les deux dates suivantes? Cela expliquerait, sans la justifier, la chronologie apparemment peu rigoureuse de l'édition Furne.

Quant à l'allusion aux « événements politiques » qui rendirent les journaux « fort intéressants » durant la maladie de Claës, elle ne suffit pas à nous éclairer : sans parler des lendemains de la révolution de Juillet 1830, l'actualité fut aussi riche en événements en 1831 qu'en 1832. On peut penser au sac de l'Archevêché qui eut lieu en 1831, mais aussi aux funérailles du général Lamarque avec l'émeute qui s'ensuivit les 5 et 6 juin 1832 (c'est la grande insurrection que Victor Hugo décrit dans *Les Misérables*, IV, 10).

LA MESSE DE L'ATHÉE

Page 302.

76. Cette dédicace date de 1837. Borget, né à Issoudun en 1808, donc sensiblement plus jeune que Balzac, lui avait été présenté et recommandé par Zulma Carraud. Dès avant 1833 il lui servit quelque peu de secrétaire. Peintre, il voyagea beaucoup; de 1836 à 1840 il fit le tour du monde, avec de longs séjours en Amérique du Sud et en Chine. Il était assez lié avec le romancier pour lui faire part aussi crûment de ses ·désapprobations que de son admiration, — assez lié aussi pour se voir chargé par lui, en cas de mort, de détruire les lettres de Mme Hanska.

Page 303.

77. Ce personnage est une interprétation ou une transposition de la personne de Dupuytren. « L'Athée, le chirurgien Desplein, n'est pas, à vrai dire, une invention de Balzac, mais un portrait nimbé de clair-obscur métaphysique. L'original en est exactement connu, quoique Balzac l'ait contesté, dès 1836, avec une précautionneuse mauvaise foi. Desplein, comme l'illustre Guillaume Dupuytren, est né vers le milieu du xviiie siècle. Il préfère comme lui les malades de l'Hôtel-Dieu à ses pratiques personnelles, porte comme lui le ruban noir de Saint-Michel, simule comme lui la dévotion, offre comme lui le tiers de sa fortune à Charles X, et ne craint pas plus que lui de se présenter à la députation. A demi désespéré, revenu de tout et las de lui-même, il meurt de pleurésie, le 8 février 1835, après avoir refusé constamment la ponction qui l'aurait peut-être soulagé. Dans ses derniers moments il jouit encore de cette présence d'esprit monstrueuse, qui, en novembre 1833, lui a permis de poursuivre un exposé qu'il prononçait, alors que l'apoplexie commençait à lui tordre la bouche. L'autopsie révèle l'énormité de ses organes : cerveau dilaté, cœur hypertrophié. Ces derniers traits surprennent Balzac. Il se persuade que Dupuytren est (au sens platonicien du mot) une espèce de *Daimon*, détenu par la terre et investi de pouvoirs étendus. Sous le nom de Desplein il s'amuse à en brosser une peinture exacte, mais qui laisse pressentir le titanisme de son génie. » (Albert-Marie Schmidt).

Page 304.

78. Albert-Marie Schmidt évoque à ce propos les traditions de la médecine hermétique, Paracelse, Messmer, Hahnemann. Remarquer l'insistance avec laquelle dans tout ce passage Balzac revient sur la notion de particularité.

79. Voir ci-dessus la note 4.

80. Au sens propre : religion des anciens Perses, adorateurs du feu. On entrevoit ici comment la science de Desplein se rattache à l'ésotérisme dont font état plusieurs des notes précédentes; on remarquera aussi dans cet alinéa le rôle attribué aux agents chimiques dans les fonctions physiologiques.

Page 306.

81. Faut-il voir ici une anticipation de la vision extra-rétinienne ou paroptique de Louis Farigoule/Jules Romains?

82. Voir cependant les dernières lignes du récit.

83. En 1822, l'Angleterre était intervenue, notamment en faisant peser la menace de représailles par sa flotte, dans la question espagnole qui allait dégénérer au point que l'année suivante la France envoyait en Espagne un important corps expéditionnaire. Jadis, le premier consul Bonaparte avait eu, dès 1800, l'idée d'un débarquement en Angleterre dont l'attitude envers la France devenait de plus en plus dangereuse. En vue de ce débarquement, pour lequel il prévoyait l'intervention de plus de 120 000 hommes, Bonaparte avait fait organiser un immense camp d'entraînement à Boulogne où étaient en outre réunis les « bateaux plats » évoqués par Balzac : près de 2 000 chaloupes canonnières construites dans des chantiers des côtes septentrionales de France, de Belgique et de Hollande. En 1801, Nelson tenta par deux fois, mais en vain, l'attaque des « bateaux plats ». En 1804, Napoléon était décidé à passer à l'action, mais une dérobade de l'amiral de Villeneuve empêcha qu'elle eût lieu au moment propice. L'Empereur dut renoncer, d'abord provisoirement, puis définitivement à son projet. Comme l'écrivait Thiers : « Au lieu d'attaquer l'Angleterre par la voie directe, il allait la combattre par la longue et sinueuse route du continent, et il allait trouver sur cette route une incomparable grandeur, avant d'y trouver sa ruine. »

Page 307.

84. Voir ci-dessus la note 77.

85. Voir également la note 77. Le « cordon noir » était un large ruban de moire auquel était suspendue la croix de l'ordre de Saint-Michel. Celui-ci, fondé par Louis XI en 1469, aboli par la Révolution, rétabli par Louis XVIII, fut définitivement supprimé en 1830.

Page 308.

86. Voir *Le Père Goriot.*

Page 309.

87. Balzac, qui avait commencé à publier ses *Contes drolatiques* en 1832, fut toute sa vie joyeusement fanatique de Rabelais (voir ci-dessus la note 63) et des graphies anciennes qui contribuaient à l'expression de la verve rabelaisienne. De ce goût on trouvera une nouvelle manifestation deux alinéas plus bas.

Page 310.

88. Ce nom commun, désignant un sectateur dévoué jusqu'au fanatisme, est la « banalisation » du nom propre d'un personnage de *Mahomet ou le fanatisme,* tragédie de Voltaire (1741).

89. Voir encore la note 77.

Page 311.

90. Dubois (1756-1837), ancien médecin militaire de la campagne d'Égypte, consacra surtout ses travaux et ses interventions personnels à l'obstétrique. Accoucheur de Marie-Louise, il fut pendant ses dernières années doyen de la Faculté de Médecine : il l'était donc encore au moment où Balzac écrivit *La Messe de l'athée.*

91. Jusqu'en 1851 la rue du Petit-Lion était la partie de l'actuelle rue Saint-Sulpice qui va de la rue de Condé à la rue de Tournon. Balzac connaissait bien ce quartier, s'étant installé au 2 de la rue de Tournon en 1823, au temps de sa jeunesse besogneuse.

92. Le médecin Cabanis (1757-1808) était l'auteur d'un *Traité du physique et du moral de l'homme* (1802), qui le mit au premier rang de l'école des « idéologues ». Ceux-ci, continuateurs d'Helvétius, s'efforçaient de trouver dans le physique de l'homme l'origine et la cause de ses idées. C'est lui qui permit à Condorcet de se suicider, en lui fournissant le poison. Homme politique influent et respecté, il aida à la formation du Directoire et à l'avènement de Bonaparte, avant d'être écarté, en raison de ses idées, des conseils de l'Empire. Stendhal, dans sa jeunesse, en était féru, par conviction et aussi par réaction contre le conformisme régnant. Balzac, qui d'ailleurs apparte-

nait à la génération suivante — à celle qui ne s'était épanouie qu'après la chute de l'Empire —, se défiait plutôt de ces matérialistes à la logique desquels, comme on a vu plus haut, il se flattait d'échapper.

Page 312.

93. Voir la note 90 sur Dubois : cette référence atténue (ou peut-être renforce...) le caractère « carabin » de la réflexion de Bianchon.

94. Autre ancien médecin militaire puis professeur au Val-de-Grâce, autre contemporain de Balzac, Broussais (1772-1838), d'un tempérament combatif et irritable, tendait à rendre les excitations extérieures responsables de toutes les maladies, qu'il traitait en affaiblissant le malade par sangsues, saignées, diète, etc. On lui reprocha, à tort ou à raison, d'être responsable en 1832 de la mort de Casimir Perier, victime de l'épidémie de choléra, dont mourut aussi Cuvier : les soins débilitants étaient exactement contre-indiqués. De nos jours, la théorie de l'irritation professée par Broussais, et transposée dans le domaine des sentiments et des passions, fut regardée par Alain comme particulièrement nourrissante.

Page 313.

95. Pamphlet violemment antireligieux publié en 1803 par Pigault-Lebrun, contre le *Génie du christianisme* de Chateaubriand (1802).

96. *De la nature*, titre du grand poème cosmique de Lucrèce.

Page 315.

97. L'Immaculée Conception, c'est Marie à sa naissance exemptée du péché originel, — et non pas, comme le croit le voltairien Bianchon, Marie concevant elle-même d'une manière immaculée.

98. Allusion aux émeutes de 1831.

99. Vraisemblablement du verbe « poindre », selon une conjugaison fort incertaine (comme il arrive souvent chez Balzac).

100 Affectation de dévotion.

Page 317.

101. La distinction entre « transpiration » (cutanée) et « respiration » (pulmonaire) n'était encore qu'une acquisition récente de la médecine française.

Page 318.

102. Cette comptabilité, où pourtant Balzac se rappelle ses propres années de misère, est singulière : elle semblerait indiquer que le repas du matin n'avait lieu, comme le « dîner », qu'un jour sur deux. « Neuf sous par jour » représenteraient (sous les réserves de la note 29 ci-dessus) environ 2,30 de nos francs 1976.

103. Il y avait bien un café Zoppi au 13 rue des Fossés-Saint-Germain-des-Prés, l'actuelle rue de l'Ancienne-Comédie; nous le trouvons dans l'*Almanach du commerce* dès 1802. Balzac a pu le connaître quand il était étudiant, puisque le café Zoppi existait toujours à cette époque-là, et au même endroit.

Page 319.

104. « S'ils n'ont pas de pain, qu'ils mangent de la brioche! » le mot est couramment attribué à Marie-Antoinette. Cependant on le trouve déjà dans les *Confessions* de Rousseau sous la date de 1740 : « Je me rappelai le pis-aller d'une grande princesse à qui l'on disait que les paysans n'avaient pas de pain et qui répondit : Qu'ils mangent de la brioche. »

Page 321.

105. Ainsi appelée depuis la fin du XVIIe siècle, elle devint en 1834 la rue de l'Ancienne-Comédie.

Page 323.

106. Pièces de cuivre fabriquées pendant la Révolution, au moment où manquaient les métaux précieux. Le mot ne dériverait pas de « monnaie » mais du nom de l'inventeur du procédé

Page 324.

107. Charge de combustible portée à dos.

Page 328.

108. Le Panthéon

TABLE

TABLE

DU MÊME AUTEUR

Dans la même collection

*Impression Bussière
à Saint-Amand (Cher),
le 25 janvier 2005.
Dépôt légal : janvier 2005.
1er dépôt légal dans la collection : avril 1976.
Numéro d'imprimeur : 050385/1.*
ISBN 2-07-036739-8./Imprimé en France.